AF304116

Josie Charles stammt aus einer mittelgroßen deutschen Stadt. Früh entdeckte sie ihre Leidenschaft fürs Schreiben. Sie würde sich selbst als Romantikerin bezeichnen und hat eine Schwäche für schwierige Typen und mutige Frauen – trotzdem hat es eine ganze Weile gedauert, bis sie den Mut fand, ihren ersten romantischen Roman zu veröffentlichen. Mit fast dreißig hat sie beschlossen, dass die Zeit reif ist. Seitdem sind verschiedenste Storys aus dem Bereich Romance erschienen, von Sportler-Liebesromanen über College Love bis hin zu romantischen Kleinstadtgeschichten. Für Leser und alle anderen ist sie auf Facebook und Instagram jederzeit zu erreichen und freut sich über Rückmeldungen aller Art.
Josie Charles ist ein Pseudonym.

JOSIE CHARLES

EAGLES EISHOCKEY

WENN ICH DEINE WAHRHEIT KENNE

Erstausgabe Oktober 2023

Copyright © 2023 dp Verlag, ein Imprint der
dp DIGITAL PUBLISHERS GmbH
Made in Stuttgart with ♥
Alle Rechte vorbehalten

WENN ICH DEINE WAHRHEIT KENNE

ISBN 978-3-98778-673-0
E-Book-ISBN 978-3-98778-671-6

Covergestaltung: Anne Gebhardt
Umschlaggestaltung: ARTC.ore Design
Unter Verwendung von Abbildungen von
shutterstock.com: © PawelG Photo, © Unique Vision, © Igor Link
Lektorat: Stephanie Schilling
Satz: dp DIGITAL PUBLISHERS GmbH
Druck und Bindung: Books on Demand GmbH, Norderstedt

Das Werk darf – auch teilweise – nur mit
Genehmigung des Verlages wiedergegeben werden.

Sämtliche Personen und Ereignisse dieses Werks sind frei
erfunden. Etwaige Ähnlichkeiten mit real existierenden Personen,
ob lebend oder tot, wären rein zufällig.

PROLOG

Windhoek, Namibia
Vier Monate zuvor
April

MIA

From: through.my.eyes@mailnamib.com
To: Anthony Carson

Hi Dad!
Ich komme gerade von meiner ersten wichtigen Bachelor-Prüfung und dachte, ich schreib dir mal wieder. Es hat sich eine Menge getan: Ich habe letzte Woche meine Zusage aus Berkeley bekommen und werde ab dem nächsten Semester zusammen mit Lea studieren! Ich bin gespannt, ob noch ein paar deiner alten Professoren da sind, denn ich hoffe, dass ich von ihnen lerne, meinen Fotos auf die gleiche Weise Leben einzuhauchen wie du. Sodass man sie nicht nur sehen, sondern auch riechen und fühlen kann – den warmen Savannenwind, das staubige Fell der Zebras und Giraffen ...
Ich freu mich jedenfalls darauf und werde dir regelmäßig berichten, wie es läuft. Auch mit Lea. Ich habe sie so lange nicht gesehen, dass ich ziemlich nervös bin. In

der letzten Zeit reden wir kaum noch miteinander, was wohl an diesem mysteriösen Eishockey-Typen liegt, den sie seit einer Weile datet.
Ich hoffe, wir verstehen uns noch so gut wie früher.
Weißt du noch, wie du mit uns an den Santa Monica Pier gefahren bist? Lea hat mich mit zum Prinzessinnenschminken geschleift und ich bin gleich darauf runter zum Strand gelaufen, um in den Wellen zu toben. Da hast du dieses Foto von uns gemacht, Lea mit den roten Lippen und dem Glitzer auf den Wangen und ich tropfnass, mit verlaufener Schminke und wirren Haaren. Ich muss immer daran denken, wie du uns damals genannt hast: die Prinzessin und der Wirbelsturm.
Ich glaube, du meintest Wirbelwind.
Ich muss ziemlich oft an diesen Tag denken.
Na ja, ich texte dich schon wieder viel zu lange zu. Vor allem, wenn ich daran denke, dass du diese E-Mail gar nicht lesen kannst.
Darum mache ich jetzt Schluss und sehe mir schon mal den Kursplan an. Ich halte dich auf dem Laufenden :-)
Drück dich,
Deine Mia

SLATER

Keine Ahnung, ob mich der Abpfiff geweckt hat oder ob ich vom Jubel der Fans wach geworden bin – aber mit einem Mal schrecke ich auf, sehe mich um und kapiere, dass das Spiel vorbei ist. Das letzte, alles entscheidende Eishockey-Match der Saison.

Wie hoch haben wir gewonnen?

Ich blicke rüber zur Punktetafel, die sich am Südende der Eishalle befindet, aber meine Augen wollen sich einfach nicht scharfstellen und ich kann den Endstand beim besten Willen nicht erkennen.

»San Francisco Bruins, die Könige aus dem Norden!«, singen die gegnerischen Fans zur Game-of-Thrones-Titelmelodie.

Worüber freuen die sich so?

Verlieren die Bruins neuerdings gerne?

»Schwachköpfe!«, murmle ich und stehe von der Bank auf, wobei ich für einen Moment Mühe habe, auf meinen Kufen das Gleichgewicht zu halten.

Wie kommt es eigentlich, dass ich in der wichtigen letzten Spielphase nicht auf dem Feld war? Hatte ich heute einen Faustkampf?

Nicht, dass ich wüsste.

Benjamin Tucker von den Bruins ist auf mich losgegangen, aber der Schiri war praktisch sofort da, und dann ...

»Slay, he!« Mit einem Mal steht Tom vor mir und hält mich an den Schultern meines Trikots fest, als würde er mich auf eine Wäscheleine hängen wollen. »Bist du so weit okay, Kumpel? Du kippst ja gleich von den Kufen.«

»Mir geht's gut«, sage ich und versuche, meinen besten Freund wegzuschieben, damit ich es nochmal mit der Punktetafel probieren kann.

Aber er bewegt sich nur langsam zur Seite. Zumindest glaube ich das im ersten Moment. Dann kapiere ich, dass nicht er sich rührt, sondern ich. Schnell versuche ich, das Gleichgewicht wieder zu erlangen, aber das macht es nur noch schlimmer.

Mit rudernden Armen rutsche ich aus und lande mit dem Hintern auf dem Eis.

Sofort werde ich von mehreren Mannschaftskollegen umringt, die meisten von ihnen sehen ziemlich frustriert aus.

»Slater, was ist heute los mit dir?«

»Alter, was machst du denn?«

»Reiß dich zusammen, wir sind noch nicht in der Kabine!«

Klar, ich verstehe das. Der stärkste Verteidiger der Berkeley Eagles sollte nicht hilflos auf dem Boden sitzen, solange die Gegner zusehen. Aber ich bringe es einfach nicht fertig, wieder aufzustehen.

Was zur Hölle ist los mit mir?

»Slay, Slater, hör mir zu!« Toms angespannte Stimme dringt zu mir durch, dann sehe ich sein Gesicht vor meinem auftauchen.

Er hat sich tief zu mir runtergebeugt, das dunkelblonde Haar klebt ihm feucht in der Stirn und ich sehe eine Ader an seiner Schläfe pochen. Die letzten Spielminuten müssen es wirklich in sich gehabt haben.

»Du musst jetzt aufstehen. Ich bringe dich hier raus und fahre dich nach Hause, bevor der Coach dich erwischt. Sobald er damit fertig ist, sich über die verlorene Meisterschaft zu ärgern, wird er sich dich krallen wollen, um ein ernstes Wörtchen mit dir zu reden. Und glaub mir, das willst du in deinem Zustand nicht!«

Was auch immer das für ein Zustand ist, in dem ich mich gerade befinde, ich will so ganz sicher nicht mit dem Coach reden.

Also nicke ich und lasse zu, dass Tom und zwei andere Jungs aus dem Team mich in die Höhe ziehen.

An meinen besten Freund gelehnt, schaffe ich es sogar, halbwegs aufrecht stehen zu bleiben.

»Okay, auf geht's.« Tom legt einen Arm um meine Schultern und schleift mich mit sich.

Ich stolpere neben ihm her, als würde ich das erste Mal auf dem Eis stehen und habe immer noch Mühe, klar zu sehen.

Doch das ist gerade zweitrangig.

Während Tom mich zum Kabinengang schleppt, geht mir die ganze Zeit über eine Frage nicht aus dem Kopf: Die verlorene Meisterschaft?

Was soll das bedeuten?

Haben wir tatsächlich verloren, auswärts, ausgerechnet gegen die Bruins, einen unserer größten Konkurrenten?

Nein, Mann. Das kann auf keinen Fall sein.

Mit ziemlicher Sicherheit ist das alles hier nur ein Traum und sobald ich mir das klargemacht habe, fühle ich mich gleich besser.

KAPITEL 1

Berkeley, Kalifornien
Vier Monate später
August

MIA

Berkeley ist eine typische kleine Studentenstadt – so typisch, dass es mir im ersten Moment vorkommt, als wäre ich mitten in einer Teenieserie gelandet.

Während ich im Bus zu meiner neuen WG sitze, ziehen winzige Geschäfte mit bunten Markisen und vollgestopfte Buchläden an mir vorbei. Die Sonne scheint und überall dort, wo es Kaffee gibt, drängen sich die Studenten vor den Eingängen.

Ich entdecke Jungs in blauen Collegejacken, die von hübschen Mädels in Cheerleader-Uniformen begleitet werden, Nerdmädchen mit Mein-kleines-Pony-Badges auf ihren Rucksäcken, dunkel gekleidete Freaks, die sich in den Schatten herumdrücken und ein paar zerstreut wirkende Professoren, die über die Bürgersteige spazieren und sich bemühen, jeden einzelnen Studenten zu grüßen.

Ein Klischee folgt auf das andere.

Ist das Unileben echt so, wie man denkt? Wer sind die Tussis, vor denen ich mich besser in Acht nehme? Und wie heißen die tollen Typen, vor denen ich mich genauso in Acht nehmen sollte? Gibt es den großen, gutaussehenden Quarterback mit den breiten Schultern wirklich? Und hat er eine blonde Cheerleader-Freundin, die zwar nicht bis drei zählen kann, dafür aber wie ein menschlicher Feuerwerkskörper in die Luft schießt, wenn ihre Freundinnen sie am Spielfeldrand in die Höhe schleudern?

Auf der Highschool war es so, aber dort hatte ich mit dem ganzen Wahnsinn nicht viel zu tun. Ich war im Fotoclub und damit weder eine Außenseiterin noch besonders auffällig. Wie es ein guter Fotograf laut meinem Dad machen sollte, bemühte ich mich, stets Teil der Szene zu sein, aber nie aufzufallen.

Irgendwann, hoffe ich, gelingt mir auf diese Weise das perfekte Bild. Mein *Signature Shot*, mit dem ich in die Fußstapfen eines der besten Fotografen der Welt treten werde – die meines Vaters.

An der Sacramento Street steige ich aus und wuchte meinen riesigen blauen Koffer aus dem Bus, was gar nicht so leicht ist, denn ich habe wie immer meine Kamera in der Hand, um im richtigen Moment abdrücken zu können. Einhändig zerre ich das Ungetüm hinter mir her und versuche, dabei eine halbwegs gute Figur zu machen. Aber das Ding ist so schwer, dass ich nur langsam vorwärtskomme. Praktisch alles, was ich besitze, befindet sich darin. Zumindest gehe ich davon aus, dass Mom die wenigen Sachen, die ich damals nicht aus unserem Haus am Stadtrand von L.A.

mitgenommen habe, mittlerweile gespendet oder an eine meiner jüngeren Cousinen weitergegeben hat.

Ich horche in mich hinein, um herauszufinden, was dieser Umstand mit mir macht. Aber da ist nichts. Keine Enttäuschung, keine Traurigkeit, keine Wut. Bestenfalls noch Ernüchterung darüber, wie schnell aus einer heilen Familie eine zerrüttete werden kann. Doch das werde ich jetzt ändern.

Auch wenn ich in den letzten Monaten so gut wie gar nichts mehr von Lea gehört habe, bin ich mir sicher, dass das hier die schönsten zwei Jahre meines Lebens werden können. Wir waren schon immer wie beste Freundinnen und werden sicher eine tolle Zeit haben.

Laut der Wegbeschreibung von Google Maps sind es nur noch zwei Blocks bis zu ihrer Wohnung und ich kann es kaum erwarten, meine ältere Schwester wieder in die Arme zu schließen.

Ich laufe weiter und stelle überrascht fest, dass zwei Blocks hier offenbar nicht dasselbe bedeuten wie in Windhoek, wo ich die letzten drei Jahre gelebt und das College besucht habe. Über einem Café namens *Cat on the Moon*, das vielleicht hundert Meter von der Bushaltestelle entfernt liegt, wohnt meine Schwester.

Es heißt immer, in Amerika wäre alles so weit und groß, aber wirkliche Weite habe ich bisher nur in Afrika erlebt.

Ich erreiche das Café und trete an die Haustür, die halb von den verschnörkelten, leicht verwitterten Tischen und Stühlen des *Cat on the Moon* verdeckt wird. Dann klingle ich bei Myers/Estevez und bin schon gespannt, was Lea gleich sagen wird. Offiziell lande ich erst heute Abend, aber mein Flug wurde vorgezogen.

Ich hoffe, sie steht noch genauso auf Überraschungen wie früher.

Es dauert nicht lange, bis mir aufgedrückt wird. Ich verstaue die Kamera in der dafür vorgesehenen Tasche, packe den Koffer am Griff und schleppe ihn durch das schmale, mintfarben gestrichene Treppenhaus rauf in die zweite Etage.

»Hier sieht's ja aus ... wie in einer Zahnarztpraxis«, keuche ich zur Begrüßung, als ich die halb geöffnete Tür erreiche, in der ...

Nicht meine Schwester steht. Stattdessen entdecke ich dort ein fremdes Mädchen mit rabenschwarzem Haar und dichtem Pony, das mich verwundert mustert.

Das muss Kelly sein, Leas Mitbewohnerin.

»Hi«, sage ich atemlos, als ich den oberen Treppenabsatz erreicht habe. »Ich bin Mia, Leas Schwester.«

Irgendwie rechne ich damit, dass Lea Kelly Bescheid gesagt hat, dass ich komme und ins winzige freie Zimmer der Wohnung ziehe, bis ich etwas anderes gefunden habe.

Aber Kelly sieht mich nur weiter an, als wäre ich Justin Bieber oder wen man sonst am allerwenigsten vor seiner Tür erwarten würde und fragt: »Solltest du nicht in Afrika sein?«

Entgeistert sehe ich Kelly an. Lea hat also nicht erzählt, dass ich komme. Vielleicht verstehen sich die beiden nicht besonders gut. Komisch, dabei versteht sich Lea eigentlich mit jedem.

»Nein, ich bin mit dem College fertig«, sage ich und deute hinter Kelly. »Ist sie da?«

Kelly schüttelt den Kopf – und dann sagt sie etwas, das mich gleich aufs Neue verwundert.

»Lea war bestimmt seit zwei Wochen nicht mehr hier. Aber vielleicht kommst du erstmal rein.«

***

Es dauert sicher zehn Minuten, bis ich halbwegs verstanden habe, was hier los ist. Zehn Minuten, in denen mich Kelly in eine schmale, fliederfarbene Küche führt, mir eine eiskalte Coke vorsetzt und dann weiter in dem Chili rührt, das sie gerade kocht.

»Ich koche meistens gleich für die ganze Woche«, lässt sie mich wissen. »Spart Zeit.«

Irgendwo in meinem Hinterkopf frage ich mich, wie ich es finden würde, eine ganze Woche lang Chili zu essen. Aber vordergründig beschäftigt mich eine andere Frage und ich beginne langsam, mir Sorgen zu machen.

»Was soll das heißen, Lea war seit zwei Wochen nicht mehr hier?«

»Na ja, sie übernachtet oft woanders, seit sie das Studium geschmissen hat«, erklärt Kelly beiläufig. »Wahrscheinlich bei irgendeinem Kerl.«

»Seit sie was?«, höre ich mich fragen, wobei meine Stimme gleichzeitig schrill und heiser klingt.

Lea soll ihr Studium an der University of California abgebrochen haben?

Sie war immer eine der Klassenbesten und hat hart gearbeitet, um in Berkeley angenommen zu werden. Sie hat Kunst und Zahnmedizin studiert, eine komische Kombi, aber wenn man über den Beruf unseres Vaters nachdenkt und dann darüber, dass der jetzige Mann unserer Mutter Zahntechniker ist, so komisch auch wieder nicht.

Lea war von Anfang an in beiden Fächern gut und hat das Unileben in vollen Zügen genossen. Wie schon in der Schule war sie Cheerleaderin, außerdem Mitglied einer Studentenverbindung mit einem komischen griechischen Namen ...

Sie hatte all das, was sie immer wollte.

Und jetzt soll sie dieses Leben aufgegeben haben? Einfach so?

In meinem Kopf krame ich nach dem letzten Gespräch, das wir beide geführt haben. Es ist fast drei Wochen her und hat über WhatsApp stattgefunden. Lea war ziemlich einsilbig, was mich gewundert hat. Sie hat mir nur kurz ihre Adresse gegeben und dabei wohl vergessen, zu erwähnen, dass sie selbst nicht mehr studiert.

»Sie hat abgebrochen. Im April, kurz vor dem Ende des letzten Semesters«, sagt Kelly.

Das ist ja vier Monate her!

»Das ... das muss ein Irrtum sein.«

Als ich erfahren habe, dass ich in Berkeley angenommen wurde, hat sie hingeschmissen? Etwa wegen mir?

Unsinn. Auch wenn der Kontakt zwischen uns etwas eingeschlafen ist, bin ich mir sicher, dass sie sich genauso auf mich gefreut hat wie ich mich auf sie.

»Glaub mir, es ist keiner«, beharrt Kelly, während sie ein Lorbeerblatt in den Topf fallen lässt. »Es war an einem der letzten Tage vor Ferienbeginn. Am Abend davor hat es eine Riesenparty zu Ehren der Eagles gegeben. Das letzte große Spiel vor der Sommerpause stand am nächsten Tag an und davor wird immer groß gefeiert. Ich war nicht da, ich habe mit den Sportlern nicht viel zu tun. Aber deine Schwester kam erst in den

Morgenstunden nach Hause und als ich zu meinem ersten Kurs wollte, schlief sie immer noch. Ich habe sie geweckt und ihr angeboten, sie mitzunehmen ...« Kelly zuckt mit den Schultern und schmeckt ihr Chili ab, bevor sie weiter berichtet. »Aber sie war total fertig und hat sich geweigert, aus dem Bett zu kommen. In den nächsten Tagen war sie komisch drauf und schließlich meinte sie zu mir, dass sie nächstes Semester nicht mehr dabei ist.«

»Und warum nicht?«, frage ich ein wenig gepresst, denn Kellys Worte haben dafür gesorgt, dass sich ein riesiger harter Klumpen in meiner Magengrube gebildet hat. Alles, was sie da erzählt, klingt so überhaupt nicht nach meiner Schwester.

»Das wollte sie mir nicht verraten und ich habe auch nicht weiter nachgehakt. Wir sind keine Freundinnen oder so.«

Ich nicke mechanisch und versuche, meine Gedanken zu ordnen.

Wieso hat Lea mir nicht erzählt, was los ist? Sie hätte mit mir reden können oder zumindest mit Mom. Oder mit Stu, Moms neuem Mann. Im Gegensatz zu mir hat sie sich mit ihm immer bestens verstanden.

»Ich muss sie anrufen«, sage ich.

Kelly deutet auf den Korridor jenseits der Küche. »Die erste Tür links, da ist dein Zimmer. Falls du ungestört sein willst.«

Ich bedanke mich, stehe auf und hole mein Handy aus der Seitenklappe des Koffers. Dann trete ich in den Flur, überlege, ob ich vorher kurz einen Blick in Leas Zimmer werfen soll – und entscheide mich dagegen.

Was auch immer mit Lea los ist, ich will es nicht herausfinden, indem ich herumschnüffle.

Als ich eintrete, stehe ich praktisch direkt vor dem Bett. Die Wand zu meiner Rechten wird von einem dunkel gestrichenen Schrank eingenommen, der so abgewetzt ist, dass er an manchen Stellen schon grau aussieht. Links befindet sich das Fenster, das raus auf die Straße zeigt. Platz für einen Schreibtisch gibt es nicht, aber das ist okay. Ich wusste vorher, dass das hier mehr eine Abstellkammer als alles andere ist.

Ich setze mich auf die Matratzenkante und wähle mit klopfendem Herzen Leas Nummer. Während ich auf das Freizeichen lausche, rechne ich irgendwie mit allem Möglichen. In erster Linie damit, dass sie gar nicht erst rangeht.

Doch sie nimmt nach dem dritten Klingeln ab und ich bin gleich aus mehreren Gründen überrascht. Nicht nur, weil sie sich überhaupt meldet, sondern auch wegen der lauten Musik und des Stimmengewirrs im Hintergrund.

Ist sie etwa auf einer Party?

Jetzt, um noch nicht mal drei Uhr nachmittags?

»Schwesterchen!«, meldet sie sich fröhlich und, wenn mich nicht alles täuscht, leicht angetrunken.

Ich bin erschrocken darüber, wie verändert ihre Stimme klingt. Irgendwie härter und älter als gewohnt.

»Wann wolltest du mir sagen, dass du das Studium geschmissen hast?«, frage ich ohne Umschweife.

Anders als erwartet, reagiert Lea kein bisschen erschrocken darauf, dass ich Bescheid weiß.

»Keine Ahnung, sobald du auftauchst, schätze ich. Wann kommst du nochmal, nächste ...« Sie gibt ein

Quietschen von sich, das in ein Lachen übergeht. »Also wirklich, Jerry, doch nicht vor all den Leuten!«

»Als würde dich das auf einmal stören«, sagt eine Männerstimme, die nicht nüchterner klingt als die von Lea.

Okay. Offenbar ist meine brave, vorbildliche Schwester also nicht nur auf einer Party, sondern macht auch gleich mit einem Kerl rum, während sie mit mir spricht.

Jerry ...

Immerhin hat ihr Eishockey-Freund endlich einen Namen. Zumindest gehe ich davon aus, dass er es ist, mit dem sie da zugange ist.

Was er wohl dazu sagt, dass sie die Uni geschmissen hat? Wenn einer der Sportler mit einer Cheerleaderin zusammen ist, ist das vollkommen normal, aber mit einer Studienabbrecherin?

Vielleicht kann er ihr ja ins Gewissen reden.

»Lea?«, frage ich und presse das Handy wieder dichter an mein Ohr, als das vielsagende Schmatzen auf der anderen Seite der Leitung endlich aufgehört hat.

»Kann ich deinen Freund vielleicht mal sprechen?«

Lea lacht, es klingt ein bisschen zu laut. »Ich werde ihn dir noch früh genug vorstellen, Schwesterchen. Aber noch ist die Sache viiiel zu frisch.«

Jetzt kapiere ich gar nichts mehr. »Du bist doch schon seit letztem Jahr mit ihm zusammen.«

Lea stockt und braucht einen Moment, bevor sie antwortet. »Äähh ... Erstens finde ich es komisch, dass du anscheinend Buch über mein Liebesleben führst ...«

Im Hintergrund lacht dieser Jerry.

»Pscht«, macht Lea und fängt ebenfalls an zu kichern, was auch nicht ganz aufhört, als sie wieder mit mir spricht. »Zweitens bin ich jetzt mit Jerry zusammen und nicht mehr mit diesem Arsch von den Eagles und drittens solltest du dir eins merken: Halt dich von den Eishockeyspielern der UC fern! Oh«, fügt sie nach einem Moment hinzu, als hätte sie etwas Wichtiges vergessen. »Und verlieb dich nicht. Genieß einfach dein Leben und wenn du Spaß haben willst, dann benutz deinen Körper – aber niemals dein Herz.«

»Was soll das denn heißen, benutz deinen Körper?«, gurrt dieser Jerry im Hintergrund und Leas Verabschiedung geht in Geräuschen unter, zu denen ich lieber keine Bilder im Kopf haben will, aber dennoch unwillkürlich habe.

Dann klickt es und das Gespräch ist vorbei.

Ratlos nehme ich das Handy runter und sehe auf mein Display, auf das Foto, unter dem ich Lea eingespeichert habe.

Es entstand hier, in Berkeley, als ich sie vor gut einem Jahr das letzte Mal besucht habe. Wir waren am Meer und kauften uns das bunte Slushy, das wir als Kinder so gerne mochten. Auf dem Bild springt Lea in die Luft und hält dabei ihren Becher hoch wie einen Pokal. Ein fröhliches Lachen liegt auf ihren Zügen, das hellblonde Haar fliegt ihr um den Kopf und sie wirkt so unbeschwert und optimistisch, als könnte ihr nichts auf der Welt etwas anhaben.

Heute habe ich mit einer anderen Version von ihr gesprochen. Einer, die nicht mehr an die Liebe zu glauben scheint. Sie klang zynisch und auf eine Art erwachsen, die nicht zu ihr passt. Nicht so, als wäre sie nur ein Jahr älter als ich.

Nach ihren Worten bin ich mir sicher, dass Leas Exfreund irgendetwas mit ihrer Verwandlung zu tun hat. Ich muss unbedingt rausfinden, was vorgefallen ist.

Halt dich von den Eishockeyspielern fern.

SLATER

»Weiter, weiter, weiter, weiter! Noch zehn Meter, neun, acht ... Komm schon, Thorn, nicht aufgeben jetzt!!«

Keuchend schiebe ich den schweren Schlitten über den trockenen Rasen des Footballfelds. Es ist viel zu warm heute und ich würde lieber in der Halle auf dem Eis trainieren. Die Sonne brennt nur so vom Himmel und die Luft steht. Um uns herum auf den Rängen sitzen ein paar Studenten, die uns zugucken. Vor allem Student*innen*, wie immer. Viele von ihnen haben Becher dabei, vollgestopft mit Eiswürfeln, die der Hitze sicher nicht lange standhalten werden.

Ich hingegen habe es mit dem ersten Training der Saison zu tun, das jetzt schon seit drei Stunden läuft und einfach nicht enden will.

Konzentrier dich auf den Schlitten, sage ich mir.

Es ist nicht wirklich ein Schlitten, sondern eine Art Metallgestell auf Kufen, auf dem Hantelscheiben befestigt sind. Der Coach hat mir gleich heute hundert Kilo draufgepackt. Er geht davon aus, dass ich den Sommer zum Trainieren genutzt habe – und er hat verdammt recht. Nach der Pleite zum Saisonende habe ich was wiedergutzumachen.

Auch wenn meine Arme brennen wie Feuer und meine Beinmuskeln kurz davor sind, nachzugeben, hole ich nochmal alles aus mir heraus und schiebe das Gerät mit einem fast schon wütenden Schrei das letzte Stück über die Linie.

Der Coach sieht auf die Uhr. »Zweiundvierzig Sekunden. Das geht schneller!«

Damit wendet er sich von mir ab und widmet sich unserem Teamkapitän Jenson, der den Schlitten nun zurück auf die andere Seite des Spielfelds befördern muss.

Sauer sehe ich ihm nach. Schneller? Ach ja, wie denn?!

»Der nimmt dich heute ganz schön ran.« Tom tritt an meine Seite und joggt auf der Stelle, um warm zu bleiben.

Ich stimme ihm mit einem Nicken zu und versuche, zu Luft zu kommen, ehe ich mich aufrichte. Schweiß läuft mir über die Stirn, mein Shirt klebt nass an meinem Oberkörper und ich würde alles für eine Wanne voller Eis geben.

Das hier ist die erste offizielle Einheit nach dem Sommer. Normalerweise ist das Training an diesem Tag immer eher locker, aber normalerweise haben wir davor auch eine Meisterschaft gewonnen und können es uns erlauben, die Sache ruhig angehen zu lassen.

Dieses Jahr sehen die Dinge anders aus. Wir sind nur Zweiter geworden.

Dank mir. Weil ich beim letzten Spiel so sehr neben mir stand, dass die gegnerischen Angreifer einfach an mir vorbeilaufen konnten, bis ich schließlich auf der Ersatzbank landete.

»Ich werde ihm schon beweisen, dass ich's noch draufhabe«, sage ich finster.

»Slay, du musst hier keinem was beweisen. Jeder hat mal einen schlechten Tag!« Tom klopft mir auf die Schulter, dann sprintet er wieder los.

Er ist Stürmer und sein Training sieht ein bisschen anders aus als meins. Die Stürmer müssen schnell und wendig sein, wir Verteidiger vor allem eines: kraftvoll.

Wir müssen die Angriffe von hundert Kilo schweren Zwei-Meter-Männern abfangen können, und das am besten, ohne uns dabei selbst zu verletzen. Oder zumindest, ohne so stark verletzt zu werden, dass wir für den Rest des Matches ausfallen.

Ich habe mal ein Spiel mit einer angebrochenen Rippe beendet. Da war ich erst siebzehn und noch auf der Highschool. Mit diesem Einsatz habe ich die Scouts von gleich mehreren Top-Uni-Teams für mich begeistert. Das ist das Level, auf dem ich mich normalerweise bewege. Man erwartet von mir, dass ich restlos alles gebe, und zwar immer.

Auch, wenn es wehtut.

Auch wenn andere längst aufgeben und ihren Teamkollegen das Feld überlassen würden.

»Geht's wieder?«, Coach Ridley sieht kurz zu mir rüber, dann feuert er Jenson an, wie er es eben bei mir getan hat.

Ich nicke und stelle mich aufrecht hin, um ihn nicht sehen zu lassen, dass mich das Training heute an meine Grenzen bringt. Denn für mich darf es keine Grenzen geben. Auch wenn ich den Sommer über jede freie

Minute trainiert habe, war es trotzdem zu wenig, wie ich jetzt schmerzhaft feststellen muss. Trotz aller Bemühungen gab es zu viel anderes, um das ich mich kümmern musste, sodass der Sport zu kurz kam. Das darf nicht sein, das weiß ich selbst. Aber was hätte ich denn machen sollen?

»Klar, alles bestens«, sage ich und lockere meine Schultern.

»Willst du gleich nochmal?«

Ich nicke wieder und mache mich daran, Jenson zu folgen, damit ich auf der anderen Seite übernehmen kann. Aber der Coach ruft mich zurück.

»Thorn?«

Ich drehe mich zu ihm um.

»Ich will, dass dir eine Sache klar ist. Ich nehme dir das letzte Match nicht übel. Wir wissen beide, was für ein Riesentalent du bist und daran ändert ein versautes Spiel auch nichts. Aber dir sollte trotzdem klar sein, dass du dich diese Saison besonders anstrengen musst. Denn die Proficlubs aus der National Hockey League haben das Meisterschaftsfinale auch gesehen und es würde mich nicht wundern, wenn ein paar von denen jetzt glauben, dass du schon auf dem absteigenden Ast bist.«

»Bin ich nicht«, sage ich schnell.

Der Coach schiebt sein Basecap zurecht, was ihn unsicher wirken lässt. »Ich hoffe es.«

»Das brauchen Sie nicht zu hoffen«, erwidere ich, dann wende ich mich ab und sprinte auf die andere Seite des Feldes, um ihm zu beweisen, dass ich fit bin. Dass ich es in die NHL schaffen werde.

»Da ist er ja.« Tom grinst mir entgegen.

In Begleitung von Grace und Abigail, zwei Cheerleaderinnen, die hier gleichzeitig mit uns trainieren, kommt er über die Laufbahn angejoggt. Grace ist klein, brünett und kurvig. Tom versucht schon länger, sie rumzukriegen. Abigail ist groß, blond und Chef-Cheerleaderin. Sie wirft mir heute ziemlich eindeutige Blicke zu, obwohl wir uns schon ewig kennen.

»Grace und Abigail würden sich nach dem Training gern mit uns treffen, um ein paar Ausdauertipps auszutauschen«, sagt mein bester Freund.

Ich sehe Abigail an. Der Gedanke, sie nach dem Training zu treffen, gefällt mir, denn ich müsste dringend mal ein bisschen Dampf ablassen. Seit Wochen habe ich das Gefühl, dass ich jeden Moment explodieren werde. Aber genau aus diesem Grund kann ich mir auf keinen Fall Zeit für sie nehmen.

Es gibt Wichtigeres, um das ich mich kümmern muss.

»Beim nächsten Mal vielleicht«, sage ich und laufe rüber zum Schlitten.

»Slater, komm schon, du kannst mich doch jetzt nicht hängen lassen«, beschwert sich Tom, so als hätte er irgendeinen Nachteil davon, wenn ich nicht mit der Freundin seiner neuesten Eroberung ins Bett ginge.

Wer weiß. Vielleicht will Grace nicht als Schlampe dastehen und lässt sich nur auf das Abenteuer ein, wenn Abigail es auch tut. Wie auch immer, es ist nicht mein Problem. Letztes Jahr um die Zeit wäre es für mich klar gegangen, nach dem Training einfach ein bisschen Spaß zu haben. Aber jetzt liegt eine harte Saison vor mir.

Ich löse Jenson ab und positioniere mich hinter dem Schlitten.

Zweiundvierzig Sekunden muss ich unterbieten. Mich selbst besiegen. Ich fixiere die andere Seite des Spielfelds und mobilisiere nochmal all meine Kräfte.

Los geht's.

MIA

Draußen ist es bereits dunkel, ich habe meine Sachen eingeräumt und sollte jetzt wahrscheinlich losziehen, um mich ins Unileben zu stürzen. Irgendwo gibt es sicher eine Semester-Start-Party. Doch stattdessen sitze ich hier auf dem durchgelegenen Bett, das ab heute meins ist, sehe an die Wand, von der ich nicht sagen kann, ob sie wohl schon immer altrosa war oder nur mit den Jahren ausgeblichen ist, und denke über Lea nach. Meine Schwester war immer anders als ich, aber trotzdem waren wir die besten Freundinnen. Ich hätte nie gedacht, dass sie mir so fremd werden könnte. Vorhin am Telefon habe ich sie kaum wiedererkannt und seitdem mache ich mir Sorgen.

Etwas muss vorgefallen sein.

Etwas, das ihr Leben komplett auf den Kopf gestellt hat.

Und ich bin mir sicher, dass es mit diesem Kerl aus dem Eishockey-Team zu tun hat.

Vielleicht weiß Mom, was los ist. Vielleicht sollte ich sie …

Nein. Ein ungeschriebenes Gesetz zwischen Lea und mir lautet: Wenn es Probleme gibt, wenn eine von uns Mist baut – dann halten wir unsere Eltern raus.

Also bleibt mir nur eine Möglichkeit, die zwar auch nicht toll, aber immerhin besser ist, als gleich bei Mom zu petzen.

Ich stehe auf und durchquere mein winziges Zimmer mit wenigen Schritten. Ich bin gespannt, wann ich mich hier das erste Mal wie zu Hause fühlen werde. Und ob überhaupt. Kelly scheint in ihrem Zimmer zu sein, trotzdem husche ich lieber unauffällig hinüber zu Leas Zimmer und schließe leise die Tür hinter mir.

Der Duft des süßen Parfums, das meine Schwester schon als Teenager benutzt hat, liegt in der Luft. Schnell mache ich Licht und erwarte, dass Lea aus dem Schlaf hochschrecken und mir eine Szene machen wird, aber ihr Bett ist natürlich leer. Ich hätte ja auch mitgekriegt, wenn sie heimgekommen wäre.

Langsam drehe ich mich einmal um mich selbst. Ihr Zimmer ist größer als meins, mit zwei Fenstern, vor denen weiße Spitzengardinen hängen. An den Wänden, die die Farbe von Solero-Eis haben, befinden sich Plakate von Uni-Veranstaltungen, blau glitzernde Pompons und ein paar Urkunden.

Die Beste im Kunsthistorie-Sommerseminar.

Die Beste im Berkeley-Segelkurs.

Vizepräsidentin von Kappa-Delta-Phi.

Sowas war Lea immer wichtig.

Auch wenn all das typisch für meine Schwester ist, entdecke ich auch so einige Dinge, die so gar nicht zu ihr passen wollen.

Nachdenklich sehe ich mir die Bücher an, die auf ihrem Schreibtisch gestapelt sind. Sie haben schon eine dünne Staubschicht angesetzt. Auch das ungemachte Bett passt so gar nicht zu ihr.

Ich drehe mich einmal um die eigene Achse, erkenne hier und da noch meine Schwester, aber dann auch wieder nicht.

Sie war immer eine Perfektionistin, doch ihr Zimmer wirkt auf mich wie das einer Lea-Kopie. Der Mülleimer quillt über und die Fotos, die an einer Pinnwand neben ihrem Bett hängen und eigentlich fröhliche Aufnahmen von ihr und ihrer Uni-Clique zeigen sollten, sind kaputt.

Zerrissen.

Stirnrunzelnd trete ich näher heran. Ungefähr die Hälfte der rund zwanzig Fotos ist einfach in der Mitte durchgerissen worden und zeigt nur noch meine Schwester allein.

Ich betrachte das erste Bild und bin mir sicher, dass sie hier Mister Eishockey-Star entfernt hat, denn ich erkenne an der Abrisskante noch ein Stück von einem schwarz-weißen Sportschuh. Die Beziehung der beiden ist offenbar zu Ende, doch trotzdem hat sie sich nicht die Mühe gemacht, die Bilder abzuhängen. Wie eine Art Trophäe. Oder als würde ihr noch etwas an ihm liegen.

Was Jerry dazu wohl sagt?

Auf dem nächsten Foto sind die Überreste einer blauen Trainingsjacke zu sehen.

Auf einem anderen hat sie den Typen, der ursprünglich mal neben ihr stand, komplett ausradiert.

Nein, nicht komplett.

Ich beuge mich ein Stück vor und erkenne, dass er lässig einen Arm um ihre Schultern gelegt hat. Er hat muskulöse Arme, leicht gebräunt, aber das ist nicht das Entscheidende. Viel mehr sticht mir das Tattoo ins Auge, das an seinem Handgelenk prangt. Es ist schwarz und besteht aus zwei stilisierten Flügeln.

Wahrscheinlich ein Symbol für die Berkeley Eagles. Wenn nicht sogar ihr Logo ...

Damit sollte es nicht so schwer sein, den Mann ausfindig zu machen, der Lea dermaßen fertig gemacht hat, dass sie sogar die Uni geschmissen hat.

Aber was, wenn ich ihn gefunden habe?

Das sehe ich dann.

Lea und ich standen immer füreinander ein.

Es ist meine Aufgabe als Schwester, ihr auch diesmal zu helfen. Und ich habe zumindest eine Idee, wo ich ansetzen kann.

***

Kelly liegt auf ihrem Bett und hat einen kleinen alten Fernseher laufen. Sie hat den Ton ausgeschaltet und betrachtet das Foto, das ich ihr hinhalte, eingehend. Dann schüttelt sie den Kopf.

»Nein, das ist nicht das Eagles-Logo.«

»Okay, aber ...« Ich tippe auf das Handgelenk-Tattoo. »Weißt du zufällig, wem das gehört?« Ich knie vor ihrem Bett und hoffe, dass Kelly mir weiterhelfen kann. »Es muss jemand aus der Eishockey-Mannschaft sein.«

»Mia.« Kelly seufzt und setzt sich auf. »Morgen ist dein erster Tag und du bist sicher aufgeregt. Aber es ist mitten in der Nacht. Vielleicht solltest du schlafen gehen.«

»Gleich«, wiegle ich ab. »Sag mir zuerst –«

»Ich weiß es nicht«, unterbricht mich Kelly. »Ich weiß gar nicht viel über das, was an der Uni so abgeht. Meine

Eltern haben ihr Leben lang jeden Cent gespart, damit ich an eine gute Uni kann und ich habe ihnen versprochen, mich voll und ganz auf das Studium zu konzentrieren. Ich habe mit den Eishockeyspielern nichts am Hut. Und du solltest dich auch von diesen Aufreißern fernhalten. Die sind eine Nummer zu groß für dich.«

Eine Nummer zu groß für mich?

Was soll das denn heißen?

Ich schlucke eine bissige Erwiderung runter und konzentriere mich weiter aufs Wesentliche.

»Lea hatte einen Freund«, sage ich.

»Einen?« Kelly lacht leise.

Ich presse die Lippen aufeinander und versuche, nicht sauer zu werden. Kelly kann ja auch nichts für den ausufernden Lebensstil meiner Schwester. »Vor einer Weile hat sie angefangen, jemanden von den Eagles zu daten.«

»Ein blöder Fehler. Wie heißt er?«

»Ich kenne seinen Namen nicht, darum geht es ja gerade!«

Kelly hebt vielsagend beide Brauen. Sie hat eine ruhige, unaufgeregte Art an sich, die ich trotz der ironischen Antworten, die sie mir dauernd gibt, irgendwie mag.

Ich weiß im Grunde ja auch, dass ich den Freund beziehungsweise Exfreund meiner Schwester eigentlich kennen sollte, aber Lea hat mir anfangs nur erzählt, dass sie jetzt mit jemandem aus der Eishockey-Mannschaft ausgeht. Und dann hat sie immer weniger mit mir gesprochen. Immer, wenn es um das Thema Beziehungen ging, ist sie mir ausgewichen, fast so, als wollte sie ihr Liebesleben von mir fernhalten. Und so habe ich es schließlich aufgegeben, weiter nachzuhaken – bis wir so gut wie gar nicht mehr geredet haben.

»War sie mal mit einem Mann hier?«

»Nicht, dass ich wüsste.« Kelly schüttelt den Kopf. »Das ist eine unserer goldenen Regeln: Wenn du vögeln willst, gerne. Aber nicht hier.«

Ich denke an mein winziges Zimmer und bin mit der Regel einverstanden. Auch wenn ich nicht zum *Vögeln* hier bin, wie Kelly so schön sagt, würde ich mir eher beide Beine abhacken, als jemanden mit in diese Abstellkammer zu nehmen.

»Einverstanden«, sage ich. »Trotzdem muss ich rausfinden, mit wem Lea zusammen war.«

»Aber warum?« Kelly sieht mich ungläubig an. »Er scheint ein Arsch gewesen zu sein, sonst hätte sie wohl kaum die Fotos zerrissen. Mach dich nicht unglücklich, indem du die abgelegten Männer deiner Schwester nimmst.«

Kelly versteht mich total falsch. Als würde ich es darauf anlegen. »Ich will einfach nur herausfinden, mit wem sie zusammen war. Mal einen Blick auf ihn werfen.«

»Dann *frag* sie doch.«

Wenn das so einfach wäre.

»Sie blockt ab.«

»Sie wird ihre Gründe haben.« Kelly ist so unverständig, dass es mich mit einem Mal sauer macht.

»Ja, weil er ihr wehgetan hat! Er hat sie … *verändert.* Lea, wie sie eigentlich ist, hätte nie die Uni geschmissen.«

»*Hat* sie aber. Menschen ändern sich eben«, beharrt Kelly. »Und was willst du dagegen jetzt machen?«

»Wenn ich erstmal weiß, mit wem ich es zu tun habe, wird mir schon was einfallen. Vielleicht kann ich die beiden zu einer Aussprache bringen. Vielleicht kriege ich ihn dazu, dass er sich entschuldigt – für was auch immer zwischen ihnen vorgefallen ist.«

»Du solltest dich nicht einmischen, wenn du mich fragst.«

»Nein, wahrscheinlich nicht«, murmle ich.

Irgendwie hat sie ja recht. Andererseits komme ich mir mies vor, wenn ich Lea einfach hängen lasse. Es geht ihr offenbar nicht gut und ich glaube, sie ist im Augenblick einfach nicht in der Lage, für sich selbst zu kämpfen.

Deshalb schließe ich einen Deal mit mir ab: Ich werde diesen Typen unter die Lupe nehmen, dann kann ich immer noch entscheiden, was ich als Nächstes tun soll.

Ein Schritt nach dem anderen.

»Ich sehe mir das Eishockey-Team morgen einfach mal an«, sage ich und stehe auf.

»Bist du zufällig Cheerleaderin oder hast du vor, dich bei ihnen zu bewerben?«

»Äh ... nein«, gebe ich zu.

Zwar habe ich gesehen, dass am Freitag ein offenes Casting für Cheerleading-Anwärterinnen stattfindet, aber darauf, halbnackt und Puschel schwingend übers Eis zu fahren, habe ich eigentlich keine Lust.

»Dann viel Spaß dabei, dich durch die Fanmassen zu kämpfen.«

Ich grinse schief und wünsche Kelly eine gute Nacht.

»Und lass dich bloß nicht von den Jocks einwickeln«, ruft sie mir nach.

Jocks – so werden die Sportler an Unis und Highschools von Leuten genannt, die nicht viel von ihnen halten.

Ich danke ihr für den Rat, auch wenn ich ihn nicht brauche.

Das Letzte, was ich will, ist, mich auf den Sportstar einer Uni einzulassen.

KAPITEL 2

MIA

Ich hätte nicht gedacht, dass ich an meinem ersten Tag so nervös sein würde. Doch als ich am frühen Morgen aus dem Bus steige und mitten auf dem Campus von einer der schönsten Unis der gesamten Vereinigten Staaten stehe, klopft mir das Herz bis zum Hals.

Es ist albern. Als ich vor drei Jahren am College in Windhoek anfing, war ich eine von nur drei Weißen, ich war fremd in der Stadt, fremd im ganzen Land. Trotzdem war ich damals nicht ansatzweise so aufgeregt wie heute. Vielleicht lag es daran, dass ich Namibia durch Dads Fotos schon kannte. Alles dort war mir vom ersten Moment an vertraut.

Ich nehme mir etwas Zeit, um mich erstmal umzusehen.

Die Uni liegt im Zentrum von Berkeley, das so gar nichts mit den großen Stadtzentren in Amerika gemeinsam hat. Helle Gebäude, die mich an englische Landhäuser erinnern, stehen auf sanften grünen Hügeln. Überall wachsen Kiefern und hohe Eichen. Kaum zu glauben, dass ich mich hier nur eine gute Flugstunde von meiner Heimatstadt Los Angeles mit seinen

Palmen, dem Smog und dem nie endenden Großstadt-lärm befinde.

Eine Gruppe Studentinnen läuft an mir vorbei. Sie sehen aus, als würden sie zu einem Model-Contest und nicht zum Studieren gehen. Kurze Röcke, luftige Blusen und wallende Haare.

Seufzend blicke ich an mir hinunter und frage mich, ob ich vielleicht das falsche Outfit gewählt habe. Ich trage grüne, aufgekrempelte Cargohosen und ein schwarzes Top. Meine hellbraunen Haare habe ich zu einem Zopf geflochten und meine Füße stecken in praktischen Turnschuhen. In meinen Taschen befinden sich ein Ersatzakku und ein Wechselobjektiv für meine Kamera.

Ich bin auf alles vorbereitet – und genau das kommt mir gerade wie ein Fehler vor. So könnte ich problemlos in den Weiten Afrikas herumspazieren und fotografieren. Doch für Berkeley erscheinen mir meine Klamotten doch ein bisschen zu praktisch.

Aber nach Hause fahren und mich umziehen kann ich auch nicht mehr.

Also muss ich da jetzt durch.

Entschlossen setze ich mich in Bewegung – und stelle fest, dass ich keinen Plan habe, in welche Richtung ich gehen soll.

Mein wichtigster Professor, der Leiter der Fakultät für Bildende Kunst mit dem Schwerpunkt Fotografie, hat mir geschrieben, dass wir uns um zwölf im UG treffen. Aber wo zur Hölle soll das sein?

Ich sehe mich nach Wegweisern um, kann aber keine entdecken und auch die letzten Studenten, die gemeinsam mit mir den Bus verlassen haben, sind längst davongeeilt.

Wenn ich nur wüsste, wo das Sekretariat ist.

»Hey, Lara Croft!«

Oder ein Infopoint. Oder irgendjemand mit Ahnung.

»Hey.« Vor mir taucht ein Gesicht auf, das von einem wilden roten Lockenkopf eingerahmt wird und ich realisiere, dass der zugehörige Typ mich schon vor ein paar Augenblicken angesprochen hat.

Lara Croft. Damit war dann wohl ich gemeint.

»Hast du deinen Kompass vergessen?«, fragt mich der Rothaarige, mustert meine Klamotten und setzt dabei ein verschmitztes Lächeln auf.

Wow, keine fünf Minuten auf dem Campus und schon macht jemand Witze wegen meines Outfits. Da bleibt mir nur eins. Kontern.

»Nein, alles klar, Ed Sheeran, ich komme schon zurecht«, revanchiere ich mich gleich mal für meinen neuen Spitznamen, was den Lockenkopf zu einem Lachen veranlasst.

Er grinst mich an, dann hält er mir die Hand hin. Von dem zugehörigen Arm baumelt eine ganze Sammlung aus Festivalbändchen. »Ich bin Malcolm.«

»Mia.« Ich erwidere seinen Händedruck. Es kann nicht schaden, hier gleich jemanden zu kennen.

»Und, Mia, was stehst du hier so verloren rum?«

»Dasselbe könnte ich dich fragen«, sage ich und sehe mich demonstrativ um. Außer uns beiden ist niemand mehr in Sicht, der Campus wirkt wie ausgestorben.

Malcolm zeigt auf ein Schildchen an seiner Brust, das fast im bunten Wirrwarr seines Fortnite-Shirts untergeht. Darauf steht *Guide.* »Ich bessere mein Stipendienkonto auf, indem ich ahnungslosen Erstsemestern wie dir den Weg zeige. Also, wo musst du hin?«

»Ins UG«, sage ich und hole mein Handy heraus, um Malcolm die Nachricht des Professors zu zeigen. »Das muss irgendwo bei den Geisteswissenschaften sein, ich bin nämlich hier, um meinen Master in Fotografie zu machen, also ...«

Malcolm räuspert sich und fängt schon wieder an zu grinsen. »Du suchst das UG?«

Ich bejahe und bin gespannt, was jetzt kommt. Denn aus irgendeinem Grund scheint es ziemlich lustig zu sein, dass ich auf der Suche nach diesem Gebäude bin.

Doch Malcolm macht keine Anstalten, es mir zu erklären. »Komm mit«, sagt er stattdessen. »Ich zeig es dir.«

***

»Oh«, sage ich, als wir wenig später vor einem der prachtvollen Gebäude zum Stehen kommen.

Im Erdgeschoss befindet sich etwas, das aussieht, als könnte es sich nicht entscheiden, ob es eine Bar, eine Disco oder ein Grow Shop sein will. Durch die Fenster erkenne ich Loungemöbel mit grasgrünen Polstern, eine kleine Tanzfläche sowie eine Theke, die über und über mit Lichterketten in Cannabisform behängt ist. In graffitiartigen Buchstaben steht über der Tür der Name

U GOOD?!

Und hier will sich mein Prof mit mir treffen?
»Gibt es da drin ...?«

»Was? Gras?« Malcolm sieht schmunzelnd zu mir herüber und sagt in ernstem Tonfall: »Natürlich nicht, das
hier ist eine Universität. Aber man erzählt sich, dass die
Brownies ziemlich speziell sein sollen.«

Er zwinkert mir zu und mir ist klar, was er mit *speziell* meint. Wow. Daran, dass ich jetzt in einem Bundes-
staat bin, in dem Marihuana legal ist, muss ich mich
erst noch gewöhnen. In Namibia hat zwar jeder Zweite
gekifft, aber verboten war es trotzdem.

»Aber mal ganz ehrlich«, sagt Malcolm. »Wenn du ge-
chillt high werden willst, solltest du dich nicht auf diese
völlig überteuerten Hipster-Brownies verlassen. Ein
Freund von einem Freund verkauft dir –«

»Woh!« Ich hebe die Hände. »Ich will nicht high werden, ich habe hier ein wichtiges Treffen, weil …«

»Du bist mir keine Rechenschaft schuldig, Lara Croft.
Ich bin froh, dass ich dir auf deiner Mission behilflich
sein konnte.« Damit zwinkert er mir erneut zu und tritt
mit einer leichten Verbeugung den Rückzug an.

Verwundert sehe ich ihm nach. Ein komischer Typ,
aber nicht auf eine unangenehme Art.

Ich straffe die Schultern und betrete das *U GOOD?!*

Im Inneren riecht es nicht wie erwartet nach Gras,
sondern nach Kaffee. Der Laden ist etwa zur Hälfte gefüllt und ich entdecke den Prof, den ich von einem Foto
auf der Uni-Homepage kenne, auf einem Fensterplatz.
Er ist gerade dabei, sich ein großes Stück Brownie in
den Mund zu schieben.

Das kann ja heiter werden.

Ich setze ein Lächeln auf, das, wie ich glaube, zurückhaltend und höflich wirkt und gehe auf seinen Platz zu.

Professor Doherty entdeckt mich und hebt kauend die Hand zum Gruß. »Mia Carschon! Schön, dasch du esch scho pünktlich geschafft hascht!«

Ich will ihm erst die Hand reichen, aber dann erscheint mir das zu förmlich, also nehme ich nur meinen Rucksack ab und setze mich ihm gegenüber. »Hi. Freut mich, dass Sie sich Zeit für mich nehmen.«

Er mustert mich von oben bis unten und sagt, sobald er runtergeschluckt hat: »Himmel, bist du groß geworden.«

Ich runzle die Stirn. »Wir ... kennen uns?«

Der Professor nickt heftig, aber ich kann ihn beim besten Willen nicht einordnen. Sein graues Haar, das keinen richtigen Schnitt zu haben scheint, war früher vermutlich mal schwarz, er ist durchschnittlich groß, eher schlaksig und das Auffälligste an ihm ist seine Brille, die nur unten einen Rahmen hat und dadurch wirkt, als säße sie verkehrt rum auf seiner Nase.

»Bemüh dich gar nicht«, sagt er mit einem warmen Lächeln. »Du und deine Schwester, ihr seid früher immer auf den Vernissagen eures Vaters herumgewuselt. Zwei kleine Sonnenscheine, die auch das Herz des steifsten Kunstkritikers erweicht haben. Daher kenne ich dich.«

Ich muss ebenfalls lächeln. Doherty ist also ein alter Bekannter von meinem Dad. Jemand, der seine Ausstellungen besucht hat und seine Fotos wahrscheinlich genauso liebt wie ich.

»Tut mir leid, dass ich mich nicht mehr erinnere. Aber ich freue mich, dass Sie die Bilder meines Vaters mögen.«

Doherty zieht die Brauen in die Höhe. »Oh, eigentlich ist das genaue Gegenteil der Fall. Aber wir sind nicht hier, um die Fotografien von Anthony Carson zu besprechen, nicht wahr? Zeig mir lieber, was du bisher so im Repertoire hast.«

Ich öffne meinen Rucksack und versuche, mir nicht anmerken zu lassen, wie mich die Worte des Professors treffen.

Wie kann er Dads Bilder nicht mögen? Als er mir schrieb, dass er sich freue, bald die Tochter eines der berühmtesten Fotografen der Welt in seinen Vorlesungen zu haben, bin ich automatisch davon ausgegangen, dass er ein Fan meines Vaters sei.

»Hier, in dieser Mappe sind die Arbeiten aus meinem Bachelorstudium. Oder zumindest ein Auszug daraus«, sage ich und halte ihm das schwarze Album hin, in das meine Fotos eingeklebt sind.

Doherty legt die Mappe auf den Tisch und blättert sie auf. Gleich auf der ersten Seite ist das Bild, was ich von all meinen Fotos am schönsten finde – es zeigt den Kopf eines männlichen Löwen in Großaufnahme und ist so scharf, dass man praktisch jedes Haar seiner Mähne erkennen kann. In seinen Augen spiegle ich mich, so nah bin ich ihm gekommen. Allerdings kann man mein Gesicht nicht erkennen, da es von der Linse verdeckt wird.

Doherty liest den Titel und schmunzelt. »*Self Portrait.* Der Name gefällt mir. Du hast Humor.«

»Danke«, sage ich und warte darauf, dass er etwas zum Foto selbst sagt, doch stattdessen blättert er weiter.

Auf der nächsten Seite sind zwei Bilder. Eines zeigt eine rennende Giraffenherde, ein anderes ein trockenes Tal in der Namib-Wüste, aus dem blattlose Bäume wie Knochen in die Höhe ragen. Der Himmel ist knallblau und ...

Doherty sieht auf und zu mir herüber. »Wenn ich jetzt weiterblättere, bekomme ich dann noch etwas anderes zu sehen oder geht alles in diese Richtung?«

»Es geht im Großen und Ganzen alles in diese Richtung«, gebe ich zu.

Der Professor blickt mich über den gläsernen Rand seiner Brille an. »Mia. Versteh mich jetzt bitte nicht falsch, aber denkst du nicht, du kannst mehr als das?«

Ich schüttle leicht den Kopf. »Ich verstehe nicht, worauf Sie hinauswollen«, sage ich ehrlich.

Doherty tippt auf meine Mappe. »Ein Löwe ist ein Löwe und als solcher immer schön und majestätisch. Die afrikanische Wüste wird immer beeindruckend sein. Aber einen guten Fotografen macht es nicht aus, einfach nur die Kamera auf ein schönes Objekt zu richten und abzudrücken. Ein wirklich guter Fotograf fügt dem Bild mehr hinzu. Freude, Schmerz, Angst, Euphorie, Beklemmung, Wut oder simples Erstaunen; irgendeine Art von Emotion. Oder auch nicht. Absolute Kälte von mir aus, so wie Michael Kenna in seinen besten Werken. Aber einfach nur ein spektakuläres Motiv abzulichten ist keine große Kunst, und darum bin ich auch nie ein Fan deines Vaters gewesen. Zwar ist es auch ein Talent, zur richtigen Zeit am richtigen Ort zu sein, aber zum Fotografieren gehört weit mehr.«

Ich lehne mich zurück und muss mich beherrschen, um nicht trotzig die Arme vor der Brust zu verschränken.

Mein Vater soll kein guter Fotograf sein? Sieht Doherty denn nicht, wie viel Kraft und Lebensfreude in seinen Fotos steckt?

Und auch meine bisherigen Bilder sollen nichts sein als geglückte Momentaufnahmen?

»Professor Doherty …«

Der Prof hebt die Hände. »Ist schon gut, Mia. Du musst mir nichts erklären. Du bist jetzt hier und stehst ganz am Anfang eines Studiums, das dir und der Welt zeigen wird, wer du als Fotografin wirklich bist. Und ich möchte, dass du dir die Chance gibst, das herauszufinden. Deinen eigenen Weg, deinen eigenen Stil zu finden. Kannst du das im Hinterkopf behalten? Die Frage, wer Mia Carson ist und wer sie wirklich sein will?«

Ich schlucke und sehe aus Verlegenheit rüber zum Fenster, wo sich mein eigenes Spiegelbild halb transparent im Glas abzeichnet.

Wer ist Mia Carson und wer will sie sein?

Ich weiß nicht, ob ich mehr sein kann als das, was ich bisher war.

***

Doherty verabschiedet sich vor dem UG von mir und erklärt zum Abschied, dass er sich darauf freue, mit mir zu arbeiten. Ich winke ihm freundlich nach, bin mir aber nicht sicher, ob ich das genauso sehe.

Dad war bisher immer mein absolutes Vorbild. Mal angenommen, ich würde aufhören, ihm nachzueifern …

Ich sehe mich auf dem weitläufigen Hof um. Heute muss ich nur noch kurz im Sekretariat vorbeischauen, ansonsten habe ich keine weiteren Termine oder Vorlesungen. Eigentlich könnte ich die Zeit auf dem Campus für ein paar Fotos nutzen.

Entschlossen stelle ich meinen Rucksack ab und hole die digitale Spiegelreflexkamera heraus. Sie ist mein ganzer Stolz, denn ich habe sie mir selbst zusammengespart.

Ich schalte die Kamera ein, blicke auf das Display und lasse das Objektiv über den Hof wandern, über die Fassade des Gebäudes auf der anderen Seite, die Plakate für einen Wohltätigkeitsbasar, den baldigen Sommerball, eine Ausschreibung für angehende Cheerleaderinnen, die Fenster, in denen sich die Mittagssonne als gelber Fleck am Himmel spiegelt.

Langweilig. Architekturfotos haben mich nie interessiert.

So einfach wird das wohl nicht.

Langsam beginne ich, über den Campus zu spazieren. Ich fotografiere die Schattenspiele in den Unterführungen zwischen den Innenhöfen. Baumgruppen, in deren Kronen sich das Sonnenlicht bricht. Sogar den Himmel, der bis auf ein paar Schleierwolken strahlend blau ist.

Aber all diese Bilder sehen austauschbar aus.

Ich gehe weiter, bis ich das kleine Theater erreiche, das zur University of California gehört. Auf der Wiese vor dem weiß gestrichenen Gebäude proben gerade ein paar Schauspielstudenten. Ich mache heimlich ein Foto von ihnen. Dann betrachte ich es – und bin schon wieder unzufrieden. Das sieht aus wie ein Schnappschuss fürs Jahrbuch.

Das kann doch nicht so schwer sein!

Ich fotografiere ein paar Studenten, die an mir vorbei in Richtung Mensa laufen und sehe mir das Bild an. Hinterköpfe, Sommerklamotten, Kaffeebecher.

Bilder, wie es sie zu hunderten gibt.

Der Professor sagte, ich soll Emotionen rüberbringen. Was fühle ich bei alldem hier?

Verbissen nehme ich die Kamera vor mein Gesicht, wähle den direkten Blick durchs Objektiv, anstatt weiter auf das Display zu sehen. Diese Art zu fotografieren, mochte ich schon immer. Auf einmal bekommt die Welt Begrenzungen und man sieht nur noch das Wesentliche.

Ich zoome ein Stück hinein, um den Ausschnitt noch zu verkleinern. Mein Blick landet auf der Schulter einer Studentin, die an der Schauspielgruppe vorbei läuft. Ich hebe die Kamera leicht, sehe ihr lachendes Gesicht, kann fast schon die Sonnenreflexe in ihren Augen erkennen. Ich schieße ein Foto, dann ist der Moment auch schon vorbei und ich sehe nur noch die Wand des nächsten Gebäudes.

Eine neue Gruppe Studenten kommt vorbei. Ich sehe verschiedenfarbige T-Shirts und Hälse, die teils mit Bartstoppeln bedeckt sind. Diese Typen scheinen alle ziemlich groß zu sein. Ich hebe die Kamera wieder ein Stück, Gesichter tauchen auf, verschwimmen kurz und dann stellt sich meine Kamera auf ein Augenpaar scharf, das mich auf der Stelle fasziniert.

Die Augen sind von einem hellen, klaren Blau, die Iris ist auf beiden Seiten von einem dünnen schwarzen Ring umgeben. Es sind Augen, die mich an einen sibirischen Husky erinnern und es mir trotz der Wärme ein bisschen kälter werden lassen.

Ich muss unbedingt sehen, wie der Mann zu diesen Augen aussieht; und als wäre es Schicksal, bleibt er in diesem Moment stehen.

Ich zoome raus und erkenne, dass er und seine Freunde sich mit ein paar Mädchen aus der Schauspieltruppe unterhalten.

Nein, mit ihnen flirten. Der Kerl mit den Huskyaugen wird gleich von drei Mädels belagert, von denen er selbst die Größte noch mühelos überragt. Aber für sie habe ich gar keinen Blick.

Alles, was ich zustande bringe, ist, sein Gesicht anzustarren. Seine hohen Wangen, die perfekt zu seinen markanten Augen passen. Das stoppelige Kinn und die Lippen, um die ein ernsthafter, leicht skeptischer Zug liegt. Das dunkle Haar, das mich dazu bringt, mit den Fingern hindurchfahren zu wollen und …

Er sagt etwas zu den drei Mädels, setzt für einen Moment ein schiefes Lächeln auf und geht weiter.

So ein Mist! Und ich habe noch nicht mal ein Foto gemacht!

Mit klopfendem Herzen versuche ich, sein Gesicht wieder einzufangen. In Berkeley gibt es vierzigtausend Studenten und mit ein bisschen Pech werde ich diesen Kerl nie wiedersehen, also möchte ich zumindest ein Bild von ihm haben.

Meine Kamera klebt weiter an dem Typen mit den hellen Augen, doch ich habe kein Glück. Er geht weiter, wird in meinem Bildausschnitt kleiner, sodass ich den Aufdruck auf dem Rücken seiner Collegejacke erkennen kann.

UC EAGLES – Ice Hockey Division.

Das darf doch nicht wahr sein. Der Mann, dessen Gesicht mich gerade vollkommen aus dem Konzept gebracht hat, ist ausgerechnet einer der Eishockeystars, vor denen ich jetzt schon von zwei Seiten gewarnt worden bin?!

Ich stöhne und betrachte ihn und seine Freunde beim Weggehen, sehe zu, wie er eine Hand hebt, um sich von den anderen zu verabschieden und –!

Hektisch lasse ich den Sucher über seinen Arm wandern. Der Ärmel seiner Jacke ist hochgeschoben, ich sehe gebräunte Haut, klar erkennbare Muskeln an seinem Unterarm und dann, auf seinem Handgelenk, zwei stilisierte Flügel.

Mir wird schlecht, ganz unvermittelt und heftig, von dem Zorn, der mich in diesem Augenblick erfasst.

Das ist er also?

Der Mistkerl, der meine Schwester so aus der Bahn geworfen hat?

Ich packe die Kamera fester und wünschte, ich könnte exakt das, was ich gerade spüre, in einem Bild einfangen.

Doch dann verschwindet er in einer Unterführung, läuft ein paar Stufen hinab und ist nicht mehr zu sehen.

Frustriert lasse ich die Kamera sinken.

Dieser Typ hat was, irgendwas, das ...

Unsinn.

Ich werde mich von seinem attraktiven Äußeren nicht blenden lassen, denn ich weiß dank meiner Schwester, was mit den Frauen passiert, die sich auf ihn einlassen. Aber leider weiß ich immer noch nicht, was genau er Lea angetan hat und darum muss ich dringend mehr über ihn in Erfahrung bringen.

Also fasse ich einen Entschluss und setze mich in Bewegung in Richtung der Stufen, über die er abgehauen ist.

Dann wollen wir doch mal sehen, wo er hin möchte.

SLATER

»Hey, wo willst du hin?« Tom stellt sich zwischen mich und die Eissporthalle und ich muss stehenbleiben, damit ich ihn nicht einfach umrenne. »Wir haben frei, schon vergessen?«

Wie könnte ich?

Die ersten Semestertage sind immer gleich – keiner will akzeptieren, dass die lange Sommerpause vorbei ist.

Die Kurse enden bereits in den Mittagsstunden und danach stehen Partys am Strand oder zu Hause bei irgendwem am Pool an.

»Die Seabreeze Bay wartet«, ruft mir Tom die kleine Bucht ins Gedächtnis, in der zu jedem Semesterstart gefeiert wird.

Sommermusik, starke Drinks und Mädels in knappen Bikinis. Es ist nicht so, dass ich nicht hingehen möchte. Ich kann nur nicht.

Ich deute mit dem Kopf rüber zur grauen Fassade der Eissporthalle. »Ich muss trainieren.«

Tom verzieht das Gesicht und schüttelt den Kopf. »Ganz miese Idee. Du hast den ganzen Sommer über trainiert und musst mal runterkommen. Du siehst das alles viel zu verbissen.«

»Ich habe das letzte Spiel versaut«, sage ich, wie es ist. Daran gibt es nichts zu beschönigen.

»Das war ein Ausrutscher, Slay.« Tom sieht mir eindringlich in die Augen. »Das kommt ganz bestimmt nicht nochmal vor.«

Ich wäre froh, wenn ich mir da so sicher sein könnte wie er.

»Komm wenigstens nach dem Training vorbei, okay? Gegen vier?«

Im Kopf überschlage ich, wie viel Zeit ich brauche.

Jetzt ist es halb zwei. Wenn ich eine Stunde trainiere, dann haben wir halb drei.

Ich muss unbedingt noch nach Hause fahren und schauen, ob dort alles in Ordnung ist.

Die Fahrt zum Strand kostet mich zwanzig Minuten, es wird also knapp.

»Sechs«, sage ich.

Tom klopft mir auf die Schulter. »Power dich aus. Das hast du verdient.«

Mit einem vielsagenden Grinsen, das ich nicht deuten kann, verschwindet er aus meinem Blickfeld.

Ich sehe ihm kurz nach, dann betrete ich die Eishockeyhalle durch den Hintereingang.

Ich muss dringend in Topform kommen. Beim ersten Spiel der Saison will ich wieder einer der wichtigsten Männer auf dem Feld sein. Neben Tom und Jenson.

Was auch immer beim letzten Mal mit mir los war, ist Geschichte.

Ich knalle die Umkleidetür ein bisschen zu fest hinter mir zu, um die Gedanken an die vergeigte Saison aus meinem Kopf zu verscheuchen.

Gleich werde ich ein paar Sprints auf dem Eis hinlegen, um meine Kondition zu verbessern und mir selbst zu beweisen, dass ich es noch draufhabe.

Tom hat Recht.

Sowas wie beim letzten Match wird nicht nochmal vorkommen.

Dafür sorge ich schon.

***

Um meine Kondition zu trainieren, jage ich über das Eis und gebe alles, so als wäre das hier ein richtiges Match. Kaum etwas ist im Eishockey so wichtig wie Geschwindigkeit. Wer gut sein will, darf keine Angst vor Stürzen haben, und ich will nicht nur gut sein – ich muss.

Ich muss einer der Besten sein, also treibe ich mich ans Limit.

Das Trainingsshirt klebt nass an meinem Rücken, als ich die letzte Runde drehe.

Noch ein paar Meter.

Noch einmal richtig Gas geben.

In die Knie, die Stride-Bewegung verlängern, die Endgeschwindigkeit erhöhen und ...

Geschafft!

Vor der Bande komme ich zum Stehen und werfe einen Blick auf meine Stoppuhr.

137 Sekunden.

Meine heutige Bestzeit.

Zufrieden gehe ich vom Eis und lasse mich auf eine der Zuschauerbänke fallen. Mein Atem geht schnell, aber nicht zu schnell. Meine Kondition hat in den letzten Monaten weniger gelitten, als ich befürchtet hatte. Ich ziehe meine Schlittschuhe aus und sehe durch die Halle. Betrachte die leeren Sitze, das Eis, auf dem die Spuren meiner Kufen zu sehen sind ...

Die Erinnerungen ans letzte Spiel sind immer noch nicht zurückgekehrt. Mir fehlen entscheidende Momente und ich kann mir nicht erklären, wo sie abgeblieben sind.

Tom meint, sowas kann mal vorkommen.

Ich glaube nicht, dass solche Blackouts normal sind.

Aber wie auch immer diese Gedächtnislücke entstanden ist, solange es kein zweites Mal passiert, ist alles okay.

Doch woher weiß ich, dass es das nicht tut? Vielleicht in weniger entscheidenden Situationen, wenn ich allein bin? Ich sehe nicht andauernd auf die Uhr, gut möglich, dass mir hier mal zehn Minuten verloren gehen und dort eine halbe Stunde.

Plötzlich kommt mir die Halle stickig vor. Als gäbe es zu wenig Sauerstoff hier drinnen.

Ich stehe auf, lege die Schulter- und Schienbeinschoner ab und ziehe mein verschwitztes Shirt aus. Dann gehe ich barfuß rüber zu den Umkleiden.

Ein Vorteil vom Semesterbeginn: Niemand hat Lust auf Sondertraining und so bin ich ganz allein.

Ich lasse meine Klamotten auf den Boden fallen und drehe die Dusche auf. Dampf steigt auf und ich trete unter das warme Wasser. Keine wirkliche Abkühlung, aber besser für meine Muskeln.

Eine Weile stehe ich einfach so da und denke darüber nach, was wäre, wenn ich gleich nicht nach Hause fahren würde. Wenn ich einfach zur Seabreeze Bay fahren und einen Abend lang alles vergessen würde.

Der Gedanke erscheint mir verlockend, aber ich weiß, dass ich es sowieso nicht durchziehen werde.

Wenn ich erst nachts zurück in die Villa kehren würde, dann ...

Ich sehe die Katastrophe bildhaft vor mir und weiß, dass ich das nicht bringen kann.

Entschlossen stelle ich die Dusche ab, schlinge mir ein Handtuch um die Hüften und pralle überrascht einen Schritt zurück.

Auf der Bank zwischen den Duschen und den Waschbecken sitzt Abigail und mustert mich. Eingehend.

»Suchst du Tom?«, frage ich und versuche, mit ihrem plötzlichen Auftauchen gelassen umzugehen.

Gerade beim Training in der Eishalle kam ich mir ein paar Mal beobachtet vor.

Jetzt weiß ich, dass ich nicht paranoid werde und bin insgeheim erleichtert. Abigail hat mir wahrscheinlich schon die ganze Zeit zugesehen. Sowas kommt häufiger vor, wenn man einer der Sportprofis von Berkeley ist.

»Nein.« Sie lächelt, steht auf und kommt lasziv auf mich zu geschlendert.

Langsam verstehe ich. So eine Nummer wird das hier also.

Jetzt bin ich an der Reihe, sie zu begutachten. Sie trägt ein hellgelbes Sommerkleid, durch den dünnen Stoff kann ich ihre Nippel erahnen. Meine Kehle wird trocken und mir wird klar, dass ich den Sommer zu viel mit Training und zu wenig mit anderen Dingen verbracht habe.

»Von ihm komme ich gerade. Er hat mir gesagt, dass du beim letzten Training ziemlich scharf auf mich warst.«

Ach ja? War ich das? Ich glaube kaum. Oder zumindest kann ich mich nicht daran erinnern.

»Tom meint, du könntest ein bisschen Ablenkung gebrauchen.«

Ablenkung. Mein bester Freund ist im Moment aber ganz besonders fürsorglich. Das zeigt mir, dass mein Blackout auch ihm Sorgen bereitet.

Aber verdammt nochmal. Scheiß auf den Blackout. Darüber kann ich mir immer noch Gedanken machen, wenn ich mit Abigail fertig bin.

Sie legt ihre Hände an den Saum meines Handtuchs und fixiert meinen Blick mit ihrem. Ihre Wimpern sind unendlich lang und ihre Augen haben die Farbe von Whiskey.

»Das hier wird eine einmalige Angelegenheit«, stelle ich klar. Am liebsten würde ich sie sofort packen und ihr den Slip vom Leib reißen, aber mir ist wichtig, dass sie vorher versteht, was Sache ist. Dass ich nicht vorhabe, sie zu daten oder so.

»Einmalig«, wiederholt sie und lässt mein Handtuch fallen.

Ich bin bereits ziemlich hart und habe Probleme, ihr nicht permanent auf die Brüste zu starren.

»Ich meine es ernst«, sage ich und lege meine Hände auf ihre Taille. »Einmal und das war's.«

Abigail haucht mir einen Kuss auf die Brust. »Du willst nichts Festes.«

Ich schüttle den Kopf und lasse meine Hände höher wandern, umfasse ihre Brüste und spüre, dass ihre Nippel noch härter werden.

Abigail lacht leise. »Geht in Ordnung, Slater.« Sie streckt die Hand nach meinem Schwanz aus und ich kann nicht mehr anders.

Ich packe ihre Hüften, drehe mich mit ihr um und hebe sie auf den Rand des Waschbeckens neben mir.

Abigail hält sich an meinen Schultern fest, während ich meine Finger ihre Schenkel hinauffahren lasse, um ihr das Höschen auszuziehen. Sie spreizt die Beine für mich und ich spüre, dass sie gar keins trägt. Sie ist feucht und ich werde augenblicklich noch härter. Am liebsten würde ich sie auf der Stelle nehmen.

Da gibt es nur ein Problem ...

»Scheiße«, keuche ich und sehe mich nach einem Gummi um.

»Suchst du sowas?« Abigail hält mir ein Kondom hin und nun muss auch ich lachen, auch wenn es mehr wie ein heiseres Ächzen klingt.

»Du bist wirklich bestens vorbereitet.«

MIA

Ich komme mir vor wie ein Spanner. Zwischen den Spinden der Umkleidekabine verborgen stehe ich da und starre aufs Display meiner Kamera. Wann ich sie rausgeholt habe, ist mir ein Rätsel.

Hier in der Umkleide oder schon zuvor in der Eishockeyhalle?

Ich habe noch nicht abgedrückt und auch wenn dieser Typ Lea schrecklich behandelt hat, kommt es mir falsch vor, ihn in so einem intimen Moment zu fotografieren.

Stattdessen blicke ich weiter aufs Display, betrachte die Bewegung seiner Lenden und das perfekte Zusammenspiel seiner Muskeln. Wasser rinnt aus seinen nassen Haaren seinen Rücken hinunter. Seine Haut glänzt feucht und ich muss zugeben, dass er einen Wahnsinnskörper hat.

Die Blondine, die vor ihm auf dem Waschbecken sitzt, hat die Augen geschlossen und stöhnt in kurzen, rhythmischen Abständen.

Mister Herzensbrecher keucht ebenfalls, wirkt aber viel weniger bei der Sache als sie. Sein Blick ruht auf seinem eigenen Spiegelbild über dem Waschbecken. Zumindest sieht es von hier hinten so aus.

So ein blasierter Mistkerl.

Vorsichtig hebe ich die Kamera ein Stück und zoome den Spiegel näher heran. Er ist beschlagen und das Gesicht des selbstverliebten Affen ist nur verschwommen darin zu erahnen. Zumindest fast.

Auf der Höhe seiner Augen ist die Feuchtigkeit schon getrocknet und ich kann seinen Blick erkennen. Anders als erwartet, hat er nichts Selbstverliebtes an sich. Er sieht nicht in den Spiegel, weil ihn sein eigener Anblick so antörnt.

Viel mehr wirkt es, als wäre es ihm unangenehm, dem Mädchen in die Augen zu gucken, mit dem er gerade Sex hat. Als wäre es ihm zu nah. Zu intensiv. Wie vorhin schon auf dem Campus sieht er ernst und nachdenklich aus. Als wäre er mit den Gedanken ganz woanders.

Vielleicht bei Lea.

Nein. Ich darf mich nicht täuschen lassen. Dieser Kerl hat ihr das Herz gebrochen und jetzt bricht er das der Nächsten.

Eiskalt. Ohne schlechtes Gewissen. So sind Männer wie er doch.

Ohne es wirklich zu wollen, drücke ich ab. Fotografiere die Spiegelung seines Gesichts, das mich trotz allem fasziniert.

Und bereue es sofort, als das Klicken ertönt.

SLATER

»Was war das?« Ich fahre herum und höre Abigail aufkreischen.

Sofort greife ich nach ihr, damit sie nicht vom Waschbecken fällt. Ich versichere mich, dass sie richtig auf die Füße kommt, dann drehe ich mich wieder um. Suche die Umkleide ab.

»Was hast du?« Abigail ist völlig außer Atem.

»Hast du das nicht gehört?« Ich durchquere die Umkleide, suche zwischen den Spinden, schaue in jeden Schrank, unter jede Bank. »Hier war jemand.«

»Ich habe nichts gehört.«

Was? Wie kann sie das nicht gehört haben? Das Geräusch, ein Klicken wie von einer Kamera, war doch laut und deutlich.

»Slater ...« Abigail legt mir eine Hand auf die Schulter, aber ich schüttle sie ab und wende mich der Tür zur Eishockeyhalle zu. Sie steht ein Stück auf.

Dabei habe ich sie doch zugemacht. Vielleicht ist Abigail von dort hereingekommen. Ganz sicher sogar.

Trotzdem. Ich muss es wissen.

Ich reiße die Tür ganz auf – aber auch dort ist niemand.

Habe ich jetzt schon Halluzinationen?!

»Hey!«, rufe ich in die Kälte der Halle. Meine Stimme hallt von den Wänden wider.

Nur meine Stimme, sonst nichts.

Keine Schritte. Keine Antwort. Kein Zuschlagen einer Tür.

»Slater, rede mit mir.« Abigail ist so nah an mich herangetreten, dass ich die Wärme ihres aufgeheizten Körpers spüren kann.

Mit ihr reden? Und was soll ich sagen? Dass ich offenbar den Verstand verliere?

Blödsinn, Slay. Du hast ein Geräusch gehört, mehr nicht. Dass niemand zu sehen ist, hat nichts zu bedeuten.

»Ich hoffe es«, knurre ich.

»Bitte?«

Shit. Das hätte ich nicht laut sagen sollen. Jetzt hält sie mich doch für vollkommen wahnsinnig.

»Es ...« Ich streiche mir das nasse Haar aus der Stirn und möchte gefasst wirken. »Es ist alles okay«, sage ich, wende mich ihr zu und lächle. »Tut mir leid, ich muss jetzt nach Hause.«

Abigail sieht besorgt aus und das gefällt mir gar nicht. Sie soll bloß nicht herumerzählen, dass mit mir etwas nicht stimmt. Vielleicht kann ich sie auf der Party davon überzeugen, dass ich okay bin.

»Kommst du nachher zur Bay?«, frage ich sie kurzerhand.

Anders als erhofft, weicht die Sorge nicht aus Abigails Blick. »Ja, aber ...«

»Schön.« Ich lächle wieder, dann suche ich meine Klamotten zusammen. »Ich muss jetzt wirklich los.«

»Ich kann dich fahren.«

»Auf keinen Fall!«, sage ich eine Spur zu heftig. »Ich meine ...«

»Wegen deinem Vater, oder?«

Ich schlucke, dann nicke ich.

»Ich verstehe das. Wenn ich so berühmt wäre wie er, hätte ich auch nicht gerne, dass jeder weiß, wo ich wohne. Aber mir könnt ihr vertrauen. Ich setz dich nur dort ab und –«

»Nein«, wiederhole ich und bin erleichtert, dass Abigail mit ihrer Vermutung den Tatsachen nicht mal annähernd nahekommt.

Ich lasse nie jemanden zu mir nach Hause – niemals. Alle glauben, dass das am Ruhm meines Vaters liegt, dass ich ihn vor wildgewordenen Fans schützen möchte. Doch die Wahrheit sieht ganz anders aus.

Und ich bin froh, dass niemand diese Wahrheit kennt.

MIA

Als ich nach Hause komme, glühen meine Wangen noch immer und ich fühle mich so aufgeheizt, als wäre ich den ganzen Weg gerannt. Die komplette Fahrt über habe ich mich beherrscht, doch kaum ist die Wohnungstür hinter mir ins Schloss gefallen, schalte ich mit zitternden Fingern die Kamera ein und betrachte das Foto.

Es zeigt den Spiegel und ein Stück der Wand im dunstigen Umkleidelicht. Und natürlich sein Gesicht.

Es ist besser zu erkennen als gedacht. Trotz des Wasserdampfs, der wie ein Weichzeichner wirkt, kann ich seine ebenmäßigen Züge ausmachen, die leicht schräg stehenden Brauen, sogar seinen Hals und ansatzweise seine durchtrainierten Schultern.

Aber das Faszinierendste an ihm sind immer noch seine Augen.

Eisige Augen, aus denen er vermutlich schon Dutzende Frauen angesehen hat, um ihnen zu sagen, dass sie nicht die Richtige sind, nicht gut genug.

Meine Schwester war eine von ihnen, das muss ich mir immer wieder klarmachen. Und darum muss ich dringend aufhören, dieses Foto vollzusabbern und in Erfahrung bringen, wer er ist – und was er ihr angetan hat.

»Kelly?«, rufe ich.

Keine Antwort, anscheinend ist sie noch an der Uni.

Ernüchtert lasse ich die Schultern sinken, streife meine Turnschuhe ab und denke an den Moment, in dem ich abgedrückt habe. Wie sein Kopf sofort in meine Richtung ruckte und ich mich gerade noch hinter die Spinde zurückziehen konnte, um mich auf Zehenspitzen nach draußen zu schleichen, während er damit beschäftigt war, die Blondine vom Waschbecken zu heben.

Wenn er mich erwischt hätte …

Ich sehe mir das Bild noch ein weiteres Mal an, dann reiße ich mich davon los und lege die Kamera zur Seite. Vor lauter Nervosität habe ich heute Morgen nicht gefrühstückt und jetzt, wo das Adrenalin langsam aus meinen Venen weicht, habe ich das Gefühl, einen ganzen Bären verdrücken zu können.

Also werde ich jetzt rüber in den nächsten Supermarkt gehen und ein bisschen einkaufen, dann koche ich mir etwas. Anschließend werde ich ein paar Ausdrucke von meinen heutigen Bildern machen – nicht, dass meine Speicherkarte kaputt geht und sie plötzlich weg sind.

Und bis ich damit fertig bin, ist Kelly hoffentlich hier, um mir den Namen des Mistkerls mit den Eisaugen zu verraten. Des Mannes, von dem ich genau zwei Dinge weiß.

Erstens: Er sieht atemberaubend aus.

Und zweitens: Er ist mit ziemlicher Sicherheit der Letzte, der es verdient hat, so gut auszusehen.

KAPITEL 3

MIA

»Hey. Wie war der erste Tag?«

Fast schon erschrocken sehe ich auf und entdecke Kelly, die in der Küchentür erschienen ist. Ihr schwarzes Haar hat sie mit einem roten Haarreifen gebändigt, in ihren Shorts und dem geknöpften Top sieht sie fast wie ein Pin-up aus den Fünfzigern aus. Nur das klassische Make-up fehlt ihr.

»Was hast du denn hier angerichtet?«, fragt sie und kommt langsam rein, ohne meine Antwort abzuwarten.

»Ach!«

Ich stemme die Hände in die Hüften und sehe mir das Chaos an, das mich umgibt. Das Spülbecken ist voller Seifenwasser und Schaum und die Mikrowelle steht, praktisch in all ihre Einzelteile zerlegt, vor mir auf der Arbeitsplatte. Der Mülleimer quillt über vor lauter Küchentüchern, der Boden ist von meiner Reinigungsaktion schon ganz nass.

»Soll das ein verspäteter Frühjahrsputz werden, vor dem du erstmal alles schmutzig gemacht hast, damit das Putzen nicht zu langweilig wird?«, mutmaßt Kelly.

»Ich wollte mir etwas zu essen machen, aber mir sind die Makkaroni mit Käse in der Mikrowelle explodiert«, gebe ich zerknirscht zu. »Zweimal.«

Kelly kräuselt angewidert die Lippen. »Das kommt davon, wenn man Fast Food in sich reinstopft. Weißt du, wie leicht man Mac and Cheese selbst machen kann?«

Nein, das weiß ich nicht. Wenn ich überhaupt ansatzweise kochen kann, dann afrikanisch, aber dafür gab es in dem kleinen 7-Eleven an der Ecke keine Zutaten.

»Schön wär's, wenn ich das Fast Food wenigstens in mich reingestopft hätte«, sage ich.

Kellys geschürzte Lippen verziehen sich zu einem Grinsen und sie verlässt ihren Platz an der Tür, um das Gefrierfach zu öffnen.

»Ich mache dir einen Vorschlag. Du bekommst was von meinem Chili ab und dafür erzählst du mir, weshalb du so durch den Wind bist. Sag mir bitte nicht, dass du deinen schwachsinnigen Plan in die Tat umgesetzt hast.«

Resigniert schnappe ich mir wieder meinen Spülschwamm. »Du meinst den Plan, mir das Eishockey-Team anzusehen? Doch, das habe ich. Und ich habe ihn sogar gefunden.«

»Den Ex deiner Schwester?« Kelly dreht sich mit einer Tupperdose in der Hand zu mir um und mustert mich neugierig. »Und, wer ist es?«

»Ich hoffe, das kannst du mir sagen.«

»Wie oft muss ich es dir noch erklären, Mia?« Sie öffnet die Dose und schüttet den Inhalt, einen tiefgefrorenen Eisblock aus Chili, in einen Topf. »Ich kenne diese Kerle nicht, die sehen für mich alle gleich aus.«

Bevor meine Hände gleich wieder nass sind, schnappe ich mir meine Kamera vom Fensterbrett und schalte sie ein, um Kelly das Bild zu zeigen. »Der hier auch?«

Kelly sieht desinteressiert zu mir herüber, betrachtet kurz das Bild, wendet sich wieder ihrem Topf zu – und sieht dann schnell wieder hin, nur um mir die Kamera in der nächsten Sekunde aus der Hand zu nehmen.

»Das ist doch ... Ich weiß gar nicht, wo ich anfangen soll.«

»Mit seinem Namen?«, sage ich voller Hoffnung.

Kelly betrachtet das Foto eingehend, dann fängt sie an zu lachen. »Sag bitte nicht, dass es da entstanden ist, wo ich glaube, dass es entstanden ist.«

»In der Umkleide«, gebe ich zu.

Kellys Lachen wird noch lauter. Entgeistert sieht sie mich an und fragt mit einem Funkeln in den Augen: »Du hast allen Ernstes *Slater Thorn* in der Umkleide bespannt?!«

Slater Thorn.

Das ist also sein Name und er passt wie die Faust auf eines seiner blauen Augen. Ungewöhnlich, aber mit einem schönen Klang.

Slater Thorn. Das hört sich doch schon nach einem Frauenhelden an.

Ich zucke mit den Schultern. »Ich habe das Tattoo an seinem Arm gesehen und wollte wissen, wer er ist.«

»Dann verhalte dich wie ein normaler Mensch und geh zum offenen Training. Da kannst du dich ganz legal über ihn schlaumachen«, sagt Kelly und tippt auf das Display. »Ich habe zwar keine Ahnung, welches

Gesetz du damit gebrochen hast, aber irgendeins mit Sicherheit. Wenn nicht sogar mehrere!«

»Ach, so ein Quatsch. Er hat mich ja nicht mal richtig gesehen.« Ich blicke auf das Foto und versuche, mich nicht wieder davon einfangen zu lassen. »Kannst du mir mehr über ihn erzählen? Wie ist er so, wie ist sein Image?«

Kelly verschränkt die Arme vor der Brust und mustert mich von oben bis unten, als hätte ich ihr gerade zu erzählen versucht, dass ich vom Mond komme. »Du hast keine Ahnung, oder?«

»Keine Ahnung von was?«

»Calvin Thorn, schon mal gehört?«, kontert Kelly mit einer Gegenfrage.

»Ich dachte, er heißt Slater.«

»Das tut er ja auch, und Calvin Thorn ist sein Vater. *Der* Calvin Thorn.«

Ich runzle die Stirn. Irgendwie sagt mir der Name was, aber ich kann ihn nicht richtig einordnen. »Ein ...« Ich verziehe das Gesicht. »Ein Gouverneur oder so?«

Schon wieder lacht mich Kelly aus. »Süße. Auch wenn du die letzten hundert Jahre in Botswana oder Gott weiß wo verbracht hast, musst du doch Calvin Thorn kennen. *Herzen im Westwind? Get real or get killed? Die Brüder Stone?*«

»Du redest wirres Zeug«, vermute ich.

»Ich rede von einem der größten Hollywoodschauspieler der frühen 2010er Jahre! Als ich vierzehn oder sechzehn oder so war, war Calvin Thorn der absolute Star!«

Und endlich macht es bei mir Klick. Nicht, was diese Filme angeht, die kenne ich nicht. Aber mir wird klar, warum ich auch diesen Calvin Thorn nicht kenne.

»Wir hatten keinen Fernseher. Meine Eltern wollten, dass wir uns kreativ beschäftigen, also ...«

»Tja, und das hast du jetzt davon, bespannst den Sohn eines Superstars in der Umkleide und weißt es nicht einmal.« Kelly schnappt sich einen Holzlöffel und rührt ihr Chili um.

Und ich versuche, die neuen Informationen einzuordnen.

Ich kann mir Slater Thorns Leben so richtig vorstellen. Wahrscheinlich liegt er jetzt gerade mit einem Drink in der Hand auf einer Luftmatratze in seinem riesigen Pool und lässt es sich gutgehen, während winzige Wassertropfen über seine nackte Haut perlen und ein paar Bikinischönheiten mit Palmwedeln –

Mein Handy klingelt. Mechanisch ziehe ich es hervor, während ich in Gedanken immer noch Slaters makellosen Körper vor mir sehe. Ein Blick aufs Display verrät mir, dass es meine Schwester ist.

Endlich! Ich hoffe, wir können uns jetzt in Ruhe unterhalten.

Ich gehe ran und melde mich mit den Worten: »Na, wieder nüchtern?«

Als Antwort bekomme ich zunächst mal ein komisches Geräusch, das ich erst auf den zweiten Blick als Nase hochziehen erkenne. Dann schluchzt meine Schwester: »Miaaa?! Kannsu mich abhol'n?! Mir geh's richtich dreckich! Ich hab mich mit Jerry gestritt'n und jetz' is' alles scheiße!«

Erst jetzt fällt mir die Musik im Hintergrund auf. Ist sie etwa schon wieder feiern? Und sogar noch betrunkener als beim letzten Mal?

Ich wende mich von Kelly ab und gehe ein paar Schritte, damit sie nicht hört, wie fertig meine Schwester ist, auch wenn das albern ist. Kelly weiß ja, dass Lea total neben sich steht in letzter Zeit.

»Hey. Beruhig dich, okay?«, sage ich sanft. Ich will mir nicht anmerken lassen, wie aufgewühlt ich selbst bin. Ich kenne meine Schwester so einfach nicht.

»Hol mich bitte aaab«, jammert sie und hört sich an, als stünde sie kurz vor einem Nervenzusammenbruch.

»Lea, ich habe kein Auto, wie soll ich denn ... Wo bist du überhaupt?«

»An dem klein' Strand in Richmond, hinner dem ergonomo ... ergoni ...«

»Sie meint das ergonomische Labor«, sagt Kelly. »Es gehört zu unserer Uni. Die Mediziner und Ingenieure veranstalten da ständig irgendwelche Partys.«

»Kannst du mich vielleicht da hinfahren?«, frage ich hoffnungsvoll und Kelly sieht mich skeptisch an.

»Nein, tut mir leid. Aber wenn du mir zeigst, dass du einen Führerschein hast und mir versprichst, keinen Mist zu bauen, leihe ich dir mein Auto.«

Mir fallen gleich ein Dutzend Steine vom Herzen. »Danke, Kelly!«, sage ich und würde sie am liebsten umarmen. Aber das käme mir dann doch irgendwie komisch vor, wir kennen uns ja kaum. »Dafür hast du was gut bei mir!«

»Begleite mich zum Color Run.«

Ich sehe sie an, dann nicke ich hastig, auch wenn ich keine Ahnung habe, was der Color Run ist. »Geht klar.«

Damit halte ich mir wieder den Hörer ans Ohr, aus dem ich Lea immer noch jammern höre.

»Lea? Ich fahre sofort los, okay?«

»Du muss' ganz schnell komm'«, fordert sie. »Es isso ääätzend hier.«

Ich verspreche ihr, mich zu beeilen und lege auf.

Dann werde ich mich mal auf den Weg zu meiner ersten Uniparty machen. Zu unzähligen betrunkenen Fremden, vor denen ich mich nicht einmal hinter meiner Kamera verstecken kann.

Meinen Start in Berkeley hatte ich mir irgendwie anders vorgestellt.

***

Es ist nicht weit von Berkeley bis nach Richmond – ich muss gerade einmal ein paar Meilen mit Kellys klappriger alter Corvette zurücklegen. Trotzdem brauche ich eine gefühlte Ewigkeit, weil ich extrem langsam fahre. Das Bremspedal fühlt sich locker an und in der Windschutzscheibe befindet sich ein riesiger Sprung, der es mir schwermacht, in der abendlichen Dunkelheit richtig zu sehen.

In Namibia bin ich Autos gefahren, die in schlimmerem Zustand waren als dieses hier. Und wenn ich dabei eines gelernt habe, dann, dass man sie nicht überfordern darf.

Also schleiche ich über die dämmrige Küstenstraße und folge genau der Beschreibung, die mir Kelly gegeben hat, während aus dem Radio in voller Lautstärke Elvis Presley dröhnt. Die Bedienleiste der Stereoanlage fehlt, weshalb ich weder leiser noch die Musik einfach ausmachen kann.

Als ich schließlich das kleine Industriegebiet erreiche, hinter dem sich das Labor und damit die Partylocation befinden soll, beginnt gerade der Song *Can't help falling in Love*, aber ich höre kaum hin. Mit den Gedanken bin ich bei Lea.

Wie kann es sein, dass sie heute schon wieder so betrunken ist? Sie scheint nur noch von einem Rausch zum nächsten zu hetzen.

Was ist, wenn sie ein ernsthaftes Problem mit Alkohol hat?

Ich schiebe den Gedanken fort. Noch weiß ich gar nichts und ich kann es kaum erwarten, meine Schwester endlich zu sehen und persönlich mit ihr zu sprechen.

Vielleicht ist ja alles halb so wild.

Ich lasse das Industriegebiet hinter mir, dann erreiche ich einen Parkplatz und kaum habe ich meinen Blick über die Autos wandern lassen, die kreuz und quer geparkt sind, ist mir klar, was das hier für eine Party ist. Es sind fast ausnahmslos teure Sportwagen, die meisten davon bunt und aufwendig lackiert.

Gelb mit einem Übergang zu Orange, Mattlila, Tiefblau ...

Kein Zweifel hier feiern die Söhne und Töchter reicher Leute. Richtig reicher Leute.

Wahrscheinlich gibt es Champagner aus Magnumflaschen, Kaviarhäppchen und überall tänzeln Playboy-Bunnys herum.

Na, jetzt verstehe ich zumindest, was Lea am Telefon mit ätzend meinte. Wir gehören hier beide nicht hin, auch wenn sie schon immer angepasster war als ich.

Ich steige aus und taste am Zündschlüssel nach der Fernbedienung.

»Die alte Kiste musst du schon per Hand abschließen«, sagt eine Stimme und ich drehe mich schnell um.

An einem anderen Wagen, einem glänzenden nachtblauen Camaro, lehnt Malcolm und schaut mir amüsiert zu.

»Danke«, murmle ich und schiebe den Schlüssel ins Türschloss. »Das Auto habe ich mir geliehen von ...«

»Kelly Estevez, ich weiß.«

»Ihr kennt euch?«, frage ich und drehe mich um.

Malcolm zuckt mit den Schultern. »Freaks unter sich.«

Ich deute auf den Camaro in seinem Rücken. »Schöner Wagen.«

»Ein Camaro SS.« Malcolm lacht. »Den würde ich mir auch gern leisten können.«

Ich runzle die Stirn. »Es ist nicht deiner?«

»Nein.« Malcolm stößt sich von der Karosserie ab und fährt mit einer Hand über den Lack. »Ich mache hier nur den Parkplatzwächter.«

Ich lache, weil ich glaube, er nimmt mich auf den Arm. Doch sein Blick verrät mir, dass er das keineswegs tut und ich frage ungläubig: »Bei einer privaten Uniparty an einem öffentlichen Strand gibt es einen Parkplatzwächter?«

Malcolm setzt wieder dieses verschmitzte Lächeln auf, das er heute Mittag schon an sich hatte. »Sieht ganz danach aus, außer du willst behaupten, dass es mich gar nicht gibt.«

»Dann hätte ich eine echt schräge Fantasie«, scherze ich, doch im nächsten Augenblick fällt mir wieder ein, weshalb ich hier bin. »Hast du hier irgendwo eine Blondine gesehen, die mir ähnlich sieht?«

»Sag mir ihren Namen, ich kenn fast jeden an dieser Uni«, schlägt Malcolm vor.

»Lea Myers«, sage ich.

Malcolm nickt. »Die kam vorhin hier vorbei, zusammen mit ein paar von den Bruins. Was auch immer die hier zu suchen haben. Ist aber schon ein paar Stündchen her und die Jungs sind mittlerweile wieder abgehauen.«

Ich habe keine Ahnung, wer oder was die Bruins sind, aber das spielt jetzt auch keine Rolle. »Kannst du mir zeigen, wie ich zu dieser Party komme?«

»Na klar, komm mit«, sagt Malcolm und setzt sich in Bewegung.

Ich folge ihm durch die Reihen der bunten Sportwagen, wobei er sich immer wieder zu mir umdreht und mich mit Fragen löchert.

»Nichts für ungut, aber woher kennst du Lea Myers? Hätte nicht gedacht, dass du mit solchen Leuten abhängst.«

»Ich hing schon immer mit ihr ab, sie ist meine Schwester«, erwidere ich.

»Dann heißt du also Mia Myers. Klingt cool. Wie die weibliche Fassung von Michael Myers.«

»Nein, ich bin Mia Carson. Wir haben ... unsere Mom hat wieder geheiratet, nachdem ... Also, als mein Dad ...«

»Verstehe«, erlöst mich Malcolm von meinem gestammelten Versuch, mehr zu erzählen.

Ich bin froh darüber. Ich rede nicht gern über meine Familie. Auch nicht darüber, dass Lea sich bereitwillig von Stu hat adoptieren lassen, während ich mich geweigert habe. Danach kam ich mir irgendwie fremd in meiner eigenen Familie vor. Es stand ja immerhin nicht mal mehr mein Name auf dem Klingelschild.

Wir verlassen den Parkplatz, überqueren die Wiese und erreichen einen Maschendrahtzaun, der in der Mitte von einem Metalltor geteilt wird. Am Zaun und dem Stacheldraht, der sich in dicken Rollen obendrauf befindet, hat jemand Hibiskusblüten aus Papier befestigt. Dahinter erkenne ich Lichter, die runter zum Wasser zu führen scheinen.

»Ist das hier Privatgelände?«, frage ich.

Malcolm dreht sich schmunzelnd zu mir um. »Das Gelände gehört der Uni. Aber keine Sorge. Hier wird dauernd gefeiert.« Damit öffnet er das Tor und ich erkenne, dass die Kette, mit der es wohl mal verschlossen war, geknackt worden ist.

»Also.« Malcolm deutet auf den Pfad aus Lichtern. »Immer den Lampions und dann der Musik nach. Sobald du die ersten Alkoholleichen erreichst, kannst du die Party gar nicht mehr verfehlen. Viel Spaß.«

»Ich bin nicht zum Spaß hier«, sage ich.

»Dann sind wir ja schon zwei.« Malcolm lächelt mich nochmal an, dann spaziert er zurück zum Parkplatz – und ich hätte mir irgendwie gewünscht, er würde mitkommen.

Es ist komisch, allein auf einer Party aufzutauchen. Erst recht nach meiner Zeit in Windhoek, wo es kaum

Partys gab. Wenn, dann haben wir meist gemütlich zusammen um ein Lagerfeuer gesessen. Oder auf einem der vielen traditionellen Feste gefeiert.

Ich gebe mir einen Ruck und marschiere auf den ersten Lampion zu. Er liegt im Gras, ist lila und besteht aus Papier, auf das mit Strasssteinchen ein Pfeil geklebt worden ist. Ich folge dem Pfeil über die wilde, hügelige Wiese, kann das Meer schon riechen und höre nach ein paar weiteren Metern auch die typischen Geräusche einer Party – Stimmen und Musik. Einen Song, den ich nicht kenne, der aber nach Sommer, Sonne und ausgelassener Stimmung klingt.

Ich folge einem pinken, einem roten und einem lila Lampion – dann habe ich den letzten Hügel erreicht und bin da.

Vor mir liegt ein winziger Strand, auf dem zahllose Decken ausgebreitet worden sind. Insgesamt sind bestimmt hundert Gäste hier, wenn nicht sogar mehr. Über ein paar Holzpfähle, die irgendwann mal in den Sand und die umliegende Wiese gerammt worden sein müssen, erstrecken sich lange Lichterketten. Im Wasser treiben Schwimmtiere, die ebenfalls leuchten. Aus einem umgebauten VW Bulli verkauft jemand Getränke und am Rand des Geschehens hat ein DJ sein Pult aufgebaut. Direkt davor befindet sich die Tanzfläche – eine mit weiteren Lichterketten umrissene Fläche im Sand, auf der ich ein paar eng umschlungene Paare entdecke.

Und meine Schwester.

Ich erkenne sie an ihrem Kleid, denn das hatte sie schon früher. Es ist hauteng und bunt geringelt. Ihr Haar ist offen und sie tanzt allein, wobei das, was sie tut, weniger nach Tanzen als nach Zombiewalk aussieht. Sie bewegt sich komisch, irgendwie abgehackt und fahrig zugleich, und in der Hand hält sie eine Glasflasche mit einer transparenten Flüssigkeit, die mit Sicherheit kein Wasser ist.

Irgendwie habe ich Angst, ihr zu begegnen, Angst davor, dass diese seltsame Veränderung, die ich ihr schon am Telefon angemerkt habe, gleich endgültig Realität wird. Dass sie einfach nicht mehr der Mensch ist, den ich kannte.

Unsinn. Jeder hat mal einen schlechten Tag oder auch eine miese Phase. Deswegen wird man noch kein anderer Mensch. Was immer es genau ist, das ihr so zu schaffen macht, – ob meine Vermutung in Sachen Slater stimmt oder nicht – ich werde Lea helfen, es hinter sich zu lassen.

Ich laufe den Hügel hinunter und meine Turnschuhe versinken fast im weichen Sand. Frische, aber warme Meeresluft umweht meine Nase, die Musik wechselt zu einem gechillten Surfersong und ich bahne mir einen Weg durch die vielen Decken, wobei ich versuche, auf keine davon zu treten. Schließlich habe ich Schuhe an, während die meisten Gäste barfuß sind.

Ein süßer Geruch liegt in der Luft, eine Mischung aus Sonnencreme, Gras und den bunten Alcopops, die überall herumstehen. Alle wirken so normal. Und mir wird klar, dass ich dringend an meinen Vorurteilen arbeiten muss.

Niemand ist hier versnobt. Die meisten Gäste sitzen zusammen, trinken und haben Spaß. Keiner macht Ärger oder scheint übermäßig besoffen zu sein.

Bis auf Lea.

Ich erreiche die Tanzfläche und sehe gerade noch, wie ihr die Beine wegknicken. Sie landet auf allen vieren im Sand und lässt ihre Flasche fallen. Als sie danach zu tasten beginnt, erreiche ich sie und packe sie sogleich an den Schultern, um ihr hochzuhelfen, denn ein paar der anderen sehen sie schon komisch an.

Unglücklicherweise kann ich es ihnen nicht mal übelnehmen.

»Lea«, zische ich, als sie sich aus meinem Griff befreit.

»Wo is' denn mein ... Ah, da.«

Etwas zu schwungvoll klaubt sie die Flasche aus dem Sand und steht auf, wobei sich der letzte Schluck Alkohol über ein Pärchen ergießt, das in ihrer Nähe tanzt.

»Hey!«, sagt der Junge, der wahrscheinlich im ersten Studienjahr ist und sogar noch eine Zahnspange trägt.

»Upsiii«, lacht Lea. »Jetz' hab ich dich gaaanz nass gemacht.« Sie wedelt mit der Flasche durch die Luft, um auch noch die letzten Tropfen auf ihre zwei Opfer runterregnen zu lassen.

Schnell nehme ich sie ihr ab, während die beiden lieber den Rückzug antreten.

»Tut mir leid!«, rufe ich ihnen nach. Dann drehe ich Lea zu mir um, um sie zu fragen, was diese Nummer sollte.

Doch als ich ihr Gesicht sehe, bringe ich kein Wort mehr heraus.

Gott, hat sie sich verändert.

Sie ist dünner geworden, ihre Wangen wirken eingefallen. Ihre früher meist perfekte Haut ist von kleinen Pickeln und Unreinheiten überzogen. Das blonde Haar hängt ihr fisselig auf die Schultern und unter ihren Augen befinden sich tiefe Schatten.

»Mia!«, sagt meine Schwester und fällt mir in die
Arme. »Da bis' du ja endlich, zurück aus dem Dschun-
gel.«

Sie riecht wie ein ganzer Schnapsladen, trotzdem
schlinge ich die Arme um sie und halte sie fest. »Was ist
denn los mit dir?«, frage ich, aber ich fürchte, meine er-
stickte Stimme ist über die laute Musik gar nicht zu hören.

»Imma noch der gleiche Knackpo wie früha!« Lea
kneift mir in den Hintern, aber ich bin viel zu geschockt, um darauf zu reagieren.

Ich versuche, mich zumindest ein Stück weit zu sammeln, dann drücke ich Lea behutsam an den Schultern
von mir, sodass ich sie ansehen kann.

»Lea, hör mir zu. Wir hauen jetzt erstmal hier ab, ich
bringe dich nach Hause und du schläfst dich richtig
aus. Und dann reden wir.«

»*In my miiind, in my ...* Oh, den Song feier ich so!«,
grölt Lea und reißt die Arme hoch, als ein neues Lied
beginnt.

»Hey, lass uns gehen, okay?«

Sie scheint mir gar nicht zuzuhören, hüpft nur mit
den anderen Tanzenden in die Höhe. Ich lasse sie not-
gedrungen los und es kommt, wie es kommen muss: Sie
knickt um und landet erneut im Sand.

»Lea!«, versuche ich wieder, sie zum Aufstehen zu bewegen, während die Tanzfläche um uns herum voller
und voller wird.

Mist. Ausgerechnet jetzt müssen sie so einen Hit spielen!

»Lea, du musst aufstehen!« Ich sehe es schon kommen, dass sie gleich einen Tritt vor den Kopf kassiert

oder etwas ähnlich Schmerzhaftes, aber ich bekomme sie allein einfach nicht in die Höhe. Trotzdem ziehe und zerre ich an ihr und rede ihr weiter gut zu, bis irgendein fremder Student die Situation erfasst und mir hilft, meine Schwester hochzuhieven.

»Danke«, sage ich.

»Nichts für ungut.« Er nickt mir zu und misst Lea mit einem kurzen, kritischen Blick, dann wendet er sich wieder seinen eigenen Freunden zu.

»Okay, Lea«, probiere ich es noch einmal. »Lass uns jetzt gehen, ja?«

Lea gibt mir keine Antwort. Sie tanzt auch nicht weiter. Seit sie wieder auf den Beinen ist, tut sie eigentlich gar nichts – sie steht nur da und starrt an mir vorbei ins Leere.

Einen Moment lang fürchte ich, dass sie irgendwelche Partydrogen genommen hat und jetzt auf einem ganz komischen Trip ist.

Aber dann bemerke ich den Ausdruck in ihren Augen.

Von einem Moment auf den anderen sieht sie gar nicht mehr so benebelt und betrunken aus. Vielmehr wirkt sie auf einmal unendlich traurig, und dann bricht sie plötzlich in Tränen aus.

Sie beginnt zu schluchzen und als sie spricht, klingt ihre Stimme genauso weinerlich wie vorhin am Telefon. »Dieser herzlose Scheißtyp«, bringt sie hervor.

Und ich verstehe.

Sie starrt gar nicht ins Leere. Sie sieht jemanden an, der hinter mir steht.

Langsam drehe ich mich um. Und da ist er.

Der Kerl, von dem ich mittlerweile weiß, dass er Slater Thorn heißt, steht zusammen mit ein paar anderen

Typen am Rand der Tanzfläche. Die Jungs um ihn herum sind so groß und muskulös wie er, also sind sie vermutlich ebenfalls Eishockeyspieler. Das würde auch die vielen Frauen erklären, von denen sie belagert werden. Der Kerl neben Slater hat gleich zwei im Arm, während Slater selbst von der Blondine angetanzt wird, die ich aus der Umkleide der Eishalle kenne.

Er schenkt ihr ein Lächeln, das vermutlich die Arktis entflammen könnte. In seinen Augen spiegeln sich die unzähligen Lichter, die den Strand schmücken und …

»Dieser Scheißtyp!«, schluchzt Lea neben mir nochmal und klingt auf einmal, als müsste sie kotzen.

»Ist er das?«, versichere ich mich leise. »Dein Ex?«

Lea nickt heftig. »Hat sich schnell über mich hinweggetröstet.« Lea schlägt sich die Hand vor den Mund. »Warum tut er mir das an, Mia?!«

Wenn ich bis jetzt noch irgendwelche Zweifel hatte, dass Slater schuld am Zustand meiner Schwester ist, habe ich spätestens jetzt Gewissheit. Ich ziehe sie in meinen Arm und halte sie wieder fest, während sie immer bitterlicher weint.

»Ist schon gut«, sage ich und streichle über ihr langes Haar, das sich ein bisschen klamm anfühlt.

»Gar nichts is' gut! Dieser Arsch hat mein ganzes Leben zerstört!«, schluchzt sie an meiner Schulter. »Ich wünschte, ich hätt' ihn nieee kennengelernt!«

Ich glaube ihr jedes Wort. Dass sie ihn geliebt hat und ihn jetzt aus voller Seele hasst. Aber wieso? Was ist nur vorgefallen?

Ich erneuere mein Versprechen an mich, es herauszufinden, während ich Lea weiter festhalte und beruhige. Dabei drehe ich den Kopf in Slaters Richtung und kann nur hoffen, dass er sie für den Rest ihres Lebens in Ruhe lässt.

Meine Schwester verdient etwas Besseres als ihn. Da können seine Augen noch so blau und sein Lächeln noch so beeindruckend sein.

Leas Verhalten zeigt mir, wie Slater Thorn wirklich ist.

Im Inneren kalt, hässlich und abstoßend.

SLATER

Matt versorgt uns alle mit neuem Bier und ich beschließe, dass ich ruhig noch ein zweites trinken kann. Mit einem Meter neunzig und knappen hundert Kilo Körpergewicht vertrage ich sogar weit mehr, aber ich will es auf keinen Fall übertreiben. Morgen steht offenes Training an und da muss ich in Form sein.

Also beschließe ich, sogar noch ein bisschen vernünftiger zu sein und rufe über Abigails Kopf hinweg: »He, Tom, teilen wir uns das?«

Ich deute auf mein Bier und mein bester Freund sieht erst fragend zu mir rüber, dann lacht er mich aus, als hätte ich ihm gerade vorgeschlagen, morgen im Ballettröckchen auf die Eisfläche zu kommen.

»Stehst du jetzt auf Homöopathie?«, will er wissen.

»Wer ist hier homo?« Matt, der schon ziemlich besoffen ist, sieht von Tom zu mir und nimmt dann Abigail ins Visier. »Wenn das so ist, kümmere ich mich gerne um dich.«

»Lass mal stecken«, sagt Abigail und schmiegt sich an mich, wie sie es schon den ganzen Abend tut.

Als ich hier ankam, schien noch die Sonne und die meisten waren im Wasser. Ich habe darauf verzichtet, schließlich hätte ich ein ziemliches Problem, wenn mich dort der nächste Blackout überfallen würde. Stattdessen blieb ich am Strand, wo sich nach und nach immer mehr Jungs aus dem Team und natürlich Mädels aus der Cheerleader-Truppe versammelten.

Die Firebirds, so nennen sich die Cheerleaderinnen der Eagles, sind ein fester Teil unserer Clique. Ein paar von ihnen sind mit Jungs aus dem Team zusammen. Einige andere scheinen es darauf anzulegen, so viele Eagles-Mitglieder wie möglich in ihr Bett zu bekommen, bevor sie mit der Uni fertig sind. Die bleiben allerdings meist nicht lange, weil sie darüber den Sport vernachlässigen und beim Training nicht mithalten können.

Und dann sind da noch Frauen wie Abigail. Hübsch, unkompliziert und immer fröhlich. Ich mag sie echt und mir gefällt es, sie heute bei mir zu haben.

Ihr Haar riecht nach Vanille und ihr Körper fühlt sich gut an.

»Du solltest langsam ins Bett gehen, Mattie«, sage ich, während ich einen Schluck von meinem Bier trinke und den freien Arm um Abigail schlinge.

Sie wiegt sich ein bisschen zur Musik, tanzt aber nur zum Schein, denn in Wahrheit reibt sie sich an mir und ich kann nicht leugnen, dass ich mir wünsche, die Sache von vorhin in der Kabine fortzusetzen.

Ich lege meine Hand auf ihren festen kleinen Po und sehe mich um, um mich ein wenig abzulenken. Damit ich nicht gleich mit dem Ständer des Jahrhunderts hier stehe.

»Und?«, fragt Tom neben mir. »Bist du jetzt froh, dass du hergekommen bist?«

Ich zeige ihm den erhobenen Daumen und betrachte dabei seine zwei Eroberungen.

Tom ist nicht wie ich. Ich traue ihm durchaus zu, dass er jeder von ihnen vorspielt, es absolut ernst mit ihr zu meinen. Und den Mädels wiederum traue ich zu, den Mist zu glauben, denn sie machen beide einen ziemlich naiven Eindruck auf mich. Ich hoffe nur, mein bester Freund wird nicht irgendwann bereuen, dass er seit ein paar Monaten der größte Aufreißer der gesamten Mannschaft ist. Und dafür muss er sich noch nicht einmal anstrengen.

Es ist leicht, Frauen abzubekommen, wenn man im Eishockeyteam ist. Eine, fünf, ein Dutzend. Dieser Teil des Unilebens war für uns Eagles schon immer einfach.

Ich spüre, wie sich Abigail dichter gegen mich drängt, schlucke und versuche, mich auf die tanzende Menschenmenge zu konzentrieren, aber ihre Aktion sorgt dafür, dass ich überall nur noch Hot Pants und tiefe Dekolletés sehe.

Doch dann, wie aus dem Nichts – ein Paar Cargohosen, das Steve Irwin alle Ehre gemacht hätte. Allerdings an langen, schlanken Frauenbeinen.

Ich lasse meinen Blick nach oben wandern. Vielleicht ist das eine verkleidete Stripperin, die gleich einen auf US-Marine macht.

Als ich ihr Gesicht sehe, halte ich das im ersten Moment sogar für möglich, denn sie ist zweifellos hübsch. Sie hat etwas Besonderes an sich. Mit ihren grünen

Augen und dem leicht wirren Zopf hat sie was von einer Wildkatze.

Aber ihr komisches schwarzes Top spricht dagegen, genau wie die Tatsache, dass sie vollkommen ungeschminkt ist – und dass sie mich so böse ansieht, als wolle sie mir am liebsten direkt an die Kehle springen. Sie hält die ziemlich betrunkene Lea in den Armen, aber ich bin mir sicher, dass ich sie noch nie gesehen habe.

Dieses Gesicht wäre mir aufgefallen, diese Augen, die mit einem einzigen Blick mehr zu sagen scheinen, als es die meisten Frauen hier an einem ganzen Abend könnten.

Ja, der Blick des fremden Mädchens sagt eine Menge über mich. Doch es ist nichts Gutes dabei.

Nur pure Verachtung.

Diese Frau ist mit Sicherheit keine Stripperin. Stripperinnen gucken niemals böse. Die sehen immer nur verliebt aus.

Aber diese Frau starrt mich mit einer so großen Mordlust im Blick an, dass ich im ersten Moment glaube, sie will mich verarschen.

Ich sehe hinter mich, um zu ergründen, ob sie jemand anderen meint. Aber da ist nur Jenson, der mit dem Rücken zu mir steht und dabei zusieht, wie Matt eine der Cheerleaderinnen ins Wasser schmeißt.

Keine Frage, sie meint mich.

Ich wende mich ihr wieder zu und frage mich, ob ich irgendwas unternehmen sollte. Wie sie da so steht und böse guckt, kommt sie mir fast unrealistisch vor.

Ob sie überhaupt echt ist?

Der Gedanke lässt es mir eiskalt werden und ich verdränge ihn schnell.

Natürlich ist sie echt.

Und in diesem Moment fängt sie wie zur Bestätigung an, sich normal zu verhalten. Endlich wendet sie sich von mir ab und sagt was zu Lea, die mit dem Rücken zu mir steht. Die beiden scheinen zusammen hier zu sein.

»Hey.«

Ich bemerke Abigails irritierten Blick und mir wird etwas Entscheidendes klar – dass ihre Hand sich einen Weg durch meinen Reißverschluss in meine Hose gebahnt hat und ich wohl darauf reagieren sollte, anstatt mir ein Blickduell mit einer mysteriösen Fremden zu liefern, die es aus irgendeinem Grund auf mich abgesehen zu haben scheint.

»Wieso suchen wir uns nicht eine ungestörte Ecke?«, frage ich und über Abigails Lippen huscht ein zufriedenes Lächeln.

Ich zwinkere ihr zu und sage mit meinem besten Verführerblick: »Wir haben da noch was zu Ende bringen.«

»Oh ja«, bestätigt Abigail. »Das haben wir.« Damit drückt sie kurz zu und sorgt dafür, dass sich mein ungutes Gefühl ein Stück weit verzieht.

Dennoch geht mir der hasserfüllte Blick der fremden Brünetten nicht aus dem Kopf.

MIA

Lea weint immer schlimmer. Sie zittert am ganzen Körper und ich fange an, zu befürchten, dass das hier ein waschechter Nervenzusammenbruch sein könnte.

Und Slater Thorn?

Er beachtet sie gar nicht.

Kurz hat er in unsere Richtung geblickt, mit diesem skeptischen Zug um die Lippen, der mir schon vorhin an der Uni aufgefallen ist. Dann hat er sich die Blondine aus der Umkleide geschnappt und ist mit ihr abgehauen.

»Lea, komm schon, lass uns nach Hause gehen.« Ich wende nochmal all meine Kräfte auf und schaffe es, sie zumindest mit mir von der Tanzfläche zu ziehen.

Die Blicke der anderen Gäste entgehen mir dabei nicht. Manche sehen Lea betroffen an, andere wirken verwundert. Aber es mischt sich niemand ein und ich bin froh darüber, denn der alten Lea wäre dieser Zusammenbruch vor Fremden unangenehm gewesen.

Doch leider verläuft der restliche Weg zum Auto nicht so problemlos.

Immer wieder fällt Lea und als wir schließlich die Wiese erreichen, blutet ihr rechtes Knie sogar. Ihre Schminke ist völlig verschmiert, ihr Gesicht ist rot, die Haare stehen ihr wirr vom Kopf ab.

»Du musst jetzt erstmal ins Bett«, sage ich, während ich sie Schritt für Schritt den Hügel hinauf ziehe.

»Ich ... schlaf ... bei *Jerry*«, stößt sie hervor.

»Aber heute Nacht kommst du mit in die WG.«

»Jerry!!«, kreischt Lea. »Jerry, du kanns' mich hier nich' einfach ...«

»Hey.« Ich drehe ihr Gesicht zu mir. »Jerry ist längst nach Hause gefahren. Aber ich bin hier, okay? Und ich lasse dich nicht allein.«

Lea sieht mich kurz an und ich erkenne, wie einsam sie sich fühlt. Dass Slater ihr etwas genommen hat, das kein Jerry der Welt ersetzen kann.

Und es ist fraglich, ob das irgendjemand anderes je können wird.

Lea sieht mich an und die Hoffnungslosigkeit in ihrem Blick macht mir Angst.

Äußerlich bin ich zwar vollkommen ruhig, fast so, als würde ich mich gerade einem Löwen oder einem wilden Nashorn nähern, bei dem man sich kein Zucken, kein Zeichen der Nervosität erlauben darf. Aber innerlich werde ich fast verrückt vor Sorge.

Was hat dieser Dreckskerl nur mit meiner Schwester gemacht?

KAPITEL 4

MIA

From: through.my.eyes@mailnamib.com
To: Anthony Carson

Hi Dad!

Gestern war mein erster Tag an der UC und er lief vollkommen anders, als ich je erwartet hätte. Es sind ein paar Dinge passiert, die mir auch jetzt nicht aus dem Kopf gehen. Darum schreibe ich dir, anstatt mich auf die Einführungsvorlesung in digitaler Bildbearbeitung zu konzentrieren, wie ich es eigentlich sollte.
Ich kann nur an Lea denken.
Es war ein Schock, sie gestern wiederzusehen. Ihr Gesicht war irgendwie gar nicht mehr ihres. Eingefallene Wangen, Schatten unter den Augen ...
Du hättest sie nicht wiedererkannt. Ich habe sie ja kaum erkannt. Es geht ihr so beschissen, dass es mir selbst wehtut und spätestens seit gestern Abend weiß ich auch, wer daran schuld ist.
Slater Thorn.

Lea hat ihn geliebt und er hat sie sitzen gelassen. Jetzt macht er schon wieder mit der Nächsten rum, für ihn war sie nur eine von vielen.

Aber für mich ist sie das nicht. Sie ist meine Schwester, ihr Schmerz ist auch meiner, sie hat einen so großen Platz in meinem Herzen wie kein anderer Mensch auf der Welt.

Damals, nachdem du fort warst, ging es mir richtig mies. Ich war am Boden zerstört und Lea war die ganze Zeit für mich da. Sie hat mich wieder aufgebaut, mir gezeigt, dass wir auch ohne dich weiterleben können.

Und jetzt werde ich für sie da sein, indem ich wiedergutmache, was dieser Mistkerl angerichtet hat.

Dafür, dass er aus meiner wunderschönen, lebensfrohen, fröhlichen Schwester dieses Wrack gemacht hat, von dem fraglich ist, ob es je wieder die Alte werden wird, mache ich ihn fertig, Dad.

Ich werde ihm ebenfalls das Herz brechen, völlig egal, was ich dafür machen muss.

Normalerweise bin ich nicht so, das weißt du. Ich tue nicht gern anderen Menschen weh. Aber um die Düsterkeit aus Leas Augen zu vertreiben, würde ich alles tun.

Dieser Slater Thorn macht sich besser auf was gefasst.

Lea und ich kümmern uns umeinander. Das haben wir immer getan.

Drück dich,
deine Mia

***

Kelly meinte, es wäre am einfachsten, mich den Eishockeyspielern anzunähern, indem ich zum offenen Training gehe – und genau das werde ich jetzt tun.

Während ich am späten Nachmittag über den Campus zur Eishockeyhalle laufe, geht mir Leas Totalzusammenbruch nicht aus dem Kopf. Als ich heute Morgen aus dem Haus gegangen bin, lag sie noch im Bett und schlief ihren Rausch aus. Die Bilder von gestern Abend haben mich die ganze Nacht verfolgt und dafür gesorgt, dass sich mein Plan, mich an Slater Thorn zu rächen, nur noch verfestigt hat. Ich werde ihn dazu bringen, sich in mich zu verlieben und dann werde ich ihn fallenlassen, so wie er Lea fallengelassen hat.

Zumindest hoffe ich das.

Wer weiß, vielleicht haben Kerle wie er auch Herzen aus Eis und es ist unmöglich, ihm seines zu brechen. Aber ich muss es zumindest versuchen. Er soll wissen, wie es sich anfühlt, wenn man benutzt wird und ich werde mir alle Mühe geben, die Frau zu spielen, die er begehrt.

Auch wenn ich mir gerade ziemlich dämlich vorkomme.

Die Mittagspause habe ich dafür genutzt, mich im Stadtzentrum mit ein paar neuen Klamotten einzudecken: mit roten High Heels und einem weißen Sommerkleid mit roten Tupfen sowie einem echt tiefen Ausschnitt. Meine Haare fallen offen über meinen Rücken, sie haben leichte Wellen von dem geflochtenen Zopf, den ich sonst immer trage. Einzig die Kamera, die ich fest in meiner Hand halte, fühlt sich wie ein echter Teil von mir an und gibt mir ein Gefühl von Sicherheit.

Außerdem ist sie hoffentlich mein Schlüssel zu Slater Thorn.

Nachdem ich gestern gesehen habe, mit was für Frauen er sich abgibt, bin ich mir ziemlich sicher, dass ich ihn mit meinem eigentlichen Look kaum auf mich aufmerksam machen kann. Und wenn, dann nur im negativen Sinne.

Also stöckle ich auf den Eingang der Eishalle zu und hoffe, dass ich nicht so selten dämlich aussehe, wie ich mich fühle.

Im Vorraum der Halle ist es voll und nicht halb so kühl, wie ich erwartet hätte. Anscheinend ist das Sondertraining der Eagles ein Event an unserer Uni, denn gefühlt jeder, den ich in den letzten zwei Tagen auf dem Campus gesehen habe, scheint hier zu sein.

Auch Professor Doherty. Er spricht mit zwei jungen Typen in den dunkelblauen Eishockey-Outfits der Eagles.

Weil ich sonst niemanden kenne, der meine Eintrittskarte zu den Sportlern sein könnte, steuere ich auf ihn zu.

»Hallo.« Ich stelle mich zu der kleinen Gruppe und bin erleichtert, als die Blicke der beiden Sportler bewundernd an mir auf und ab huschen. Ich habe wohl den Geschmack der Eagles getroffen.

Eins zu null für mich.

»Hallo, Miss —« Erst jetzt scheint mich Doherty zu erkennen, denn sein Gesicht hellt sich auf. »Mia! Ich hätte dich fast nicht erkannt!«

Ich lächle und hoffe, dass man mir die Verlegenheit nicht anmerkt. Irgendwie ist es mir peinlich, dass mich der Prof in dieser Verkleidung zu Gesicht bekommt.

»Schön, dass du auch hier bist. Willst du ein paar Fotos vom Spiel machen?« Doherty ist die Kamera in meiner Hand natürlich nicht entgangen. »Ich hoffe, du hast einen guten Sportmodus, die Eagles sind schneller als der Blitz!«

Ich bin verwundert, dass mein Fotografie-Professor so ein begeisterter Eishockey-Fan ist. Aber das kommt mir gelegen.

»Natürlich. Ich will doch nichts verpassen«, sage ich. Dann wende ich mich den beiden Spielern der Eagles zu, denn das hier scheint meine Chance zu sein. »Wenn ihr wollt, kann ich nach dem Spiel auch ein paar Fotos von eurer Mannschaft schießen.« An Doherty gewandt, füge ich hinzu. »So als Übung.«

»Eine wunderbare Idee!« Doherty springt glücklicherweise auf meine Vorlage an. »Das wird doch machbar sein, oder?«

»Ähm ...« Die beiden Spieler wechseln einen kurzen Blick.

Dann sagt der Größere von ihnen: »Ich denke, das geht klar.«

Das war ja einfacher als gedacht.

Zwei zu null für mich.

»Super, dann komme ich nach dem Spielende wohin?«, frage ich, auch wenn ich ganz genau weiß, wo sich die Umkleiden befinden.

Beim Gedanken an Slater und die Blondine macht sich eine komische Gefühlsmischung in mir breit. Ein Mix aus Faszination und Abscheu, aus Aufregung und Fassungslosigkeit.

»Da vorne ... also ...« Der kleinere der beiden Spieler, der gleichzeitig auch der jüngere zu sein scheint, deutet in Richtung der Mannschaftsräume. »Da hinten. Frag an der Tür einfach nach Steven, dann hole ich dich dort ab.«

»Mache ich.« Ich lächle noch einmal in die Runde, dann wende ich mich ab, um zu gehen. »Ich werde mir dann mal einen guten Platz suchen. Wir sehen uns später.«

»Ich freue mich auf deine Bilder, Mia!«, ruft Doherty mir voller Enthusiasmus nach.

»Ich hoffe, sie werden Ihnen gefallen.«

Damit lasse ich die drei hinter mir und begebe mich in die Eishockeyhalle.

SLATER

Die Halle ist gefüllt bis auf den letzten Platz. Das kommt selten vor beim offenen Training – zwar sehen uns immer Fans zu, aber derart viele sind es nicht häufig.

Mir ist klar, warum sie alle hier sind. Nach der verbockten letzten Saison wollen sie sehen, ob wir es noch draufhaben.

Ob *ich* es noch draufhabe.

Ich ziehe meine Handschuhe über, während wir in voller Montur der Reihe nach aus dem Kabinengang auf das Feld treten. Von der Eisfläche kommen uns die Firebirds entgegen, die hier vor uns ihre neue Show ausgetestet haben. Wenn ich mir die angeheizte Menge ansehe, kamen sie wohl ziemlich gut an.

Abigail geht an mir vorbei und sagt leise: »Viel Glück.«

Ich brauche allerdings kein Glück. Hier geht es nur um Können. Darum, die Nerven zu behalten und bei klarem Verstand zu bleiben.

Wir spielen heute gegen keine fremde Mannschaft, sondern gegeneinander. Die Eagles wurden in zwei Teams aufgeteilt, jedes besteht aus insgesamt elf Spielern. So können wir während des Matches immer mal wieder ausgewechselt werden, um Kräfte zu sparen.

Tom ist in meinem Team und erreicht knapp vor mir das Feld. Die Fans jubeln ihm zu. Auch wenn die Teams bei solchen Übungsspielen immer per Zufallsprinzip gewählt werden, gibt es für uns eine Ausnahme, denn wir spielen nicht gegeneinander. Das ist unsere goldene Regel.

Ich atme nochmal tief ein, stoße die kühle Luft aus, dann betrete ich ebenfalls das Feld … und Buhrufe ertönen.

Sofort sehe ich mich um.

Es ist eine Gruppe männlicher Fans auf der linken Seite, die mich ausbuht.

Für die weiblichen Anhänger der Eagles ist es total egal, ob wir gewinnen oder verlieren. Sie würden wahrscheinlich auch zu uns stehen, wenn wir uns plötzlich entschließen würden, vom Eishockey auf Wasserballett umzusteigen.

Bei den Männern sieht es anders aus. Sie sind enttäuscht von mir und das wollen sie mich nun spüren lassen.

Auch der Coach sieht in ihre Richtung, macht aber keine Anstalten, etwas zu unternehmen.

»Denen stopf ich das Maul«, verspricht dafür Tom neben mir und will auf seinen Schlittschuhen schon losrasen, aber ich halte ihn zurück.

»Lass nur. Ich regle das schon.«

»Alter, du kannst dir keinen Ärger erlauben«, ermahnt mich Tom.

Ich sehe finster zu den buhenden Typen. »Ich mache auch keinen Ärger«, sage ich, klappe entschlossen mein Visier runter und rufe dem Rest der Mannschaft zu: »Geht das ein bisschen schneller?! Na los, alle auf Position, kommt schon!«

Jenson wirft mir einen leicht angepissten Blick zu, aber obwohl ich ihn mag, kann er mich mal. In diesem Moment ist es mir völlig egal, dass er als Kapitän offiziell das Sagen hat.

Ich will, dass es endlich losgeht.

Denn ich werde es allen, die den Glauben an mich verloren haben, zeigen.

Ich liebe diesen Sport. Das war schon immer so, seit ich als kleiner Junge im Wohnwagen meines Vaters an einem seiner Filmsets mein erstes Match sah. Ich musste dort warten, um die Dreharbeiten nicht zu stören und war völlig fasziniert davon, wie viel Power in diesem Spiel steckt. Ich wollte nie etwas anderes, als Eishockey spielen.

Und ich will, dass das allen hier klar ist.

»Okay, Champ.« Tom drückt mir meinen Schläger gegen die Brust. »Dann zeigen wir dem anderen Team mal, wer der Herr im Haus ist!«

Damit fährt er auf seine Stürmerposition und ich ziehe mich an die blaue Linie zurück. Ich bin der linke Verteidiger und habe damit eine der wichtigsten Rollen inne. In jeder Eishockey-Mannschaft gibt es drei Stürmer, zwei Verteidiger und natürlich den Torwart. Für mich kam immer nur die Verteidiger-Position infrage. Mir gefällt die Konfrontation.

Wie immer, kurz bevor es losgeht, beschleunigt sich mein Puls, ich packe meinen Schläger fester und lauere darauf, dass der Puck ins Spiel gebracht wird.

Dann ertönt der Anpfiff, es geht los – und ich tue, was ich am besten kann, begleitet von den Buhrufen in meinem Rücken.

Unsere Gegner, die eigentlich unsere Teamkollegen sind, schlagen gleich mit voller Wucht los. Ich schätze, die Tatsache, dass sie gegen Tom und mich antreten, motiviert sie, denn gemeinsam sind wir so gut wie unschlagbar.

Normalerweise, hämmert es mir durch den Kopf, während Matt, einer aus dem Gegnerteam, auf mich losstürmt, wobei er den Puck vor sich hertreibt.

Eigentlich bin ich unschlagbar, aber dieses *eigentlich* ist eine Schwäche, die ich nicht haben darf. Allein schon wegen Momenten wie diesem gerade. Weil Matt gezielt versucht, über meine Seite zu unserem Tor zu gelangen. Weil er offensichtlich glaubt, ich wäre nicht fit genug, um ihn aufzuhalten.

Er wird schon sehen.

Ich warte nicht, bis er mich erreicht, sondern presche los und werfe mich in den Zweikampf. Mit der Schulter tackle ich ihn zur Seite, um ihn aus dem Lauf zu bringen und den Puck an mich zu nehmen. Doch kaum bin ich Matt los, sehe ich von rechts den zweiten Stürmer nahen. Mir ist klar, was er vorhat – mich umwerfen und den Angriff fortsetzen.

Aber er unterschätzt mich. Ich schätze, das tun heute alle.

Blitzschnell drehe ich mich herum, sehe ihm entgegen und schiebe den Puck ein Stück hinter mich, wissend, dass Tom schon bereit ist. Er fegt hinter mir her und schnappt sich die kleine schwarze Scheibe. Der Stürmer des anderen Teams sieht es und versucht, an mir vorbeizukommen, um sich, statt mit mir, mit Tom anzulegen.

Doch dabei vergisst er wohl, dass ich nicht nur hier bin, um gegnerische Angriffe abzuwehren. Sondern auch, um unsere eigenen Angreifer zu verteidigen.

Also stelle ich mich ihm in den Weg, lasse ihn kommen und fange seinen Aufprall gegen meine Montur mit aller Kraft ab, die ich habe.

Ich stürze nicht.

Das tue ich fast nie.

Die Sportärzte haben schon früh festgestellt, dass ich einen außergewöhnlich guten Gleichgewichtssinn habe, der mir bei Bodychecks durch gegnerische Spieler immer wieder zugutekommt.

Der Angreifer krallt sich mit der freien Hand in mein Trikot, um nicht selbst zu Boden zu gehen. Manche Spieler würden jetzt einen Ellbogencheck einsetzen, auch wenn ihnen das eine Strafauszeit einbringen würde. Aber ich will auf keinen Fall vom Feld, also nutze ich meine Schulter und mein Körpergewicht, drehe mich mit dem anderen Spieler halb herum und schleudere ihn so aufs Eis.

Das alles hat nur wenige Sekunden gedauert.

Kein anderes Spiel ist so schnell wie Eishockey.

Durch meinen Helm höre ich vereinzelte Jubelrufe und empfinde einen Funken Genugtuung, aber das allein reicht nicht, um zu beweisen, dass ich immer noch einer der besten Verteidiger der Uniliga bin.

Ohne auch nur eine Sekunde zu zögern, rase ich los; Tom hinterher, begleitet von unserem anderen Stürmer hechtet er auf das gegnerische Tor zu. Ein Verteidiger nähert sich ihm von hinten und ich muss schnell sein, wenn ich ihn noch abfangen will.

Ich nehme Geschwindigkeit auf, habe das Gefühl, dass meine Kufen das Eis kaum noch berühren, überhole den anderen Verteidiger, wirble herum und empfange ihn, als er sich gerade gegen Tom werfen will.

Normalerweise würde ich mir für diese Aktion eine kleine Zeitstrafe einhandeln, denn Gegner, die nicht im Puckbesitz sind, dürfen nicht körperlich angegangen werden. Doch im Training sieht der Coach das etwas lockerer, schließlich müssen wir auch die Bodychecks üben, die bei diesem Sport unerlässlich sind.

Wir krachen hart gegeneinander, die Wucht des Aufpralls sorgt dafür, dass wir gemeinsam gegen die Bande knallen und trotz der Schoner überall an meinem Körper, schießt ein dumpfer Schmerz in meine Seite, der mir jetzt schon verrät, dass ich dort morgen einen riesigen Bluterguss haben werde.

Aber das ist mir völlig egal, als ich es am gegnerischen Tor rot aufleuchten sehe und die Menschen in der Halle zu jubeln beginnen.

Tom hat das erste Tor des Spiels erzielt.

Ein Tor, das ich vorbereitet habe.

Er kommt zu mir rübergefahren und klatscht mit mir ab.

Ich sehe zu den Typen, die mich gerade ausgebuht haben.

Sie wirken argwöhnisch, was mich nur noch mehr dazu bringt, es ihnen zeigen zu wollen.

Also los – auf zum zweiten Treffer.

Es gibt nichts Besseres als das hier. Den direkten Kampf Mann gegen Mann, Team gegen Team, bei dem alles einfach und klar und durch Regeln festgelegt ist.

Im Eishockey gibt es keine bösen Überraschungen.

Und diesmal auch keinen weiteren Blackout.

Von den sechzig Minuten, die unser Trainingsmatch dauert, bin ich mehr als die Hälfte auf dem Feld. Zwei Tore erziele ich selbst durch lange, harte Schüsse und am Ende gewinnen wir mit acht zu drei Treffern.

Ich bin völlig außer Atem und mir tut alles weh, als wir nach dem Spiel in die Kabine kommen. Aber das war es wert, denn am Ende hat mich niemand mehr ausgebuht.

»Slater Thorn ist wieder da«, sagt Coach Ridley und klopft mir auf die Schulter, während ich auf der Bank sitze und meine Schlittschuhe ausziehe.

Tom blickt ihm finster nach. »Lass dir nichts einreden, Slater Thorn war nie weg.«

Das sehe ich etwas anders, wenn man bedenkt, dass ich das ganze letzte Spiel über praktisch weg war – zumindest geistig.

Aber das ist vorbei. Heute war wieder alles normal und so muss es auch bleiben.

Ich lege die Schoner ab, ziehe das verschwitzte Trikot aus und schließe meinen Spind auf, um meine Sachen rauszuholen – da sehe ich, dass mein Handydisplay leuchtet.

Sofort greife ich danach. Es ist stumm geschaltet, aber auf dem Bildschirm erkenne ich, dass ich gerade angerufen werde.

Schnell sehe ich mich um, aus meinen Haaren perlt Schweiß über meine Stirn. Alle anderen sind hier, ich kann jetzt unmöglich rangehen.

Der Anruf endet und mein Handy zeigt mir an, dass ich insgesamt siebzehn Anrufe in Abwesenheit hatte – alle innerhalb der letzten zwei Stunden.

Scheiße. Das kann nichts Gutes bedeuten. Ich muss sofort zurückrufen, aber ganz sicher nicht hier vor den Jungs.

Eilig ziehe ich mir das Trikot wieder über, das augenblicklich wie ein nasser Lappen an meiner Haut klebt. Dann zerre ich meine Sneakers aus dem Schrank und schlüpfe schnell hinein.

»Alles klar, Slay?«, fragt Tom besorgt.

Ich gebe ihm keine Antwort, schnappe mir das Handy und haste nach draußen.

Ich will gar nicht wissen, was für eine Katastrophe am anderen Ende der Leitung auf mich wartet.

MIA

Während ich mich zwischen den Zuschauern hindurch nach draußen auf den Gang und von dort in Richtung Umkleiden zwänge, merke ich, wie warm mir trotz der kühlen Temperaturen in der Halle geworden ist.

Ich habe mich dabei ertappt, beim Spiel mitzufiebern und mit den anderen Zuschauern zu jubeln, wann immer ein Tor fiel. Mehr noch. Immer wieder musste ich mich selbst ermahnen, Slater Thorn nicht für seine Schnelligkeit und Entschlossenheit zu bewundern. Es war wirklich unglaublich, wie er über das Eis gestürmt und dabei keiner Auseinandersetzung aus dem Weg gegangen ist. Insgeheim kann ich verstehen, dass Lea sich in ihn verliebt hat.

Sie war schon immer leicht zu blenden.

Dumm nur, dass sie niemand vor den Jungs der Eagles gewarnt hat.

Anscheinend sind so einige Mädels nicht vor ihnen gewarnt worden, denn als ich um die Ecke biege, sehe ich ein Dutzend Studentinnen vor den Umkleiden lauern.

Ein älterer Mann, der vielleicht der Coach oder Arzt der Eagles ist, steht vor der Tür und macht somit deutlich, dass er keine von ihnen zu den Spielern durchlassen wird.

Zum Glück habe ich einen Freifahrtschein.

Ich zwänge mich zwischen ein paar protestierenden Schönheiten hindurch bis nach ganz vorne.

»Ich möchte zu Steve«, sage ich an den Türsteher gewandt.

»Das möchten viele.«

Ich hebe meine Kamera demonstrativ vor sein Gesicht. »Ich soll die Mannschaftsfotos schießen. Fragen Sie ihn bitte.«

Der Mann sieht mich misstrauisch an und ich höre hinter mir ein paar andere wispern, dass meine Idee ziemlich kreativ sei.

Ich hätte nicht gedacht, dass eine Uni-Sportmannschaft eine so große Nummer sein kann.

»Bitte«, füge ich nochmal an. »Ich habe es wirklich eilig.«

»Also schön.« Der Mann öffnet die Tür, doch anstatt sie aus den Augen zu lassen, ruft er in die Umkleide: »Steve?«

»Oh, ja Moment!«, ertönt es von innen und mein Puls beschleunigt sich etwas.

Das ist er also. Der Augenblick, in dem mir Slater Thorn zum ersten Mal offiziell begegnen wird.

Ich muss ihn einfach von mir überzeugen. Nur wie? Auf einmal erscheint mir mein Plan ziemlich verrückt.

Ist das hier wirklich eine so gute Idee?

Ja. Ist es. Es wird Zeit, dass einer diesen Uni-Aufreißern mal zeigt, was sie mit ihren Spielchen anrichten. Dass sie Menschen kaputtmachen. Leben zerstören. Für Slater und seine Freunde ist es nicht mehr als ein bisschen Sex. Sie sammeln Frauen wie Eishockeypokale, je mehr, desto besser. Aber dass diese Frauen sich wirklich in sie verlieben, dass sie sich eine Zukunft ausmalen, ihr Herz verlieren und an echtem Schmerz und echtem Liebeskummer leiden, scheint ihnen total egal zu sein.

Ich kann nur hoffen, dass ich es schaffe, die perfekte Frau für Slater darzustellen. Eine, in die sich sogar ein Mistkerl wie er verliebt.

Aber dafür muss ich erstmal –

»Komm rein, komm mit durch.« Steve hat die Tür ein Stück geöffnet und zieht mich am Arm zu sich herein.

Mit einem Mal befinde ich mich mitten in der Umkleidekabine der Eagles, umgeben von halbnackten, durchtrainierten Sportlern. Sofort schlägt mir der

Geruch von Männerduschgel, Deo, Schweiß und Testosteron entgegen.

»Wow, es ist …« Was sage ich jetzt? »Es ist laut hier.«

Es stimmt. Die Eagles schreien alle durcheinander und als sie mich sehen, ertönen die ersten Pfiffe und anzüglichen Sprüche.

»Hör nicht auf die Idioten.« Steve grinst und führt mich durch die Kabine.

Während ich hinter ihm herlaufe und versuche, freundlich, aber nicht zu freundlich auszusehen – schließlich will ich nicht, dass sie denken, ich wäre nur ein williger Fan – suche ich die Bänke nach Slater ab.

Ich entdecke einen der Typen, mit denen er gestern auf der Party war. Er scherzt mit zwei anderen herum, aber Slater ist nicht darunter.

Aus den offenen Duschen dringt Wasserdampf in die Kabine und ich muss mich zwingen, nicht hinüber zum Waschbecken zu sehen.

»Ich bringe dich raus zum Coach. Er meinte, wir sollen die Fotos auf dem Eis machen. Wenn wir frisch geduscht sind.«

»Okay, das ist gut.«

Ich sehe einen nackten Hintern rechts von mir und senke den Blick. Ich komme mir immer mehr wie eine Spannerin vor.

»Fotografier den hier mal!«, ruft mir jemand zu und ich möchte gar nicht wissen, wen er damit meint. Oder was.

»Stich ihr mit dem Teil nicht die Augen aus, Matt!«, ruft Steve.

Oh Mann. Wo bin ich hier nur gelandet?

Wie würde sich eine Frau, die Slater gefallen könnte, in dieser Situation verhalten?

Sollte ich auf Lea machen? Irgendwas muss ihn ja an ihr angezogen haben, wenn auch nicht genug, um sich ernsthaft zu verlieben.

Aber was würde Lea überhaupt tun?

Ignoriere ich diesen Spruch? Kichere ich dämlich? Ich weiß nur eins, Schlagfertigkeit ist bei den Jungs sicher nicht gefragt.

»Sieh einfach nicht hin.« Steve klingt sichtlich amüsiert. »Hier geht es raus.« Er hält mir die Tür auf, von der ich schon weiß, dass sie in die Halle führt. Von allen Gebäuden auf dem Unigelände, ist mir die Eishockeyhalle schon jetzt am vertrautesten.

»Danke.« Ich trete raus auf die deutlich kühlere Zuschauertribüne.

Von den vielen Studenten, die dem Spiel zugeschaut haben, ist außer ein paar Pappbechern und Chipstüten nichts mehr zu sehen.

Auch den Coach kann ich nirgendwo entdecken.

»Ist wohl noch nicht da.« Steve zuckt mit den Schultern und lehnt sich an die Bande.

Erst jetzt sehe ich ihn mir genauer an. Er scheint schon fertig zu sein, zumindest sieht er frisch geduscht aus und riecht auch so.

»Sind denn sonst alle da?«, frage ich, denn ich habe Slater bei meinem Gang durch die Kabine nicht entdecken können.

»Ich denke schon.« Steve sieht übers Eis. »Die meisten zumindest. Der eine oder andere hat sich sicher mit ein paar Cheerleaderinnen abgesetzt, aber das ist immer so.«

Na klar. Was auch sonst? Hier an der UC reiht sich ja sowieso ein Klischee an das andere.

»Aber mach dir keinen Kopf. Außer für offizielle Turnierbilder kriegst du die Jungs nie alle zusammen.«

Ich will gerade etwas Unverbindliches erwidern, als Schritte hinter mir zu hören sind.

»Suchst du jemand Bestimmtes?«, fragt eine lauernde Stimme aus dem Spielergang und ich drehe mich schnell um.

Vor mir steht der dunkelblonde Kerl, den ich gestern Abend auf der Party mit Slater gesehen habe und begutachtet mich, als würde er mich auf Sprengstoff untersuchen wollen.

»Ich? Äh ... Nein.«

»Slater vielleicht?«

Was? Oh, Mist. Woher weiß er das?

»Nicht jeder ist immer wegen Slay hier, Tom«, sagt Steve und klingt ziemlich genervt.

»Nein. Nicht jeder. Aber Fremde mit Kameras meistens schon.« Tom mustert mich bei diesen Worten so unverhohlen feindselig, dass mir augenblicklich ein bisschen kühler wird.

Hält er mich für eine Reporterin? Ist das so üblich, dass Slater Thorn von Paparazzi belagert wird?

»Sie kommt von Professor Doherty und soll ein paar Mannschaftsbilder schießen, also reg dich ab. Die Sache ist abgesprochen.«

»Mit mir nicht«, knurrt Tom, dann wendet er sich ab. »Soll mir aber egal sein, Slater ist sowieso weg.«

Damit lässt er Steve und mich allein.

Und ich bin ziemlich ernüchtert.

Slater wird also nicht dabei sein, wenn ich die Eagles fotografiere.

Warum nicht?

Hat Steve recht und er vergnügt sich wirklich schon wieder mit irgendwelchen Frauen? Cheerleaderinnen?

Da bleibt mir wohl nur eine Möglichkeit, um das herauszufinden.

Also los. Auf zu Schritt zwei meiner Verwandlung in die Traumfrau eines Eishockeystars.

Wenn ich ihm gefallen will, muss ich wohl lernen, wie man Pompons schwingt.

SLATER

»Ist das zu fassen?«, fragt mein Vater zum gefühlt hundertsten Mal, seit wir die Polizeistation verlassen haben.

Ich steuere meinen blauen Camaro durch die Stadt und weiß nicht so richtig, was ich tun, sagen oder denken soll.

Einerseits bin ich wütend, andererseits mache ich mir Sorgen, weil es immer schlimmer wird mit ihm. Und ein dritter Teil von mir ist einfach nur erschöpft und würde sich am liebsten eingestehen, dass er mit der ganzen Situation total überfordert ist.

»Sag doch mal, Slay, ist das denn zu fassen?«

»Reg dich bitte ab, Dad.« Ich schaffe es nicht, zu ihm hinüberzusehen. Es fällt mir schwer, den großen, stattlichen, stets gut gekleideten Mann mit dem wirren

Geschwätz in Einklang zu bringen, das er in letzter Zeit von sich gibt.

»Da nehmen die mich einfach fest! Was bilden die sich denn ein? Kannst du mir das mal sagen, Slay?«

Ich atme durch, dann erkläre ich es ihm zum wiederholten Mal. »Du bist bei unserem Nachbarn eingebrochen, Dad. Es ist nur logisch, dass die Polizei dich mitnimmt, denkst du nicht?«

»Tz!« Mein Vater gibt ein entnervtes Schnauben von sich. »Logisch nennst du das? Aber wenn Samuel Callum versucht, mich zu töten, dann machen sie nichts. Wo sind sie dann, deine feinen Polizisten?«

»Er hat nicht versucht, dich zu töten. Er hat nur einen neuen Rasensprenger installiert.« Ich versuche, ruhig zu bleiben, aber ich kann einfach nicht. »Den du nicht einmal entdeckt hättest, wenn du nicht schon wieder unerlaubt in seinem Garten unterwegs gewesen wärst!«

»Eins musst du dir mal merken, Sohn.« Mein Vater legt mir eine Hand auf den Unterarm und ich würde sie am liebsten abschütteln. Ich will nicht, dass seine Paranoia auf mich überspringt. »Mörder sind gut darin, sich zu tarnen. Und ein Rasensprenger ist nicht immer ein Rasensprenger.«

»Sondern?« Ich könnte mir die Zunge dafür abbeißen, dass ich mich doch wieder auf diese Diskussion einlasse.

»Callum verseucht damit die Nachbarschaft. Vor allem unser Grundstück. Er schießt diese kleinen, radioaktiven –«

Ich drehe die Musik auf, stelle den neuen Song von *Imagine Dragons* so laut, dass ich nicht mehr hören kann, auf welche Art unser Nachbar meinem Vater diesmal nach dem Leben trachtet.

Eine Weile plappert er neben mir einfach weiter, dann scheint er zu kapieren, dass es nichts bringt und lässt sich mit verschränkten Armen gegen die Beifahrertür sinken.

Vielleicht ist das Schlimmste gerade vorbei.

Sicherheitshalber warte ich noch ein paar Minuten ab, bis ich die Musik wieder leiser drehe.

Ich schaue jetzt doch zu ihm hinüber. Nur ganz kurz.

Er sieht noch aus wie mein Dad. Äußerlich tadellos, der begehrte Schauspieler. Nur seine Augen haben diesen Ausdruck, der dazu führt, dass mir mein eigener Vater immer fremder wird.

»Hör zu«, beginne ich und sehe wieder auf die Straße. »Wir haben Glück, dass Callum keine Anzeige erstattet. Aber das heißt nicht, dass er dieses Theater jetzt für immer mitmachen wird. Du musst also damit aufhören, ihn zu belästigen und bei ihm einzubrechen. Wir können uns keinen Anwalt und keine Kautionszahlungen leisten. Hast du das verstanden?«

»Ich frage dich jetzt eins, Slater.« Mein Vater richtet sich ein Stück auf und ich spüre den Blick aus seinen irren Augen auf mir ruhen.

»Ja?« Ich sehe weiter fest nach vorne.

»Und du musst mir ganz ehrlich antworten.«

»Okay.«

»Bist du ein russischer Spion?«

Wortlos drehe ich die Musik wieder laut.

KAPITEL 5

MIA

Die Eishockeyhalle. Immer und immer wieder zieht es mich hierher.

Ich sitze draußen auf der Bank und vertreibe mir die Zeit damit, eine Nachricht an meine Schwester abzuschicken.

LEA, MELDE DICH BEI MIR!

Ich sende diese fünf Worte ab, sehe zu, wie zuerst ein grauer Haken erscheint, dann ein zweiter. Aber blau werden sie nicht. Und die der vorherigen drei Nachrichten auch nicht.

Als ich gestern Abend vom Shooting mit den Eishockeyspielern zurückgekommen bin, war sie schon wieder weg. Und auch heute Morgen, als ich das Haus verlassen habe, war sie nicht da.

Kelly meint, so würde es in den letzten Monaten immer gehen.

Wahrscheinlich ist sie bei diesem Jerry von den Bruins.

Ich finde es nicht richtig, dass sie sich mit ihm über
Slater hinwegtröstet. Das ist nicht wirklich besser als
das, was Slater mit ihr gemacht hat. Aber was weiß ich
schon? Vielleicht hat meine Schwester die Fronten ja
mit diesem Jerry geklärt. Oder er ist genauso ein mieser
Typ und hat es verdient.

Mir erzählt sie ja nichts.

Und auf Nachrichten antwortet sie auch nicht.

Seufzend stecke ich das Handy weg und sehe einer
Gruppe von Cheerleaderinnen dabei zu, wie sie in die
Eissporthalle gehen. Sie tragen eisblaue Glitzerkostüme und silberne Schlittschuhe über dem Arm. Eine
von ihnen ist blond, die anderen haben dunkle Haare.
Auch wenn ich die Gruppe nur noch von hinten sehe,
ist es offensichtlich, dass die Blondine die Anführerin
und wahrscheinlich die Beliebteste an der Uni ist.

Wie ich schon festgestellt habe, jagt an der UC ein Klischee das andere.

Und das macht es mir nicht gerade leichter. Denn
auch wenn ich versuche, mich für meinen Plan optisch
an die anderen anzupassen, kommt es mir trotzdem
vor, als würde man mir das raue Leben in der Savanne
immer noch ansehen. Als hinge mir noch der Staub in
den Haaren, als würde meine Haut noch die Hitze der
Wüste abstrahlen.

Heute ist das offene Casting und als ich an meinem
ersten Tag die Plakate dafür gesehen habe, hätte ich nie
im Leben gedacht, dass ich hingehen würde. Und auch
wenn in der Ausschreibung ausdrücklich keine Vor-
kenntnisse im Schlittschuhlaufen gefordert wurden,
fühle ich mich alles in allem ziemlich fehl am Platz.

Denn erstens kann ich mit Eis ungefähr genau so viel anfangen wie ein afrikanischer Savannenelefant.

Zweitens bin ich schon im Inlineskaten die totale Niete.

Und drittens kann ich auch nicht sonderlich gut turnen oder mich anderswie verrenken.

Ich bin einfach eine miese Sportlerin.

Aber was tut man nicht alles für seine Schwester?

Ich stehe auf und nehme die kleine Sporttasche mit, in der ich außer Leggings und einem Top noch meine Kamera habe. Denn bei meinem kleinen Rachefeldzug darf ich mein Studium nicht völlig aus den Augen lassen.

Dann gehe ich rein und steuere die Umkleiden an, allerdings diesmal die für Frauen. Als ich reinkomme, drängt mir Stimmengewirr entgegen. Es befinden sich bestimmt zwanzig Studentinnen hier drinnen. Die Hälfte davon trägt Glitzerkostüme und ist wohl bereits im Team. Die andere Hälfte hat ähnliche Sportklamotten an, wie ich sie in meiner Tasche habe.

»Hi«, sage ich und suche mir einen freien Platz.

Ein paar der Cheerleaderinnen sehen auf und lächeln mir kurz zu.

Ich erwidere ihr Lächeln und mache mich daran, mich umzuziehen.

»Bist du auch fürs Casting hier?«, fragt mich eine hübsche Brünette mit raspelkurzem Haar.

»Ja. Ich bin Mia. Hi.«

»Hi, Mia. Ich bin Sherley. Und ich bin so nervös!«

»Das wird schon«, sage ich.

Ich bin wahrscheinlich nicht weniger nervös als sie, aber es bringt ja nichts, wenn wir uns gegenseitig mit unserer Aufregung übertrumpfen.

»Standest du schon mal auf dem Eis?«, frage ich.

Shirley nickt eifrig. »Ich bin Eiskunstläuferin, seit ich vier Jahre alt war.«

Wow, okay. Das kann ja was werden. Ich sehe meine Chancen schwinden.

»So, seid ihr alle bereit?«, ertönt eine Stimme und ich sehe auf. Es ist ohne Zweifel die blonde Chef-Cheerleaderin, die hier mit uns spricht. Und jetzt, wo ich sie von vorne sehe, erkenne ich sie auch.

Es ist Slaters neue Bettfreundin. Ausgerechnet.

Ich beeile mich, mein Shirt überzuziehen, denn anscheinend geht es jetzt los.

»Ich bin Abigail und wenn ihr Fragen habt oder Probleme, dann wendet ihr euch immer zuerst an mich, okay?«

Sie sieht in die Runde und alle inklusive mir nicken.

»Diejenigen von euch, die noch nie Schlittschuh gelaufen sind, können sich im rechten Teil der Halle einlaufen. Der Rest findet sich links ein. Meine Mädchen und ich werden euch den ganzen Nachmittag über im Auge behalten. Unsere Trainerin hat zwar letztlich das Sagen, wer ins Team kommt und wer nicht, aber wir haben ein Mitspracherecht. Also strengt euch an.« Sie sieht uns wieder der Reihe nach an, dann lächelt sie und klatscht auffordernd in die Hände. »Dann los! Schlittschuhe findet ihr in der Halle.«

***

Ich befinde mich auf der rechten Seite der Eisfläche, und zwar als Einzige. Während die anderen Casting-Bewerberinnen ihre Runden auf dem Eis und sogar erste Pirouetten drehen, komme ich mir vor wie ein Kleinkind, das seine ersten Schritte macht.

So wird das ganz sicher nichts.

Ich muss ein bisschen mehr wagen.

Also stoße ich mich von der Bande ab, schiebe einen Fuß vor den anderen und … lande so hart auf dem Eis, dass mir die Tränen kommen.

Shit.

Ich setze mich mühsam auf. Mein Rücken schmerzt, ich habe mir den Ellbogen angehauen und werde zu allem Übel auch noch von Abigail und ihren Freundinnen angestarrt.

Wenn sie Slater erzählen, wie dämlich ich mich anstelle, findet er mich ganz sicher nicht sexy. Ich ignoriere die Blicke und schaffe es irgendwie wieder auf die Beine. Zurück zur Bande und –

»Hey, Neue.«

Oh nein.

Ich drehe mich langsam um und sehe in die Gesichter von Abigail und ihren Freundinnen. Zickereien haben mir so gerade noch gefehlt. Aber damit weiß ich umzugehen. Wenn sie meinen, dass sie hier einen auf Highschool-Bitches machen müssen, dann sollen sie nur.

»Hi.« Ich lehne mich lässig an die Bande, zumindest kurz. Dann rutschen meine Schlittschuhe langsam weg.

Ehe ich reagieren kann, stoppt Abigail meine Rutscherei mit ihrem Schlittschuh.

»Vorsicht!«

Zwei ihrer Freundinnen greifen nach mir und bringen mich wieder in eine aufrechte Position.

Okay, das hätte ich nicht erwartet.

»Danke«, murmle ich und beschließe, es mit den lässigen Posen erstmal bleiben zu lassen.

Abigail lacht leise. »Als ich das erste Mal Schlittschuhe anhatte, lag ich mehr auf dem Eis, als dass ich stand.«

»Okay ...«, sage ich nur. Irgendwie erwarte ich, dass jetzt noch was kommt. Die Pointe, mit der sie versucht, sich über mich lustig zu machen und ihre Freundinnen zum Lachen bringt. Aber es kommt nichts.

»Du schlägst dich gar nicht so übel«, sagt eine der anderen.

Jetzt muss ich lachen und sehe demonstrativ zu den anderen Bewerberinnen herüber, die zum Teil sogar in die Luft springen.

Abigail winkt ab. »Lass dir von denen nicht den Mut nehmen. Das sind alles Poserinnen. Sie wollen nicht ins Team, weil sie die Eagles anfeuern, sondern weil sie sich zeigen wollen. Weil sie einander übertrumpfen und die Aufmerksamkeit möchten.«

»So jemanden suchen wir aber nicht«, fügt wieder eine der anderen an. »Wir brauchen Mädchen, die für Eishockey brennen. Die hinter unseren Jungs stehen, anstatt eine Egonummer aus dem Cheerleading zu machen.«

»Wir haben dich beim letzten Trainingsspiel gesehen«, fährt Abigail fort. »Dich und keine der anderen. Das sagt schon ziemlich viel aus.«

»Ich habe auch die Mannschaftsfotos geschossen«, sage ich schnell, weil ich gerade meine Chance wittere.

»Was, ehrlich? Die habe ich heute auf der Uni-Facebook-Seite gesehen, sie sind super!« Abigail wirkt begeistert. »Du bist also Fotografin?«

Ich zucke mit den Schultern. »Zumindest möchte ich mal eine werden.«

»Ich habe nicht mal ein gutes Auge für Selfies«, lacht Abigail und zieht eine Grimasse. »Darum studiere ich auch Bio und nicht Kunst.«

Urplötzlich ist sie mir sympathisch.

Auch wenn sie aussieht wie ein wandelndes Klischee, scheint sie so ganz anders zu sein, als ich gedacht habe. Schon zum zweiten Mal, seit ich hier an der Uni bin, liege ich falsch, was meinen ersten Eindruck angeht.

»Also, zuerst mal ...« Abigail geht vor mir in die Hocke.

Zwei der anderen halten mich links und rechts an den Armen fest und ich frage mich, was das jetzt wird.

»Gut festhalten.«

Mit einem Ruck zieht Abigail die Schnürbänder meiner Schlittschuhe fest und ich bin froh darüber, dass mich ihre Freundinnen stützen, sonst wäre ich zweifelsohne wieder auf dem Eis gelandet.

»Deine Schuhe müssen immer ganz fest geschnürt sein. Sonst knickst du um. Und das kann bei einer Choreo schon mal übel ausgehen. Wir wollen ja nicht, dass du hinfällst und dir jemand die Finger abfährt.«

Abigail widmet sich dem zweiten Schuh, dann steht sie auf.

»So, als Nächstes musst du deine Haltung ändern. Beim Schlittschuhlaufen setzt du die Füße nebeneinander und nicht voreinander wie beim normalen Laufen. Du gehst leicht in die Knie und verlagerst das Gewicht von einem Bein auf das andere.«

»So, siehst du?« Eines der anderen Mädchen macht mir vor, wie es geht. »Übertreib es am Anfang ruhig etwas, bis du dich sicherer fühlst.«

»Kleine Schritte«, ermahnt mich Abigail und ich nicke.

Das sieht gar nicht so schwer aus.

»Ich werde es üben«, verspreche ich.

»Halt dich am Anfang immer an der Bande fest. Wenn du das sicher hinkriegst, ruf uns. Dann gehen wir mit dir auf die offene Eisfläche und üben das Bremsen.«

»Ja, das mache ich. Danke.«

Abigail und ihre Freundinnen fahren wieder rüber in den anderen Hallenteil.

Irgendwie bin ich vollkommen überrumpelt davon, wie anders als erwartet dieser Nachmittag verläuft. Die Firebirds sind nett und ich scheine hier wirklich eine Chance zu haben, auch wenn ich die totale Sportniete bin.

Als ich mich erneut ans Laufen wage, stelle ich fest, dass es sogar Spaß macht.

Langsam fahre ich an der Bande entlang. Nach einigen Minuten klappt es dank der Tipps von Abigail schon ganz gut und ich wage es sogar, loszulassen. Es fühlt sich gut an, wie meine Kufen übers Eis gleiten.

Ich stelle mir vor, wie es wohl ist, mit den anderen Mädchen vor einem Spiel den Fans einzuheizen. Auch wenn ich gestern nur Zuschauerin bei einem Testspiel war, ist die Euphorie trotzdem auf mich übergesprungen. Wie muss es sich dann erst anfühlen, mittendrin zu sein und für diese Begeisterung zu sorgen?

Wenn ...

»Ach, nee.«

Ich komme ins Stolpern, als ich die Stimme neben mir höre und schaffe es gerade noch, an der Bande zu bremsen.

Tom, der bissige Freund von Slater Thorn, steht neben mir auf der anderen Seite der Abgrenzung.

Und diesmal hat er auch noch Slater dabei, dessen plötzliche Anwesenheit mich kalt erwischt.

Ich zwinge mich, den Blick auf ihn zu richten und habe auf der Stelle die Bilder aus der Umkleide vor Augen, auch wenn er diesmal natürlich nicht nackt ist.

Wieder trägt er seine blaue Collegejacke, deren Ärmel er leicht hochgeschoben hat. Darunter sind seine Sachen schlicht, aber was anderes hat er auch gar nicht nötig. Bei dem Gesicht und dem Körper könnte er auch in einem Nonnenkostüm hier auftauchen und wäre immer noch sexy. Leider.

Nur sein Blick passt nicht ganz zum Rest seines Äußeren.

Neugierig ruht er auf mir. Und irgendwie abschätzend. Es ist definitiv kein Ich-hab-dich-bald-im-Bett-Verführerblick.

Wer weiß, vielleicht gefalle ich ihm gar nicht. Und das ist ja auch kein Wunder, so wackelig, wie ich hier vor ihm an der Bande hänge. Einen besseren ersten Eindruck hätte ich nicht machen können.

»Warum ach nee?«, frage ich und nehme mir vor, mich nicht von Toms Wachhundblick einschüchtern zu lassen.

»Gestern warst du noch Fotografin, heute bist du Cheerleaderin?«, fragt er.

Slater runzelt neben ihm wortlos die Stirn, wobei er mich immer noch nicht aus den Augen lässt.

»Ja. Na und?«

»Woher der plötzliche Sinneswandel?«

»Tom, was soll der Scheiß?« Slater löst seine Augen nun doch von mir und sieht seinen Freund verständnislos an. »Was hast du für ein Problem?«

»Du hast bald eins, wenn du mit der Kleinen nicht aufpasst.«

Ungläubig sehe ich diesen Tom an. Was um alles in der Welt hat er nur gegen mich?

»Was soll das heißen?«, will auch Slater wissen.

»Das kann sie dir selbst erklären.« Tom lässt uns beide stehen und geht rüber in den anderen Teil der Halle, wo er von den echten Cheerleaderinnen stürmisch begrüßt wird.

Ich dagegen klammere mich immer noch an die Bande und komme mir enttarnt vor, obwohl meine Racheaktion ja noch gar nicht richtig begonnen hat.

Slater verschränkt die Arme und sieht mich auffordernd an.

Und ich muss zugeben, dass ich auf diese Situation nicht vorbereitet war.

»Dein Freund denkt, dass ich dich stalke«, erkläre ich. »Scheint wohl ein bisschen paranoid zu sein. Gestern habe ich im Auftrag meines Dozenten Teamfotos von euch gemacht und er dachte, dass ich es aus irgendwelchen Gründen darauf anlege, an dich ranzukommen.«

Slater seufzt. »Mach dir nichts draus. So ist er ständig.«

»Und jetzt ...« Ich zucke mit den Schultern. »Es bestärkt ihn wohl in seiner Annahme, dass ich mich bei den Cheerleaderinnen bewerbe.«

»Und warum bewirbst du dich bei den Cheerleaderinnen?« Slater mustert mich immer noch auf diese seltsame Weise, aber ich bin mir sicher, dass ich mich gerade nicht sonderlich von den anderen Mädchen unterscheide.

Was soll also die Frage?

»Ich war schon auf dem College Cheerleaderin«, erwidere ich gelassen.

»Du?« Slater zieht die Brauen hoch und sieht mich an, als würde ich ihm gerade erklären, dass ich bereits zehnfache Mutter bin.

»Ich«, bekräftige ich meine Lüge.

»Vorgestern rennst du noch im Survival-Look rum und heute willst du auf einmal Cheerleaderin sein?«

Shit. Auf einmal klingt er ziemlich zweifelnd und das ist das Letzte, was ich will. Er kann mich doch nicht bei unserer ersten richtigen Begegnung schon durchschauen!

Offenbar hat er mir auf der Party mehr Aufmerksamkeit gewidmet, als ich dachte, doch ich darf mich davon nicht in die Enge treiben lassen.

»Stalkst *du mich* etwa?«, frage ich, um die Situation wenigstens etwas zu retten.

Slater sieht mich entgeistert an, dann lacht er und wirkt ernsthaft überrascht. »Es klingt gerade fast so, was?«

»In der Tat. Wenn du schon weißt, was ich wann anhatte.«

»Scheiße.« Slater grinst und fährt sich mit der Hand durchs Haar. Dann wird er ernster und erklärt: »Ich habe dich zufällig mit Lea gesehen. Unten am Strand. War alles in Ordnung?«

Lea.

Er sagt ihren Namen, als würde er keinerlei Emotionen in ihm auslösen.

Mein Herz beginnt schneller zu schlagen und meine Kehle wird trocken.

Am liebsten würde ich ihm all die Dinge an den Kopf knallen, die mir seit vorgestern Abend in den Sinn gekommen sind.

Doch ich bringe nur ein »Ja« hervor.

»Du warst angezogen, als kämst du von einem Live-Rollenspiel. Lara Croft und –«

»Lara Croft. Sehr originell. Das höre ich jetzt schon zum zweiten Mal.«

»Ist nur wahr.« Slater grinst wieder und ich sehe schnell weg, weil dieses Grinsen etwas in mir auslöst, das ich beim besten Willen nicht spüren will.

»Meine Klamotten wurden in Namibia ...« So ein Mist. Wenn ich will, dass er sich in mich verliebt, darf er mich nicht für den Foto-Freak aus Afrika halten. »Also, der erste Eindruck hat getäuscht. Meine Sachen wurden mir erst heute Morgen nachgeschickt.«

»Oh.« Slaters Gesichtsausdruck verändert sich auf undeutbare Art. »Klar, also bist du normalerweise eher unterwegs wie die da drüben?« Er deutet rüber zu Abigail und den anderen und ich nicke.

»Ganz genau.«

»Alles klar, dann ...« Slater hebt die Hand. »Viel Erfolg. Vielleicht sehen wir uns irgendwann auf dem Eis.«

Das war jetzt aber ein schneller Abschied. Und ich hatte nicht das Gefühl, dass ich ihn sonderlich beeindrucke.

Aber ich wäre nicht Mia Carson, wenn ich jetzt schon aufgeben würde.

Ich werde ihn schon noch von mir überzeugen.

SLATER

»Danke, Alter.« Vor dem Grundstück, auf dem er mit seiner Mom lebt, steigt Tom aus meinem Wagen.

Wir wohnen im selben Viertel – den Uplands von Berkeley, wo anstelle normaler Häuser riesige Villen stehen, jeder einen Pool hat und alle glücklich und zufrieden sind.

Zumindest theoretisch.

»Kein Problem«, sage ich.

Tom holt seine Trainingstasche von der Rückbank meines Camaro und ich erwarte, dass er danach die Beifahrertür schließt und geht, aber das macht er nicht.

Stattdessen blickt er nochmal zu mir ins Innere und fragt: »Alles okay?«

Irritiert sehe ich ihn an und setze auf der Stelle ein Grinsen auf, das sich schon seit Monaten nicht mehr echt anfühlt, aber das muss es ja auch nicht.

Hauptsache, kein anderer checkt, was eigentlich los ist.

Erst recht nicht, solange ich es selbst nicht wirklich weiß.

»Alles bestens.«

»M-hm, schon klar.« Tom zögert kurz, dann deutet er hinter sich. »Willst du noch mit reinkommen? Die Haushälterin hat gekocht.«

Im ersten Moment will ich nein sagen, denn eigentlich war ich schon viel zu lange von zu Hause weg. Dort bin ich derjenige, der sich ums Essen kümmert, was meistens bedeutet, dass ich was von irgendeinem Imbiss mitbringe. Aber um diese Zeit pennt Dad wahrscheinlich sowieso, nachdem er mal wieder die ganze Nacht das Haus der Callums observiert hat. Also wird es nichts ausmachen, wenn ich ihn noch ein bisschen warten lasse.

»Na schön«, sage ich und stelle den Motor ab.

»Ist sowieso zu viel für mich allein.« Tom schließt die Wagentür und geht vor zu dem breiten, blickdichten Holztor, hinter dem sein Zuhause liegt.

Auch ich steige jetzt aus und folge ihm, während das Tor langsam und lautlos zur Seite gleitet.

Dahinter kommt das Haus der Turners zum Vorschein, das deutlich besser in Schuss ist als unseres. Ich war schon oft hier, aber der Anblick beeindruckt mich immer wieder. Die Fassade ist strahlend weiß, die schwere antike Tür hinter einem Säulengang verborgen. Entlang der Fassade gibt es Erker, Balkone und an der Südseite sogar einen kleinen Turm, der rundum mit Fenstern versehen ist.

Toms Vater war nicht nur Army-General, sondern stammte auch aus einer reichen Ostküstenfamilie. Als er starb, hat er Tom alles vererbt.

»Geht deine Mutter eigentlich arbeiten?«, frage ich, während ich Tom vorbei an einem plätschernden Springbrunnen in der Mitte der Zufahrt zur Tür folge. Als enger Freund von Tom sollte ich das wissen, aber ich vermeide es, zu viel über das Thema Eltern zu reden.

»Nein, sie ist Immobilienmaklerin.«

»Das ist doch ein Job.«

»Reiche Leute durch teure Häuser führen, die sie am Ende sowieso kaufen?« Spöttisch sieht er mich an, schließt die Tür auf und ruft: »Rosita, ich bin da!«

Rosita ist das Hausmädchen der Turners. Früher hatten wir auch mal eins, aber das ist so lange her, dass ich mich kaum noch an ihren Namen erinnere.

»Setz dich irgendwo hin, ich bring eben mein Zeug hoch.«

Wenn Tom hoch sagt, dann meint er sein Reich im hinteren Teil des Hauses. Er hat dort praktisch eine eigene Wohnung.

Ich sehe ihm kurz nach, dann betrete ich den Wohnraum. Auf der linken Seite gibt es einen Kamin mit einer Art Liegewiese davor, rechts eine Sofaecke, in der vermutlich dreißig Personen Platz hätten.

Geradeaus, draußen unter einem Erkerfenster dampft ein Whirlpool, der sogar um diese Zeit eingeschaltet ist. Ein süßlicher Geruch liegt in der Luft, auf dem Rand des Pools befinden sich ein Drink mit einer Gurkenscheibe darin und ein aufgeschlagenes Buch.

Ein Thriller, wie ich erkenne, als ich näher herantrete. *Der Tod des Milliardärs.*

Kann mir denken, worum es darin geht.

»Tu dir keinen Zwang an, wirf ruhig mal einen Blick rein«, sagt eine samtige Stimme hinter mir.

Schnell drehe ich mich um und entdecke Toms Mom.

Sie ist durch einen Seiteneingang ins Wohnzimmer gekommen. Ihr Haar ist tropfnass und sie trägt nichts außer einem hautengen schwarzen Badeanzug. Sie ist eine schlanke, sportliche Frau, der man ihr Alter kaum ansieht.

Bestimmt hat sie was machen lassen, das tun hier in den Uplands alle. Wir sind es gewohnt, dass unsere Eltern kaum älter aussehen als wir selbst, sich kaum anders anziehen als wir.

Trotzdem finde ich es nicht in Ordnung, dass ich ihre Nippel sehen kann. Schließlich ist sie Toms Mutter.

Ich blicke Richtung Whirlpool, so als würde mich der Roman, der dort liegt, brennend interessieren, und sage: »Hallo, Mrs Turner. Ich wusste nicht, dass Sie hier sind.«

»Tja, und ich wusste nicht, dass *du* hier bist. Ist mein liebenswerter Sohn zur Abwechslung mal gleichzeitig mit mir zu Hause?« Sie kommt näher, geht an mir vorbei und hinterlässt dabei feuchte Fußabdrücke auf dem Boden. Ich senke lieber den Blick. »In der letzten Zeit bekomme ich ihn nämlich kaum noch zu Gesicht.«

»Das Training ist hart im Moment.«

»Das Training«, seufzt Toms Mom und ich höre an dem leisen Plätschern, dass sie wieder in den Whirlpool steigt. Die Tür ist offen, sodass ich sie weiterreden höre. »In eurem Alter war ich genau wie ihr jetzt. Ich war Leichtathletin. Immer nur Sport, immer nur von einem Erfolg zum nächsten hetzen. Aber glaub mir, dabei bleibt das Leben auf der Strecke. Hast du zurzeit eine Freundin, Slater?«

Ihre direkte Frage irritiert mich.

Ich sehe auf und stelle fest, dass sie sich so in den Whirlpool gesetzt hat, dass sie mich direkt ansehen kann. Die Beine hat sie überschlagen, die Arme auf dem Rand abgelegt.

»Du solltest eine haben«, sagt sie und greift nach ihrem Glas. »Ihr solltet lieben, solange ihr noch jung genug dafür seid.« Sie nippt an ihrem Drink und fügt mit einem schmalen Lächeln hinzu: »Ich habe mal gelesen, dass man erst alt wird, sobald man aufhört, an die Liebe zu glauben. Das fand ich sehr treffend und wollte es schon immer mal ...«

»Ivy!«, sagt in dem Moment eine scharfe Stimme hinter mir. »Was zur Hölle soll das werden?«

Toms Mutter blickt amüsiert an mir vorbei, dann tritt Tom neben mich. Er hat die Arme verschränkt und sieht sie missbilligend an.

»Ich unterhalte mich mit deinem besten Freund, wenn du dich schon nie mit mir unterhältst.«

»Toll, und es wäre noch toller, wenn dabei mehr als zehn Prozent deines Körpers mit Stoff bedeckt wären.« Tom packt mich an der Schulter. »Komm, hauen wir ab und holen uns irgendwo was zu Essen.«

»Rosita hat frei und ich wollte kochen«, protestiert Toms Mutter. »Wieso essen wir nicht alle zusammen?«

»Du findest schon jemanden, der mit dir essen will«, sagt Tom und zieht mich förmlich mit sich.

Wieder einmal wird mir klar, dass ich nicht der Einzige bin, in dessen Elternhaus nicht alles rund läuft.

Tom und ich verlassen die Villa und sitzen wenig später wieder in meinem Wagen.

Er ist schweigsam, während wir die Uplands verlassen und durch den Feierabendverkehr nach Emeryville fahren.

»Hey, Tom«, sage ich nach ein paar Minuten. »Sie hat mich nicht angemacht, okay?«

»Habe ich auch nicht behauptet«, erwidert Tom.

Nein, das hat er nicht. Aber ich weiß genau, dass er es gedacht hat.

»Ich wäre auch nicht drauf eingegangen«, füge ich hinzu.

Tom sieht zu mir rüber. »Können wir das Thema gut sein lassen, Slay?«

Ich erwidere seinen Blick, dann nicke ich. »Klar doch. Wie du willst, Mann.«

Ich konzentriere mich wieder auf die Straße und sage nichts mehr über mein Zusammentreffen mit Mrs Turner. Was das Fallenlassen von Themen angeht, bin ich gut, das ist sozusagen mein Spezialgebiet.

MIA

»Und eins, zwei, drei und Drehung. Pause, durchatmen, und: Eins, zwei drei und Drehung!«

Ich versuche, das YouTube-Tutorial nicht aus den Augen zu lassen, während ich mit einem Schokoriegel in der Hand den Anweisungen der streng aussehenden Frau mit dem silbergrauen Haar aus dem Video-Tutorial zu folgen versuche.

Es ist gar nicht so einfach, in meinem winzigen Zimmer zu üben. Aber es muss sein. Denn wenn ich heute Vormittag beim Probetraining eines kapiert habe, dann, dass es auf Dauer nicht reichen wird, wenn ich das reine Eislaufen lerne. Wenn ich wirklich ins Team will, muss ich deutliche Fortschritte machen.

»Eins, zwei drei und ...«

»Drehung!«, vervollständige ich mit vollem Mund, gehe hoch auf die Zehenspitzen, löse das linke Bein vom Boden, nehme damit Anschwung, wirble auf dem rechten Fuß herum … Dann komme ich stolpernd wieder zum Stehen und verschlucke mich dabei fast an meinem Snickers.

»Direkt nochmal. Eins, zwei …«

»Das ist jetzt sowas von absolut nicht dein Ernst«, wird sie von einer Stimme übertönt, die plötzlich aus der Richtung meiner offenen Zimmertür kommt. »Du willst doch nicht wirklich Cheerleaderin werden!«

Ich drehe mich um und sehe Kelly dort stehen, die ihr schwarzes Haar heute zu einem wilden Dutt aufgetürmt hat, der Amy Winehouse alle Ehre gemacht hätte. Sie betrachtet mich finster und ungläubig zugleich.

»Auf dem Eis kann es gefährlich werden, wenn man keine Ahnung hat. Willst du vielleicht auf den Kopf fallen und dir eine Gehirnerschütterung oder Schlimmeres holen, nur weil … weil deine Schwester Liebeskummer hat?!«

»Es ist kein einfacher Liebeskummer. Sie ist am Boden zerstört und dafür mache ich ihn fertig, ob es dir passt oder nicht.«

Kelly starrt mich einen Moment lang an und sieht beinahe sauer aus. Ich funkle zurück. Dann jedoch scheint sie sich klarzumachen, dass es sie im Grunde gar nichts angeht, was ich tue.

»Lass mich dir trotzdem einen Rat geben«, sagt Kelly, wobei sie abermals kritisch auf meine virtuelle Eislauftrainerin blickt. Dann jedoch reißt sie sich von dem Video los und fügt hinzu: »Du solltest nicht zulassen, dass deine gesamte Zeit dafür draufgeht. Du bist neu in Berkeley, hier gibt es viel zu entdecken. Genieß das ein bisschen, anstatt dich in düstere Rachepläne zu verrennen. Morgen ist der Color Run, ich hoffe, du denkst daran.«

Der Color Run? Oh, richtig. Als mir Kelly ihr Auto geliehen hat, habe ich ihr versprochen, sie zu begleiten. Leider habe ich immer noch keine Ahnung, worum es sich bei diesem Lauf handelt.

»Du hast es vergessen«, sagt Kelly enttäuscht.

»Nein, ich ... ich weiß nur nicht, was das ist«, sage ich schnell.

»Morgen Nachmittag findet unser jährlicher Overcome-AIDS-Basar statt. Ein Wohltätigkeitsfest auf dem Campus, bei dem wir durch alle möglichen Aktionen Spenden sammeln, die dann an die AIDS-Hilfe gehen. Eine gute Sache, und Spaß macht sie auch. Ich bin beim *Color Run* dabei.«

Jetzt weiß ich zwar immer noch nicht, was ein Color Run ist, trotzdem machen mich ihre Worte hellhörig, denn AIDS ist ein Thema, das mich nicht kaltlässt.

In Namibia habe ich oft genug zu sehen bekommen, was HIV und AIDS auch heute noch anrichten können. In Windhoek hatte ich ein paar Kommilitonen, die infiziert waren und einen Berg Tabletten schlucken mussten, um das Virus am Ausbruch zu hindern.

Auf einer Fototour in die Namib-Wüste lernte ich in einem Dorf aber auch einen Mann kennen, für den jede Hilfe zu spät kam. Er hatte bereits AIDS und wusste, dass ihm nur noch wenige Wochen zu leben blieben. Er wollte, dass ich ein Foto zum Andenken für seine Familie schieße und zog dafür nochmal seinen besten Anzug an. Der Stoff schlotterte ihm lose um den ausgemergelten Körper, doch sein tapferes Lächeln werde ich nie vergessen.

»Mia, ist alles okay?« Kelly kommt einen Schritt näher und mir wird klar, dass meine Augen feucht geworden sind.

Ich wische mir verlegen die Tränen weg und berichte ihr mit so wenigen Worten wie möglich von dem Mann, woraufhin Kellys Züge ganz weich werden.

»Du hast ein großes Herz.« Kelly drückt meine Schulter. »Das ist eine gute Eigenschaft, Mia. Pass nur auf, dass aus dem Schmerz der anderen Leute nicht dein eigener wird, okay?«

Ich nicke und verspreche ihr, dass ich morgen dabei sein werde.

Mir gefällt die Idee, neben meinem Racheplan etwas Wohltätiges zu tun. Und wer weiß, vielleicht macht dieser Color Run ja sogar Spaß – was auch immer ich mir darunter vorzustellen habe.

KAPITEL 6

MIA

Am nächsten Tag komme ich in ausgefransten weißen Shorts, einem schlichten Shirt und alten Turnschuhen zur Uni. Kelly bringt sich weiße Sachen mit und zieht sich auf der Toilette um.

»Hast du mittlerweile etwas von deiner Schwester gehört?«, fragt sie aus der Kabine, während ich an den Waschbecken lehne und warte.

»Sie hat mir gestern Abend getextet.«

Viel hat Lea allerdings nicht geschrieben – nur, dass sie bei Jerry ist. Kein Wort von ihrem Zusammenbruch oder über die Party.

Kelly kommt aus der Kabine und sieht mich prüfend an. Ich sage nichts, bestaune nur ihr Outfit – ein weißes Petticoatkleid, eine weiße Netzstrumpfhose und ebenfalls weiße Chucks. Dazu trägt sie eine silbrig-weiße Perücke und schneeweiße Lippen.

»Bereit?«

»Ja, ich bin so weit«, sage ich und wehre mich nicht, als sie mir ein weißes Herz auf die Wange malt.

Dann verlassen wir die Toiletten und gehen nach draußen zum Faculty Glade, einer großen, leicht abschüssigen Grünfläche mitten auf dem Campus. Überall wurden Stände und Buden aufgebaut. Alles ist farblich aufeinander abgestimmt – die Markisen, die Girlanden, die als Deko für den Basar dienen und sogar die Wegweiser sind in Rot und Orange gehalten.

Unzählige Studenten, Dozenten und bestimmt auch Besucher von außerhalb sind hier, sehen sich die Stände an oder versorgen sich an den Food Trucks mit Snacks. Ein süßer und zugleich würziger Geruch nach Popcorn und Hamburgern liegt in der Luft, von überall her kommt Musik, die sich zu einem bunten Gewirr aus Liedern vermischt und ich muss ganz automatisch an einen Jahrmarkt denken.

Nur, dass es hier keine Karussells und Riesenräder gibt – stattdessen Attraktionen mit schrägen Namen wie *GUESS THE BOOBS* oder *WAXING WONDER-LAND*, die in verschnörkelten Buchstaben auf Schildern über den Ständen und den Eingängen der Zelte stehen.

»Errate die Brüste?«, frage ich Kelly, während wir nach dem Startpunkt für den Color Run suchen. »Was soll das denn heißen?«

Kelly begutachtet das Schild amüsiert. »*GUESS THE BOOBS* ist eine der beliebtesten Attraktionen auf dem Basar und wird traditionell vom Schwimmteam ausgerichtet, weil man deren halbnackte Körper so oft bei den Wettkämpfen zu sehen bekommt. Sie verstecken sich hinter einer Wand, die eine Öffnung hat, durch die nur ihr Ausschnitt zu sehen ist. Die Zuschauer zahlen, um erraten zu dürfen, wessen Möpse sie da zu sehen kriegen. Und wenn sie richtig liegen, bekommen sie einen Kuss von der jeweiligen Schwimmerin.«

Ich bin überrascht. Sowas hätte ich auf einer seriösen Elite-Uni wie Berkeley gar nicht erwartet.

»Und das *WAXING WONDERLAND* ist ...?«

»Oh, da lassen sich ein paar der Jocks aus den Sportteams gegen Spenden enthaaren. Für jeden Wachsstreifen zahlst du fünf Dollar.«

Ich ertappe mich dabei, wie ich mir vorstelle, Slater Thorn genüsslich mit einem Wachsstreifen zu quälen. Jeder, der die Dinger schon mal benutzt hat, weiß, wie schmerzhaft das ist. Aber erstens weiß ich gar nicht, ob er da mitmacht und zweitens wäre selbst eine Ganzkörperenthaarung in Zeitlupe noch viel zu harmlos für diesen Kerl.

»Da sind die anderen.«

Kelly nimmt mich am Arm und zieht mich mit sich zur schattigen Nordseite des Geländes, wo man über den Baumwipfeln den Sather Tower sehen kann, einen schmalen Turm mit Spitzdach, der das Wahrzeichen des Campus darstellt. Sogar er ist heute mit roten und orangefarbenen Girlanden dekoriert, dazu mit einer überdimensionalen AIDS-Schleife.

Ich hätte mir die Menschen hier in Berkeley viel kühler und gleichgültiger vorgestellt, aber bisher wirkte niemand auf dem Basar, als wäre er nur hier, weil er muss oder als hätte er keine Lust auf die Veranstaltung. Auch die bestimmt fünfzig anderen Studenten, die sich für den Color Run ganz in Weiß gekleidet haben, sind sichtlich gut gelaunt.

Kelly stellt mich ihren Freunden vor und sie löchern mich sofort mit Fragen über meinen Dad. Ich muss ihnen versprechen, nach dem Lauf ein paar Fotos zu schießen und bin froh, dass ich meine Cam nicht zu

Hause gelassen habe. Ich habe sie vorhin Malcolm mitgegeben, der einen Stand in der südlichen Ecke betreut. Er hat sich bereit erklärt, bis nach dem Lauf auf mein Zeug aufzupassen.

Eine Trillerpfeife ertönt und wir wenden uns alle einer Studentin zu, die wie Kelly und einige andere eine helle Perücke trägt.

»Meine lieben Runner, herzlich willkommen und danke für euren mutigen Einsatz! Gleich startet der diesjährige Color Run. Das Publikum steht schon längs der Strecke bereit und ist bewaffnet mit tonnenweise Holi-Farben!«

Die anderen jubeln und fangen schon an, sich gegenseitig anzufeuern und auch ich freue mich irgendwie auf den Lauf. Ich bin gespannt, wie ich danach aussehe.

»Der Streckenverlauf ist wie folgt: Ihr überquert die Carillon Road, lauft durch den Strawberry Creek, biegt nach rechts ab in Richtung South Drive und lauft weiter zum Sather Tower. Dann umrundet ihr den Turm und kommt über die Carillon Road wieder zurück.«

Dann geht es auch schon los. In einem engen Pulk stellen wir uns auf dem Spazierweg inmitten des Faculty Glade auf und warten auf den Startschuss. Links und rechts befinden sich Zuschauer, die allesamt kleine braune Papiertüten mit sich tragen. Was sich darin befindet, erfahre ich sogleich, als der Startschuss ertönt.

Wir laufen los – und schon stäuben die ersten bunten Farbwolken auf uns zu.

Überall am Rand der Strecke greifen die Leute in ihre Tüten und werfen das Pulver, das es in sämtlichen Tönen zu geben scheint. Pink, Türkis, Flieder, Sonnengelb …

Ich bin kaum losgelaufen, da erwischt mich auch schon die erste Ladung direkt an der Schulter.

Mit einem großen rosa Fleck auf dem Shirt laufe ich weiter, mit Kelly und ihren Freunden neben mir, und dann passiert es schon wieder. Wir kommen an einer Gruppe Medizinstudenten vorbei und werden über und über mit roter Farbe besprengt. Einer der Mediziner scheint es dabei besonders auf mich abgesehen zu haben. Er grinst mich an, greift ein zweites Mal in seinen Beutel, holt aus … und wartet, bis ich vorbeigelaufen bin, um mir eine ganze Handvoll Farbe auf den Hintern zu feuern.

Neben mir lacht Kelly. »Shorts. Die rauben den Kerlen die letzte Gehirnzelle!«

Ebenfalls lachend laufe ich weiter, jogge mit den anderen auf den Sather Tower zu und sehe mir die Farbwolken an, die überall um mich herum in die Luft stäuben. Es sieht einfach toll aus, wie die Farben die Sommerluft erfüllen.

Ich pruste, als ich eine Ladung Pulver mitten ins Gesicht kriege.

Fahrig wische ich mir über die Wange. Es war Blau. Immerhin nicht Rot, sonst würde ich spätestens, wenn ich ins Schwitzen komme, wie ein Mordopfer aussehen.

Ich laufe weiter und bekomme, genau wie die anderen, noch gefühlte hundert Ladungen Farbe ab, und auch wenn die Strecke nicht lang ist, bin ich am Ende doch aus der Puste, weil ich durch das Puder immer wieder husten musste.

Trotzdem fühle ich mich glücklich, als unser Zielpunkt in Sicht kommt und als sich nach dem Lauf alle in die Arme fallen, bin ich mittendrin.

Wir werden mit Applaus empfangen und ein paar der Farbwerfer kommen uns sogar gratulieren. Ich beschließe, schnell meine Kamera zu holen.

Ich schiebe mich durch die Menge und versuche, niemanden zu berühren, während immer wieder Farbe aus meinen Klamotten und meinen Haaren rieselt. Ich will gar nicht wissen, wie ich aussehe, aber die Blicke der Besucher, an denen ich vorbeikomme, verraten alles.

Dann erreiche ich Malcolm.

»Wow, Mia. Dich hat's aber ganz schön erwischt.« Malcolm bedeutet mir, dass ich mich umdrehen soll und begutachtet mich amüsiert.

Ich weiß, was er entdeckt hat. Vor allem auf meinem Po sind ganz schön viele bunte Abdrücke zu sehen.

»Einer von den Medizinern hat es ganz besonders auf mich abgesehen«, sage ich.

»So ein Schwein.« Malcolm zwinkert mir zu, während er meinen Rucksack unter dem Pult seines Standes hervorkramt.

Er steht am Seitenrand einer kleinen Bühne, die aus Holzlatten und Paletten zusammengebaut wurde. Die Rückwand, an der ein Schild mit der Aufschrift *SURPRISE SWEETHEARTS* befestigt ist, bildet die Plane eines großen, rot-orangenen Zeltes.

»Was genau passiert hier gleich?«

Malcolm deutet auf die Bühne. »Da oben werden gleich Dates verlost. Ein paar der tollen Typen und heißen Bräute von der Uni stellen sich zur Verfügung.«

Damit weist er auf die beiden Lostrommeln vor sich. In eine kommen die Namen der weiblichen und in die andere die der männlichen Bewerber. Die Trommel mit den Frauennamen quillt fast über. »Willst du ein Los kaufen für ein Date mit einem unserer Uni-Superstars?«

Mein Blick fällt auf ein Plakat an der Wand des Standes, das mit sechs Herzen bedruckt ist – und in jedem davon steht ein Name.

Grace Morrison.

Steve Derry.

Sandra Benedict.

Louise Harris.

Cynthia Mackay.

Und Slater Thorn.

Mein Puls beschleunigt sich, als mir klar wird, dass das meine Chance ist. Den halben Nachmittag über habe ich meinen Racheplan total vergessen, einfach weil ich Spaß mit Kelly und den anderen hatte. Jetzt jedoch packt mich das schlechte Gewissen.

Ich muss an Lea denken. Daran, dass sie sich vielleicht gerade jetzt in diesem Moment die Augen aus dem Kopf heult, während ich mich amüsiere.

»Ich möchte das Date mit Slater Thorn«, flüstere ich Malcolm zu, bevor mir klar wird, was ich da überhaupt sage.

Malcolm sieht überrascht aus, dann nickt er. »Schon klar, das wollen neunzig Prozent der Loskäuferinnen, glaub mir.«

»Bei mir hat es andere Gründe«, sage ich verschwörerisch. »Und ich dachte, dass du mir vielleicht helfen kannst.«

Jetzt habe ich Malcolms Interesse geweckt. Er beugt sich zu mir runter und flüstert: »Was für Gründe?«

»Rache«, wispere ich.

Das Wort kommt mir nicht so leicht über die Lippen wie gedacht. Eigentlich bin ich niemand, der hinterhältige Aktionen abzieht und es fühlt sich auch immer noch nicht sonderlich gut an, was ich mit Slater vorhabe. Aber das gute Gefühl wird sich schon noch einstellen, rede ich mir ein. Spätestens, wenn Slater seine Abreibung bekommt.

»Rache«, lässt sich Malcolm das Wort auf der Zunge zergehen. Dann runzelt er die Stirn. »Was hat Mister Perfect denn verbrochen?«

»Das will ich lieber nicht sagen. Es geht nicht um mich ...«

Malcolm denkt kurz nach, dann nimmt er mich wieder ins Visier. »Du hast aber nicht vor, ihn zu kastrieren oder so?«

Ich sehe ihn entgeistert an. »Wie kommst du denn auf sowas?«

Malcolm zuckt mit den Schultern. »Man weiß ja nie.« Er sieht sich um, jetzt genauso paranoid wie ich. »Okay«, flüstert er dann. »Wenn du mir versprichst, dass es unter uns bleibt, dann helfe ich dir.«

»Versprochen.« Ich gebe Malcolm die Hand.

»Mia?«

Ich fahre herum und erwarte für einen Moment, Lea hinter mir zu entdecken. Aber stattdessen stehen dort Abigail und ihre zwei Freundinnen, von denen ich mittlerweile weiß, dass sie Grace und Suzan heißen.

»Hi.« Ich lächle und mache Platz, damit sie Lose kaufen können.

»Hi, Mia. Hi, Malcolm.« Abigail lächelt Malcolm so schüchtern an, dass ich sie kaum wiedererkenne.

»Drei Lose?«, fragt er. »Wenn ihr wollt, dass euer Name mehrfach im Lostopf landet, könnt ihr auch zwei Lose kaufen. Oder zehn. Das erhöht eure Chancen auf das Slater-Date enorm.« Malcolm zwinkert mir unauffällig zu.

Wenn er wüsste, dass Abigail bereits mehr als nur ein harmloses Date mit Slater hatte.

»Nein, eigentlich ... also ...« Abigail bricht ab.

Grace stößt ihr den Ellbogen in die Seite und ich verstehe jetzt gar nicht mehr, was hier läuft.

»Wir wollen kein Date mit Slater«, sagt Suzan.

»Eigentlich wollen wir, also vor allem Abigail ...«, beginnt Grace, aber Abigail vervollständigt den Satz nicht. Sie sieht nur wie gebannt auf die Lostrommeln, als könnte sie durch das gefaltete Papier hindurch blicken.

»Vor allem Abigail wollte ein Date ...«, fährt Suzan fort.

»Mit ...«, hilft ihr jetzt wieder Grace auf die Sprünge.

Moment. Versuchen die beiden, ernsthaft ein Treffen zwischen Abigail und Malcolm zu arrangieren? Zwischen dem freakigen Obernerd und der Frau, die an der Uni so ziemlich jeden haben kann?

Bevor Suzan es aussprechen kann, erwacht Abigail aus ihrer Starre. »Mit Mia«, sagt sie schnell und packt mich am Arm. »Ich wollte mich mit Mia treffen, weil ... weil es jetzt gleich losgeht. Die ... also ... Auf der Bühne ...«

Es ist lustig zu sehen, wie sehr sie Malcolms Anwesenheit irritiert. Die sonst so selbstsichere und souveräne

Abigail bringt in Malcolms Gegenwart keinen geraden Satz mehr raus, was ich extrem sympathisch finde. Ich musste bereits gestern erkennen, dass ich mich von Abigails Äußerem habe täuschen lassen.

»Es geht los?«, frage ich und schaue zur Bühne.

Malcolm nickt. »In zehn Minuten stellen sich die Kandidaten vor.«

»Das können wir uns nicht entgehen lassen«, helfe ich Abigail aus der Patsche und hake sie unter.

»Ganz genau!« Abigail sieht mich erleichtert an.

Ich schnappe mir meinen Rucksack von Malcolms Tisch und lächle ihn dankbar an.

Ich bin gespannt, ob er sein Versprechen hält und ich wirklich das Date mit Slater bekomme. Allein der Gedanke daran macht mich jetzt schon nervös.

»Bis später und viel Glück.« Malcolm schmunzelt und ich beziehe mit den anderen Mädels Stellung vor der Bühne.

SLATER

Die rot-orangenen Zeltwände halten den Lärm vom Overcome-AIDS-Basar kaum ab.

Schrille Musik, vermischt mit dem Gekreische der Mädchen, die sich in einen Wassertank katapultieren lassen und den Schreien der Typen vom Waxing-Stand rauben mir fast den Verstand.

Ich lasse mich auf eine der Holzbänke fallen und presse mir beide Hände auf die Ohren.

Die vergangene Nacht war schlimm, wirklich schlimm.

Letztlich musste ich die Schlafzimmertür von meinem Vater verbarrikadieren, damit er nicht losläuft und irgendeinen Mist baut. Entsprechend müde bin ich jetzt. Ich weiß einfach nicht, wie es weitergehen soll.

»Hey, Champ. Backstage versteckst du dich also.«

Toms Stimme dringt nur gedämpft zu mir durch und ich nehme die Hände von den Ohren, sehe rüber zu ihm.

Er grinst mich an, aber nur kurz. Dann wird sein Gesicht ernster und er lässt sich neben mich auf die Bank des Date-Zeltes fallen. »Was ist los?«

Am liebsten würde ich ihm alles erzählen, aber ich habe meine Probleme schon immer allein gelöst, also schüttle ich den Kopf.

»Nichts.« Ich sehe mich um. Außer uns beiden sind noch ein halbes Dutzend anderer Studentinnen und Studenten hier drin.

Vor dem Zelt gibt es eine kleine Bühne und eine Bude, an der Lose für Dates mit uns gekauft werden können. Der Erlös kommt, wie alles auf diesem Basar, der AIDS-Hilfe zugute.

Tom sieht mich skeptisch an. Er kennt mich besser als jeder andere hier. Wir waren schon auf der Highschool befreundet und in einer Eishockey-Mannschaft, ihm mache ich so schnell nichts vor.

»Dieser ganze Date-Scheiß geht mir auf die Nerven. Letztes Jahr wurde der Name von Lizzy Lancaster gezogen, weißt du noch? Sie hat sich die ganze Zeit über eingeredet, dass unser Treffen auf irgendwelchen Gefühlen beruhen würde.«

Tom muss lachen. »Sie hat den ganzen Abend über versucht, dir ihre Zunge in den Hals zu stecken.«

Oh ja, daran erinnere ich mich gut. Lizzy ist hübsch, keine Frage. Sie trainiert im Leichtathletikteam und gehört zu den beliebtesten Mädchen der Uni. Aber sie ist absolut nicht mein Typ. Leider hatte sie sich in den Kopf gesetzt, dass wir beide das perfekte Traumpaar sind und alles daran gesetzt, ihre Vorstellungen bei unserem gemeinsamen Date wahrwerden zu lassen. Und sie gibt bis heute nicht auf. Erst letzte Woche hat sie mich wieder gefragt, ob ich mit ihr zum Sommerball gehe.

»Ich hoffe, ich kriege eine von den Nerds. Die sind wenigstens zurückhaltend«, überlege ich.

»Oder eine aus der Blaskapelle. Du sollst ja auch was davon haben«, lacht Tom.

»Alter.« Ich schüttle den Kopf, muss aber trotzdem grinsen.

Ich weiß, dass er das im Grunde nicht so meint. Nach seiner letzten Beziehungspleite hat mein bester Freund sich vorgenommen, keine Frau mehr ernsthaft an sich heranzulassen. Aber das wird sich irgendwann auch wieder ändern, denke ich.

»Jetzt mal im Ernst.« Tom lässt seinen Blick durchs Zelt wandern. »Du musst den Mist hier nicht mitmachen. Wenn du willst, stell ich mich gleich für dich auf die Bühne.«

Kurz überlege ich, ob ich das tun könnte. Ob ich einfach den Schwanz einziehen und diese Wohltätigkeitssache ihm überlassen soll.

Dann wird mir klar, was das für eine Außenwirkung hätte. Erst versaue ich es auf dem Eis, dann vernachlässige ich die Pflichten, die ich der Uni gegenüber habe. Außerdem weiß ich, dass einige Studentinnen sich um ein Date mit mir reißen und dass allein mein Name auf dem Plakat vor dem Date-Zelt viel Geld einspielt.

»Das kann ich nicht bringen, Mann.«

»Du musst es das nächste Mal wie ich machen.« Tom zieht seine Hose ein Stück hoch und präsentiert mir ein blankes Stück Wade. Eine haarlose Schneise zieht sich von seinem Fußknöchel bis zum Knie. »Tut gar nicht so schlimm weh, wie es aussieht.«

Ich haue meinem besten Freund auf die Schulter. »Erzähl mir nichts, ich habe dich doch bis hierhin schreien gehört.«

Tom verzieht das Gesicht und sieht mich verschwörerisch an. »Verrat's keinem.«

»Ladies und Gentlemen«, ertönt es von draußen. »Liebe Mitstudierende, liebe Dozenten, liebe Besucher und Anhängsel, liebe Hunde, Katzen, Kinder und wer sonst noch alles auf dem diesjährigen Overcome-AIDS-Basar der University of California ist.«

»Es geht los«, stöhne ich und stehe auf.

»Was musst du jetzt machen, um die Frauen von dir zu überzeugen?« Tom erhebt sich ebenfalls.

»Das entscheiden in diesem Jahr die Zuschauer.«

MIA

Vor der Bühne drängen sich alle, die Lose für ein Date gekauft haben und sehen zu, wie sich die *tollen Typen* und *heißen Bräute* vorstellen.

Ich bin ein bisschen hin- und hergerissen, zwischen Kelly, Abigail und meinem Pflichtgefühl Lea gegenüber. Eigentlich sollte ich zurück zu Kelly und den anderen, aber ich entscheide mich dafür, erstmal hierzubleiben und mir die Vorstellungsrunde anzusehen. Danach werde ich zurück zu den anderen gehen und ein paar Fotos machen.

»Was soll Sandra noch tun, um euch zu zeigen, dass sie das perfekte Sonntagabend-Date ist?«, fragt Malcolm, der nicht nur Losfee, sondern auch Moderator ist und seine Sache ziemlich gut macht.

Neben ihm steht eine hübsche und sehr schlanke Cheerleaderin mit wilden Locken und einem siegessicheren Lächeln auf der Bühne.

Ich sehe hinüber zu Abigail und erkenne in ihren Augen ein leichtes Funkeln.

»Du magst Malcolm, richtig?«

Abigail zuckt leicht mit den Schultern.

Ich wage einen kleinen Vorstoß, denn ich möchte wissen, was da genau läuft. »Ich habe gehört, zwischen dir und diesem Slater würde was gehen.«

»Na ja, das tut es auch irgendwie. Aber das ist nichts Ernstes.« Abigail sieht mich jetzt an. »Sein Freund, Tom, meinte, dass er etwas Ablenkung gebrauchen könnte, nach der Pleite im letzten Spiel. Ich mag Slater, deswegen war das für mich okay.«

»Du hast Sex mit Slater, weil Tom dich darum gebeten hat?« Jetzt verstehe ich gar nichts mehr.

»Du sagst das so, als wäre das total verwerflich. Einige hier an der Uni schlafen miteinander, ohne was Festes zu wollen. Viele von uns haben durch das Studium einfach keine Zeit für eine Beziehung. Aber solang beide keine Gefühle investieren, ist das doch okay, oder findest du nicht?«

Wieder einmal wird mein komplettes Weltbild auf den Kopf gestellt. In meiner Vorstellung war Abigail die arme verliebte Cheerleaderin, die von Slater, dem Frauenschwarm, nur ausgenutzt wird. Und jetzt sieht die Sache auf einmal ganz anders aus.

»Doch, eigentlich hast du Recht«, murmle ich.

Vielleicht war es bei Lea und ihm genauso. Eine Bettgeschichte, aus der sich mehr entwickelt hat. Vielleicht hat sie sich plötzlich in ihn verliebt und ist jetzt am Boden zerstört, weil er ihre Gefühle nicht erwidert hat. Andererseits hat sie mir erzählt, dass sie einander daten. Das ist bei einfachen Affären ja eigentlich nicht üblich.

»Sie soll einen Handstand machen!«, ruft jemand aus der Menge und Abigail und ich sehen wieder zur Bühne.

Ich erwarte, dass Sandra das ganz bestimmt nicht tun wird, denn sie trägt einen schenkellangen Rock, der ihr bei einem Handstand zweifellos komplett nach oben rutschen würde. Doch sie bleibt ganz cool, holt mit beiden Armen aus und im nächsten Moment reckt sie die Beine in die Höhe und steht in einem perfekten Handstand auf der Bühne.

Die Menge lacht, vor allem die Frauen. Denn in dieser Position sieht man, dass Sandra in Wahrheit gar keinen richtigen Rock, sondern einen Hosenrock trägt.

Die Zuschauer johlen und Malcolm bedankt sich bei Sandra, die winkend von der Bühne geht und kündigt den nächsten Kandidaten an.

»Ladies und Gentlemen, aber vor allem Ladies – haltet eure Höschen fest und werft bitte keine BHs auf die Bühne, denn jetzt kommt der Mann, auf den ihr vermutlich alle gewartet habt. Der wohl begehrteste Single der UC. Die menschliche Mauer in der Abwehr der Eagles. Hier ist ...«

Sein Name geht im Jubel unter, aber ich muss ihn auch nicht hören, um zu wissen, von wem die Rede ist.

Slater – und kaum habe ich den Gedanken beendet, kommt er auch schon auf die Bühne.

Er macht gar keine Show draus. Er taucht einfach auf, die Andeutung eines Lächelns auf den Lippen, die Hände in den Taschen seiner Jeans vergraben.

Ich muss zugeben, dass er auch heute wieder beeindruckend aussieht. Er überragt Malcolm um mehr als einen halben Kopf und wirkt dank seiner muskulösen Figur, als könnte ihn nichts im Leben aus der Bahn werfen. Unter seinem dunkelgrauen Shirt malen sich seine Brustmuskeln ab, um die schlanken Hüften hat er sich lässig ein rot kariertes Hemd geknotet. Ein leichter Windstoß fährt in sein Haar, aber dadurch liegt es auch nicht weniger gut. Aus seinen hellblauen Augen taxiert er die Menge, während ihm Malcolm sein Mikrofon reicht.

»Du magst ihn, richtig?«, fragt Abigail im gleichen Tonfall wie ich sie gerade. »Das sehe ich an deinem Blick.«

»Um Gottes willen!«

Abigail lacht. »Da ist doch nichts bei. Er sieht gut aus, ist ein super Sportler, er ist reich. Slater ist wirklich korrekt, wenn du mich fragst.«

Ich komme glücklicherweise nicht in die Verlegenheit, etwas sagen zu müssen, denn Malcolm redet weiter und zieht somit Abigails Aufmerksamkeit auf sich. Ich nehme mir vor, die beiden ein bisschen näher miteinander bekannt zu machen. Es würde mich freuen, wenn sie ein Paar werden würden.

»Slater, ich glaube, die sind alle wegen dir hier«, sagt Malcolm.

Slater hebt das Mikrofon an die Lippen und erwidert: »Ich glaub, nur die Mädels.«

Seine Stimme ist angenehm tief. Das ist mir gestern an der Bande gar nicht aufgefallen, vermutlich war ich einfach viel zu überrumpelt.

Malcolm lacht. »Unsere kleine Show ist durchaus für Überraschungen gut! Aber Scherz beiseite: Auf was darf sich dein Date denn morgen freuen?«

Ich schlucke, als mir klar wird, dass die Dates, die hier verlost werden, schon morgen stattfinden.

»Ich bin da für alles offen«, sagt Slater und sorgt mit seinen doppeldeutigen Worten dafür, dass die Frauen vor der Bühne nur noch lauter johlen.

»Hört, hört«, sagt Malcolm und wendet sich der Menge zu. »Aber bevor eine von euch mit Slater auf Tuchfühlung gehen darf, soll er erstmal zeigen, was für Qualitäten überhaupt in ihm stecken. Also. Was soll unser Star für euch tun? Zwei Aufgaben, Mädels. Denkt euch was Gutes –«

»Ausziehen!«, ruft die Erste und sofort stimmen weitere Mädels mit ein.

»Er soll sein Shirt ausziehen!«

»Ja, er soll uns seinen Body zeigen!«

Ich sehe Slater fest an, rechne damit, dass ein triumphierender Ausdruck auf seinen Zügen erscheint. Denn schließlich arbeitet er vermutlich hart für seinen Körper und zeigt ihn mit Sicherheit gern.

Aber er reagiert nicht wie erwartet. Zwar bleibt das halbe Lächeln auf seinen Lippen, aber als er Malcolm sein Mikro gibt, um sich in einer fließenden Bewegung das Shirt über den Kopf zu ziehen, liegt ein fast schon resignierter Ausdruck auf seinen Zügen.

Irgendwie wirkt es gar nicht, als würde er sich der Menge so gerne präsentieren. Warum nicht?

Meine Gedanken werden zu hohlen Wortfetzen, als er sich oberkörperfrei der Menge zuwendet.

In der Umkleide konnte ich ihn nur von hinten richtig sehen, jetzt allerdings erkenne ich, wie gut er von vorn aussieht. Seine Figur hält genau das, was sie in Klamotten verspricht. Seine Schultern sind definiert, an seinen Oberarmen zeichnet sich der Bizeps ab, auch wenn er ganz locker dasteht und nicht wirkt, als würde er irgendwas anspannen. An der Seite hat er einen großen blauen Fleck, der sicher vom Eishockey stammt. Doch die Blessur macht ihn nicht weniger attraktiv.

Auf seiner breiten Brust befindet sich eine kleine Tätowierung, drei dünne schwarze Streifen, fast wie Gitterstäbe, genau über seinem Herzen. Auf seinen Rippen entdecke ich eine weitere Tätowierung, einen stilisierten Kompass, an dessen Polen die Beschriftung fehlt. Und dann ist da noch ein Symbol auf seiner Leiste, das aussieht wie ein kleines n oder h.

Ich gerate ins Schwitzen. Tätowierungen haben mich schon immer schwach gemacht. Und gerade die Tatsache, dass es bei Slater so wenige sind, dass sie so wohlüberlegt wirken, gefällt mir.

»Okay, okay, jetzt zieh dich besser wieder an, bevor hier die Frauen kollabieren!«, fordert Malcolm.

Ein kurzes Grinsen huscht über Slaters Züge, doch es verschwindet sofort, als die nächste Aufgabe verteilt wird: Er soll schauspielern wie sein Vater.

»Und was soll ich dir vorspielen?«, fragt Slater in sein Mikro und ich habe das Gefühl, dass ein kleiner Hauch Ironie in seiner Stimme liegt.

Vermutlich, weil er insgeheim weiß, dass er jeder Frau mühelos alles vorspielen kann.

»Titanic!«, ruft das Mädchen. »Wir spielen die berühmte Szene mit Jack und Rose!«

»Die, bei der Jack ersäuft?«, fragt Slater und kassiert dafür ein paar Lacher.

Auch ich fange an zu schmunzeln – und verbiete es mir sofort.

»Nein, die am Schiffsbug, wo er ihre Arme festhält.«

Slater nickt. »Okay, aber du musst mir helfen, ich habe den Film nicht gesehen.«

Unter Applaus kommt das Mädchen auf die Bühne. Sie ist hübsch, ihre knallroten Lippen leuchten bis hierher und ihr langes Sommerkleid ist tief ausgeschnitten. Slater begutachtet sie, während Malcolm ihr sein Mikro gibt.

Die Menge hört auf zu klatschen und das Mädchen geht vor Slater in Position. »Also, du drehst dich jetzt zum Meer um.«

Slater sieht sich um. »Keine Ahnung, wo von hier aus das Meer ist.«

»Nein, zum fiktiven Meer!« Das Mädchen deutet auf uns Zuschauer und erntet dafür Gelächter. »Und du blickst verträumt aufs Wasser!« Langsam dreht sich Slater in unsere Richtung und setzt ein nachdenkliches Gesicht auf.

Die Lacher werden lauter und auch er scheint Mühe zu haben, ernst zu bleiben. Zumindest deutet das Zucken seiner Mundwinkel darauf hin.

»Guckst du verträumt?«, fragt das Mädchen hinter ihm.

»Ich versuche es, aber das Meer lacht mich aus.«

Jetzt amüsiert sich die Menge erst recht und auch ich ertappe mich bei einem leisen, überraschten Lachen.

Wie kann er so ein Arsch sein und dabei so angenehme Eigenschaften wie Humor haben? Das ist nicht fair.

»Das ist nur das Rauschen der Wellen!«, sagt das Mädchen. Sie wirkt, als hätte sie solche Improvisationen schon oft gemacht, bestimmt ist sie in der Theater-AG. Oder sie studiert sogar Schauspiel. »Und darin bist du total vertieft, bis ich dich anspreche. Bereit?«

»Jederzeit«, sagt Slater und das Mädchen geht ein paar Schritte weg, nur um dann würdevoll, in bester Rose-Manier, auf ihn zugeschritten zu kommen. »Hallo, Jack.«

Slater dreht sich zu ihr um. »Hi.«

»Ich fange jetzt an zu reden und du unterbrichst mich, bringst mich zum Schweigen, um mit mir die romantische Stille des Ozeans zu genießen, alles klar? Dann los.« Sie setzt wieder ihr Rose-Gesicht auf und beginnt, den Text aus dem Film aufzusagen: »Ich habe meine Meinung geändert. Sie sagten ... Warum unterbrichst du mich nicht?«

»Ach so, ich dachte, du hast deine Meinung geändert und ich soll dich einfach reden lassen.«

Jetzt ist es vorbei. Die Zuschauer liegen endgültig vor Lachen auf dem Boden, sogar ich kann nicht mehr.

Applaus kommt auf und Malcolm beschließt, Slater zu erlösen. Er bedankt sich bei dem Mädchen, nimmt ihr das Mikro ab und sagt: »Ladies und Gentlemen, wer jetzt nicht restlos davon überzeugt ist, dass ein Date mit Slater Thorn nur ein romantischer Traum sein kann, dem ist auch nicht mehr zu helfen! Also, kauft noch fleißig Lose und hofft darauf, dass Amors Pfeil ihn trifft!«

Ich sehe zu, wie Slater nochmal die Hand hebt und dem Mädchen, mit dem er schauspielern musste, ein kurzes Zwinkern zuwirft, ehe er von der Bühne geht.

Ein finsteres Gefühl macht sich in mir breit. Er reißt sich also schon wieder die Nächste auf. Aber ein Date mit ihr kann er vergessen.

Jetzt bin ich am Zug.

Ich kann kaum erwarten, dass es Abend wird und Malcolm meinen Namen zieht.

Slater

»Hier, Kaffee.« Tom stößt mich an und hält mir einen dampfenden Becher hin.

Ich nehme ihn dankbar an. Mittlerweile ist es kurz vor zehn, der Basar ist fast vorbei. Die Sonne ist untergegangen und überall in den Bäumen und an den Fassaden brennen Lichterketten. Irgendwo an einem Stand kann man LED-Ballons kaufen und so steigen immer wieder Lampen in den Nachthimmel. Ich sehe einem hellblauen Ballon nach und kann kaum noch die Augen aufhalten. Also nehme ich einen großen Schluck Kaffee und hoffe, dass er schnell wirkt.

»Eine wollte mir den Kopf entwachsen.« Tom fährt sich mit der Hand durchs Haar. »Kleine Bitch.«

Ich grinse zu meinem besten Freund rüber, der sich an einen der Baumstämme neben dem Date-Zelt lehnt. »Hätte sicher toll ausgesehen.«

»Wann bist du hier fertig?«

»Um zehn wird gelost.« Ich sehe auf meine Armbanduhr. Zwei Minuten vor zehn. Die Zeit vergeht überhaupt nicht.

Immerhin ist mein Handy den ganzen Tag über ruhig geblieben. Keine Anrufe von der Polizei, keine paranoiden Voicemails von meinem Vater.

Ich will gar nicht wissen, was mich erwartet, wenn ich nach Hause komme.

»Ich drück dir die Daumen, dass du keine Hässliche daten musst.«

Ich muss lachen. Als hätte ich keine anderen Probleme. »Danke, Mann.«

Die ersten platzieren sich auf der Bühne und ich deute mit dem Kopf dorthin. »Ich werd dann mal.« Ich trinke noch ein paar Schlucke Kaffee, dann stelle ich den Becher weg und betrete die Bühne.

Ein paar Mädchen kreischen auf, als wäre ich der Sänger einer Boygroup. Andere tuscheln und manche machen sogar Bilder. Ich frage mich immer, ob sie auch so auf mich reagieren würden, wenn mein Vater kein Schauspieler und ich kein Eishockeyspieler wäre.

»Nachteulen, Nachtschwärmer, Gruftis und ihre Sargträger«, ertönt es aus den Boxen, dann kommt Malcolm Sanders auf die Bühne.

Er ist einer von den IT-Genies und hält sich von uns anderen fern. Auf Partys macht er immer nur den Parkplatzwächter und bei Veranstaltungen wie diesen spielt er gerne den Pausenclown.

Seine komische abgehobene Art hat eine ziemliche Wirkung auf Frauen, wie ich schon mehrfach beobachten konnte. Ich glaube, sie mögen seinen Humor. Und ich glaube auch, dass er sich darüber gar nicht im Klaren ist.

»Schön, dass ihr alle noch wach seid!«

Ich sehe ins Publikum und stelle fest, dass es seit heute Nachmittag nicht wirklich leerer geworden ist, obwohl die meisten Stände bereits geschlossen haben. Die Date-Ziehung ist immer ein Highlight an der UC und so drängen sich vor der Bühne so ziemlich alle, die heute hier sind. Halb entwachste Jungs aus meinem Team, platschnasse Mädchen, Dozenten mit Tortenresten in den Haaren, ein paar Leute in Maskottchen-Kostümen und ... eine Frau in knallbunten Klamotten, die neben einer ziemlich unzufrieden aussehenden Kelly Estevez am Rande des Geschehens steht.

Es ist die Kleine, die mich auf der Strandparty so fies angeguckt und die sich gestern bei den Cheerleadern beworben hat, obwohl sie dort so überhaupt nicht reinpasst.

Die Neue schaut zwar zu mir herauf, aber heute liegt kein Zorn in ihren Augen. Ich glaube, dass sie in

Wahrheit einfach durch mich hindurch sieht. Sie wirkt nachdenklich, als wäre sie mit den Gedanken ganz woanders.

»Ich freue mich, dass ihr so zahlreich Lose gekauft habt«, fährt Malcolm fort. »Insgesamt waren es 438 Lose und somit haben wir 876 Dollar allein an unserem Date-Stand eingenommen!«

Vor der Bühne wird geklatscht und gejubelt, bis Malcolm um Ruhe bittet.

»Kommen wir jetzt zur ersten Ziehung!«

Sofort sind alle still und sogar die bunt bemalte Kleine am Rand erwacht aus ihrer Träumerei. Ihr Blick heftet sich auf Malcolm.

»Das erste Date, das heute verlost wurde, findet mit Sandra Benedict statt.«

Sandra kommt nach vorne und verbeugt sich leicht vor den anderen.

»Und ihr Dating-Partner ist ...« Malcolm fühlt in der Lostrommel, zieht einen kleinen Zettel hervor und sagt: »Christopher Highmore!«

»Das bin ich!«, ruft ein unförmiger Kerl im Blaumann und zwängt sich in Richtung Bühne.

Ich glaube, dass er einer der Hausmeister ist.

Sandra sieht nicht besonders glücklich aus, ringt sich aber ein Lächeln ab und hält ihm die Hand hin, um sich von ihm von der Bühne helfen zu lassen.

Die anderen klatschen, allerdings ein bisschen weniger euphorisch als noch zu Anfang.

Als Nächstes wird das Date mit Steve aus meinem Team versteigert. Er bekommt eine der Erstsemester und scheint gar nicht so unglücklich damit zu sein.

Danach sind wieder die Mädchen an der Reihe. Cynthia und Louise haben ein Doppeldate verlost und geraten an zwei Typen, die unterschiedlicher nicht sein könnten. Matt aus meinem Team und Bob Millers aus der Studentenvertretung.

Danach ist ein unscheinbarer Typ dran, den ich noch nie zuvor gesehen habe. Er gerät an Grace, mit der Tom im Moment eigentlich was laufen hat. Ich sehe zu ihm hinüber, aber es scheint ihm nichts auszumachen, dass sie einen anderen datet. Er ist im Augenblick echt ein bisschen komisch, was Frauen angeht.

Es wird Zeit, dass er mal eine findet, die wirklich zu ihm passt.

»Als Letztes kommen wir zum Date mit Slater Thorn.« Da ich neben Malcolm nur noch als Einziger auf der Bühne stehe, mache ich mir nicht die Mühe, einen Schritt nach vorne zu gehen.

»Und das Date mit ihm bekommt ...« Es herrscht angespanntes Schweigen, als Malcolm die Hand in die Lostrommel steckt. Als wäre das hier mehr als nur ein blöder Unispaß.

Malcolm faltet den Zettel auf und ich sehe zu ihm herüber.

»Mia Carson!«

Mia Carson? Ich hätte schwören können, der Name auf dem Los war länger, ging über zwei Zeilen. Aber mir soll es egal sein.

Wer auch immer Mia Carson ist, ich werde das Date mit ihr schon rumkriegen.

Die Zuschauer klatschen und johlen, einige sehen sich nach Mia Carson um, doch die rührt sich nicht. Vielleicht ist sie schon nach Hause gegangen.

Dann sehe ich sie doch noch auf die Bühne zukommen, langsam und zögerlich, und ein komisches Gefühl macht sich in mir breit.

Es ist die Kleine mit den bunten Klamotten, die mit dem tödlichen Blick.

Ausgerechnet sie.

Ich trete an den Rand der Bühne. Als ich erkenne, dass sie keine Anstalten macht, nach oben zu kommen, springe ich kurzerhand hinunter und gehe auf sie zu, als sich die Menge für uns teilt.

Ihr Blick huscht umher, dann heften sich ihre grünen Augen auf mich.

»Hast wohl auf jemand anderes gehofft«, sage ich, während Malcolm auf der Bühne wieder zu plappern beginnt, und bleibe vor Mia stehen.

Sie ist wirklich von oben bis unten mit Farbe beschmiert und auf ihrer Wange befindet sich ein verwischtes weißes Herz.

Aber ihre Katzenaugen stechen trotzdem noch hervor. Und der lauernde Ausdruck darin entgeht mir nicht.

»Nein, eigentlich ...« Sie strafft die Schultern und ihr Blick verändert sich von einer Sekunde auf die andere, wird neutral. »Ist schon in Ordnung«, sagt sie.

Ich betrachte sie skeptisch. Warum verhält sie sich mir gegenüber immer so seltsam?

»Und? Bist du in die engere Auswahl gekommen?«, lenke ich ab.

Sie runzelt die Stirn, wobei sich ihre Nase kräuselt.

»Bei den Cheerleadern«, helfe ich ihr auf die Sprünge.

»Oh, ach so. Das erfahre ich noch.« Mia sieht sich um, als suche sie einen Fluchtweg. »Ich muss dann jetzt auch nach Hause. Meine *Schwester* wartet auf mich.«

Sie sagt das Wort Schwester, als hätte es eine größere Bedeutung. Fragend und misstrauisch huscht ihr Blick über mein Gesicht.

»Alles klar«, sage ich. »Soll ich dich morgen abholen? Bei dir zu Hause?«

Mia schüttelt den Kopf. »Wir treffen uns hier.«

»Hier? Auf dem Faculty Glade?« Ich sehe mich um. Sie will sich mitten auf dem Campus mit mir treffen? »Also schön, okay. Um wie viel Uhr?«

»Sei um acht hier. Und zwar pünktlich.« Damit lässt sie mich stehen.

»Die schon wieder«, knurrt Tom hinter mir. »Ich sag dir, das ist kein Zufall.«

Ich sehe Mia nach.

Langsam glaube ich auch nicht mehr daran.

Aber ich kann mir auch beim besten Willen keinen Reim darauf machen, was das alles zu bedeuten hat.

KAPITEL 7

MIA

Heute ist Sonntag und ich habe keine Kurse. Ich bleibe lange im Bett, dann gönne ich mir einen ganzen Berg Fast Food vom Lieferservice und betrachte beim Essen die Fotos von gestern. Es war ein lustiger Tag. Und erfolgreich noch dazu.

Ich bin Malcolm dankbar, dass er das Date mit Slater organisiert hat und gleichzeitig auch total nervös.

Während ich Chili-Cheese-Nuggets in mich reinstopfe, überlege ich, was ich heute Abend anziehen und wie ich mich verhalten soll. Am besten wäre es, wenn ich gleich nochmal shoppen gehe. Auch wenn ich den halben Tag vertrödelt habe, ist es erst sechzehn Uhr. Wenn ich mich beeile, kann ich noch in den kleinen Länden, die in den Staaten selbst heute geöffnet haben, einkaufen gehen und mich dann trotzdem in Ruhe fertig machen.

Heute Abend muss ich mich von meiner besten Seite zeigen. Erst recht nach gestern, denn bei meinem Gespräch mit Slater habe ich mich unmöglich verhalten. Obwohl ich Malcolm gebeten habe, mir zu helfen, war ich trotzdem so überrumpelt, als mein Name fiel, dass ich nur noch blödes Zeug geredet habe und extrem abweisend war.

Nachher werde –

»Mia?« Es klopft kurz an meiner Tür, dann geht sie auf und Lea kommt rein.

Ich habe gar nicht mitbekommen, dass sie zu Hause ist.

»Hey.« Ich setze mich auf und schäme mich ein bisschen für die Essensschlacht, die ich in meinem Bett veranstaltet habe.

Aber Lea sieht darüber hinweg und setzt sich einfach zwischen die Papiere.

»Ich wollte mit dir reden.«

Endlich.

Ich bin froh, dass sie von selbst das Gespräch zu mir sucht.

»Ja, na klar. Gerne.«

»Ich werde wegziehen. Zumindest für einige Zeit«, beginnt Lea. Sie ist heute ausnahmsweise mal nüchtern, was mich ein bisschen hoffnungsvoller stimmt. Ihre Worte hingegen machen mir nur noch größere Sorgen.

»Aber wohin denn?«

»Zu Jerry, nach Oakland. Ich brauche ein bisschen Abstand von allem.«

Vielleicht ist das gut. Vielleicht ist es genau das, was richtig für sie ist. Trotzdem komme ich mir irgendwie vor den Kopf gestoßen vor, weil ich mich auf die gemeinsame Zeit mit ihr gefreut habe. Immerhin ist Oakland nicht weit, es liegt gleich neben Berkeley.

»Aber willst du dich denn nicht zuerst mit deinem Ex aussprechen? Ich glaube, dass dir die Trennung ganz schön zugesetzt hat«, sage ich ehrlich.

»Hat sie auch. Trotzdem rede ich ganz sicher nicht nochmal mit diesem Arschloch. Er hat mich praktisch dazu gezwungen, mein Studium zu schmeißen.« Zorn funkelt in Leas Augen auf und ich bekomme eine Gänsehaut.

»Wie das denn?«, frage ich.

»Er bedroht mich«, gibt Lea zerknirscht zu und sieht weg. »Mit ... Ist doch auch egal, womit.«

Dass Slater ein Mistkerl ist, war mir klar, aber das hier nimmt ja gerade ganz neue Dimensionen an.

Lea nimmt meine Hand und drückt sie. »Es war eine schlimme Erfahrung, die ich nicht nochmal machen möchte. Er ist der allerletzte Arsch, hinterhältig und verlogen. Erst hat er mir die große Liebe vorgespielt und dann?« Sie blinzelt, aber es kommen keine Tränen mehr.

Ich bin froh, dass es auch Momente gibt, in denen sie nicht nur weint.

»Das war nicht richtig von ihm. Sowas hast du nicht verdient«, sage ich.

Am liebsten würde ich ihr sagen, dass Slater dafür büßen wird, aber ich möchte ihr keine falschen Versprechungen machen, denn ich bin mir nicht sicher, ob ich die ganze Sache durchziehen kann. Dennoch muss ich dringend etwas wissen. »Liebst du ihn noch?«

Lea schüttelt den Kopf. »Auf keinen Fall. Ich bin nur verletzt. Weil er mir so vieles kaputt gemacht hat ... Deswegen will ich auch erstmal weg.«

Das verstehe ich. Trotzdem tut es weh, sie so desillusioniert zu erleben.

»Und Jerry? Liebst du ihn?«

»Nein.« Sie richtet sich etwas auf und sieht mich an. »Wenn ich eins gelernt habe, dann, dass es wahre Liebe nicht gibt. Sie wird niemals erwidert und deshalb darf man sich auch nie für jemanden vollkommen aufgeben.« Lea steht auf und umarmt mich. »Merk dir das bitte, Schwesterchen.«

Ich erwidere ihre Umarmung und bin zutiefst schockiert darüber, was der Liebeskummer aus meiner lebensfrohen Schwester gemacht hat.

***

From: through.my.eyes@mailnamib.com
To: Anthony Carson

Lieber Dad!

Weißt du noch damals, als wir klein waren und Lea in den Pool fiel, obwohl sie nicht schwimmen konnte und ich ihr hinterher sprang, um sie zu retten, obwohl ich auch nicht schwimmen konnte?
Ein bisschen wie damals fühlt es sich gerade an – nur dass du diesmal nicht auftauchen wirst, um uns beide zu retten. Und das tut tierisch weh, obwohl ich gleichzeitig weiß, dass es das nicht sollte. Dass man Schmerz manchmal einfach loslassen muss, damit er endet.
Aber das ist ja das Problem. Den Schmerz loszulassen würde bedeuten, einen Teil von dir loszulassen. Und das kann ich nicht.
Also werde ich ihr ganz einfach auch diesmal hinterher springen, ohne doppelten Boden und hoffen, dass ich nicht mit ihr ertrinke.

Kennst du das, wenn man manchmal zögert, auf den Auslöser zu drücken, weil man sich fürchtet, das Tier, das man vor der Linse hat, dadurch aufzuschrecken?
So geht es mir gerade. Ich habe Angst, etwas zu tun, das sich dann nicht wieder rückgängig machen lässt. Weil ich den Schaden genauso wenig abschätzen kann wie den Nutzen.
Ach, Dad. Ich wünschte wirklich, ich könnte dich um Rat fragen.
Andererseits würdest du mir wahrscheinlich sowieso nicht helfen können. Denn du kennst zwar die kleinen Mädchen Lea und Mia.
Aber du hast keine Ahnung, wohin das Leben diese Mädchen geführt hat.

Hab dich lieb,
deine Mia

***

Wahre Liebe gibt es nicht. Sie wird niemals erwidert. Merk dir das bitte, Schwesterchen.

Wie ein Echo hallen mir Leas Worte durch den Kopf, während ich von der Bushaltestelle zum Faculty Glade laufe. Ich habe Probleme mit meinen Stöckelschuhen, weil ich Absatzschuhe normalerweise nicht trage.

Es ist schon dunkel, am Himmel funkeln bereits die Sterne. Ein schöner, milder Abend, aber ich weiß jetzt schon, dass ich ihn nicht werde genießen können.

Mit einem tiefen Atemzug sauge ich den spätsommerlichen Duft nach Blüten und erstem Laub ein. Dann erreiche ich die Wiese, auf der gestern der Basar stattfand – und bin allein.

Unentschlossen gehe ich bis zur Mitte des Spazierwegs und spüre Nervosität in mir aufsteigen. Was, wenn er nicht kommt? Ich könnte mir gut vorstellen, dass er es nach meinem Auftritt gestern einfach bleiben lässt. Das Geld für den guten Zweck ist gesammelt und selbst, wenn ich meine zwei Dollar zurückverlangen sollte ...

»Hier drüben.«

Schnell drehe ich den Kopf und entdecke Slater. Lässig lehnt er an einem Baum, nur wenige Meter entfernt. Der Abendwind weht ihm ein paar dunkle Strähnen in die Stirn, die Arme hat er vor der Brust seines anthrazitfarbenen Shirts verschränkt.

Mein Körper reagiert genauso widersinnig auf ihn wie bei unseren letzten Begegnungen; mein Herz schlägt ein bisschen schneller und meine Zunge klebt plötzlich an meinem Gaumen, sodass ich kaum ein Wort hervorbringe. Dabei ist doch jetzt eigentlich Showtime!

Immerhin reicht es für ein heiseres »Hi.«

Slater stößt sich von dem Baum ab und taxiert mich von oben bis unten, während er auf mich zukommt.

Ich hoffe, ihm gefällt, was er sieht. Ich habe mich in einem kleinen Laden im Zentrum von Berkeley von der Verkäuferin beraten lassen und heraus kamen ein weißer, kurzer Plissee-Rock, ein dünnes rosa Shirt mit V-Ausschnitt und ebenfalls rosafarbene Pseudo-Chucks mit Absatz.

Dafür ist eine Menge Geld drauf gegangen, aber das macht nichts. Solange ich studiere, überweist mir Mom jeden Monat ein großzügiges Taschengeld. Das ist wohl ihre Art, Kontakt zu mir zu halten.

Die Verkäuferin meinte, mein Outfit sieht süß, sexy und frisch an mir aus.

Süß, sexy und frisch – so sehen die Mädchen doch aus, hinter denen Uni-Sportstars her sind, oder?

»Hey«, sage ich und kapiere, dass ich Slater jetzt schon zum zweiten Mal begrüße.

Innerlich schüttle ich den Kopf über mich, während Slater vor mir stehen bleibt, mit diesem angedeuteten Lächeln auf den Lippen, das so typisch für ihn scheint.

Habe ich ihn bisher je richtig lächeln gesehen?

»Schön, dass du gekommen bist«, sagt er.

»Als hätte dich je eine Frau versetzt«, platze ich heraus und werde rot, als mir klar wird, wie das rüberkommt.

Wie ein Kompliment. Normalerweise bin ich nicht so offen, was sowas angeht, aber in diesem Fall ist das wohl gut, oder? Schließlich soll sich Slater in mich verlieben und Typen wie er stehen garantiert auf Mädels, die sie ganz offen anhimmeln.

»Bei manchen hätte ich mir gewünscht, sie würden es tun«, sagt er und zwinkert mir zu.

»Ich hoffe, ich bin keine davon.«

Slater wird ernst. »Das wollte ich damit nicht sagen.«

Ich mustere ihn und werde wieder mal nicht schlau aus ihm. Warum verhält er sich nicht großkotzig? Es irritiert mich, dass er bei jeder unserer Begegnungen so anders ist, als ich es erwarte. Viel normaler und sympathischer. Und dann ist da noch dieser ernste Zug an ihm, dank dem er noch nicht einmal oberflächlich wirkt.

Aber vermutlich ist das einfach nur seine Masche.

Schön. Dann wird er jetzt meine Masche kennenlernen.

Ich setze ein strahlendes Lächeln auf und sage: »Das habe ich auch nicht so verstanden. Ich glaube, es passt perfekt, dass ausgerechnet wir zwei uns treffen.«

Damit mache ich einen Schritt auf ihn zu, ohne selbst so richtig zu wissen, was ich damit bezwecken will. Ich war noch nie sehr gut im Flirten und der einzige Effekt meiner plötzlichen Annäherung ist, dass mir Slaters Duft in die Nase steigt. Er riecht frisch geduscht und ich muss ganz automatisch wieder an neulich in der Umkleide denken, daran wie das Wasser über seine Haut perlte, während er …

»Du bist rot«, sagt er.

Zuerst will ich das abstreiten, aber dann realisiere ich, dass es eine gute Vorlage war.

»Das muss wohl an dir liegen«, erwidere ich darum und suche Slaters Blick.

Aber alles, was ich darin erkenne, ist Argwohn. »Gehen wir was essen?«

»Super gerne«, sage ich, denn wenn ich nervös bin, habe ich immer einen riesigen Hunger. Es fühlt sich an, als wäre mein Fast-Food-Gelage schon drei Tage her.

Slaters Gesichtsausdruck verändert sich und sein halbes Lächeln kehrt zurück, während er mir die Hand hinhält. »Dann komm, ich bin mit dem Auto hier.«

Kurz, ganz kurz zögere ich, ihn zu berühren, ganz einfach, weil ich mir selbst nicht traue. Wenn sein Aussehen schon so eine Wirkung auf mich hat, wie wird es dann erst sein, direkten Körperkontakt mit ihm zu haben?

Doch er wird sich kaum in mich verlieben, wenn ich weiter auf unnahbar mache.

Also gebe ich mir einen Ruck, lege meine Hand in seine und sehe, wie sich seine Finger um meine schließen. Seine Berührung ist warm und fühlt sich, auch wenn sie es nicht sollte, schön an.

Seite an Seite laufen wir los und ich sehe verstohlen zu Slater rüber. Trotz meiner Absätze reiche ich ihm gerade mal bis über die Schulter. Mein Arm sieht im Vergleich zu seinem übertrieben dünn aus.

»Du ... trainierst sicher viel und das ... sieht man.«

Mache ich das hier wirklich richtig? Wollen Männer wie er solche Dinge tatsächlich hören?

In Slaters Augen blitzt es amüsiert, während wir durch den Strawberry Creek, eine kleine, dicht bewachsene Grünfläche, in Richtung Parkplatz gehen.

»Wäre auch schlimm, wenn man das nicht sehen würde«, sagt er. »Ein untrainierter Eishockeyspieler ist nämlich ungefähr so sinnvoll wie ein ...«

Während er redet, sehe ich noch immer zu ihm hinauf. Ein Fehler, denn ich übersehe irgendwas am Boden und knicke um.

Slater reagiert sofort. Sein Arm schlingt sich um meine Hüfte und er hält mich fest.

»Wie ein Paar Absätze an einem Mädchen, das normalerweise gar keine Absätze trägt«, murmelt er, während sein Blick an mir hinunter wandert.

Ich spüre, wie seine Hand an meiner Taille den Stoff meines Shirts ein Stückchen nach oben schiebt, wie seine Finger meine bloße Haut berühren. Dort fängt alles auf eine angenehme, warme Art an zu kribbeln.

Slater sieht mich an, blickt mir diesmal fest und forschend in die Augen. »Du hättest dich für mich nicht verkleiden müssen«, sagt er.

Dass er das so offen anspricht, bringt mich gleich wieder aus dem Konzept. In diesem Moment habe ich Mühe, meine ganze wackelige Fassade nicht einfach einstürzen zu lassen. Ihm nicht an den Kopf zu knallen, wer ich wirklich bin und was ich in Wahrheit will. Aber was wäre dann?

Er würde mich auslachen, mich stehen lassen und sich ein neues Opfer suchen. Einfach die nächste Frau aus der Lostrommel ziehen.

Ich räuspere mich. »Das habe ich nicht, ich ... zieh mich gern so an.«

Slaters Hand löst sich von meiner Taille, nestelt am Stoff meines Shirts herum und ich frage mich, was er vorhat.

Meine normalen Klamotten unter dem College-Girl-Kostüm suchen?

Dann jedoch zieht er etwas hervor und meine Wangen beginnen endgültig zu glühen, als ich sehe, was es ist.

Das Preisschild. Ich habe vergessen, es abzumachen.

»Fu—«, beginne ich, kriege aber gerade noch die Kurve. »Verrückt! Das Shirt habe ich schon seit Monaten und das ist mir nie aufgefallen.«

Slater wirkt jetzt fast ein bisschen enttäuscht. Oder sogar sauer? Warum kann er denn nicht einfach auf die Fake-Mia hereinfallen, die ich ihm vorspiele? Sich darüber freuen, dass ich ihm offenbar gefallen will?

»Okay«, gebe ich zu, weil ich spüre, dass ich gerade drauf und dran bin, dieses Spiel zu verlieren. »Ich gebe es zu. Ich habe das Oberteil extra für heute Abend gekauft.«

»Das wäre nicht nötig gewesen«, sagt Slater. Dann lässt er mich los und setzt seinen Weg fort, aber diesmal, ohne meine Hand zu nehmen.

Ein paar Schritte lang gehen wir schweigend nebeneinander her und ich kann spüren, wie sich das hier zu einem kompletten Reinfall entwickelt.

»Hey«, sage ich, kurz bevor wir den Parkplatz erreichen, nur um überhaupt etwas zu sagen. »Erzähl mir doch was … vom Eishockey.«

»Was willst du denn darüber wissen?«, fragt Slater, während er seinen Autoschlüssel aus der Hosentasche zieht.

»Na ja, was … fasziniert dich so daran?«

»Du weißt schon. Die Fans, immer im Mittelpunkt zu stehen, für alle der tolle Typ zu sein, reihenweise Frauen.«

Ich hätte nicht gedacht, dass er das so offen sagt. Es ernüchtert mich, dass nicht mehr dahintersteckt. Keine große Leidenschaft oder so.

»Das verstehe ich«, sage ich und folge ihm über die um diese Zeit fast leeren Stellflächen zwischen den dunklen Unigebäuden. »Aus genau dem Grund will ich ja auch Cheerleaderin werden. Also nicht wegen der Frauen, aber …«

»Hm«, macht Slater unbestimmt und schließt seinen Wagen auf.

Ich folge dem Geräusch des sich entriegelnden Schlosses mit dem Blick – und kann nicht glauben, welcher Wagen sich als seiner herausstellt.

Der nachtblaue Camaro, der mir neulich auf der Party so gut gefallen hat.

Ausgerechnet!

»Schöner ... schöner Wagen«, sage ich.

»Danke.« Slater geht vor und hält mir die Beifahrertür auf, aber sein Blick ist dabei ziemlich finster und diese einnehmende Art, die er auf dem Faculty Glade noch an sich hatte, ist verschwunden.

»Wohin fahren wir denn?« Ich steige ein.

Slater geht um das Auto herum und setzt sich auf den Fahrersitz, ehe er antwortet: »Zu einem Italiener ganz in der Nähe.«

»Italienisch, das klingt gut«, sage ich.

»Sagte ich Italiener? Ich meinte Nepalese.«

»Das klingt auch gut.«

Slater lässt den Motor an, fährt aber nicht los. Stattdessen wendet er sich mir zu, mit zusammengezogenen Brauen und diesem harten Zug um die Lippen, der mir schon bei unserer ersten Begegnung aufgefallen ist.

»Mia, ich will dir echt nicht zu nahe treten. Aber was zur Hölle treibst du hier? Warum redest du mir nach dem Mund und versuchst mir so zwanghaft zu gefallen? Das hast du doch überhaupt nicht nötig. Du bist mir schon bei unserer ersten Begegnung aufgefallen, als du mich angesehen hast, als würdest du mich am liebsten ermorden. Also spar dir die Schleimerei doch einfach.«

Shit. Ich hätte nicht gedacht, dass er mich so absolut mühelos durchschaut.

»Ich ... ich schleime nicht. Und ich habe dich ganz sicher auch nicht angesehen, als wollte ich dich ermorden.«

»Verarsch mich nicht!«, erwidert Slater und wirkt plötzlich ungehalten – aber nur ganz kurz. Dann schluckt er sichtlich und murmelt sogar eine Entschuldigung, die seine Augen jedoch nicht erreicht.

Meine Lüge hängt zwischen uns in der Luft wie ein hässlicher Geist aus einem Horrorfilm.

Slater tritt aufs Gas, der Camaro setzt sich mit einem leisen Motorschnurren in Bewegung.

Ich rutsche auf meinem Sitz hin und her und habe mich alles in allem noch nie so unwohl gefühlt.

SLATER

Zum Glück habe ich ein Restaurant ausgesucht, das nicht weit vom Campus entfernt ist. Wir erreichen es nach wenigen Minuten Fahrt und weil ich vorher reserviert habe, bekommen wir auch gleich einen Tisch, obwohl es in dem Laden ziemlich voll ist. Unter den Gästen entdecke ich niemanden, den ich kenne.

Gut, denn je schneller das hier vorbei ist, desto besser.

Wenn ich eines hasse, dann ist es, wenn Menschen mir etwas vorspielen. Ich kenne dieses Verhalten von unendlich vielen Frauen vor Mia, auch wenn sich die meisten von ihnen dabei deutlich geschickter angestellt haben als sie, bis ihre Fassade irgendwann doch bröckelte.

Ich fand es nicht schlimm, zu erfahren, dass die angeblich perfekte High-School-Schönheit einen saufenden Vater hat.

Oder dass das lustige College-Girl in Wahrheit unter einer Essstörung litt.

Würde ich herausfinden, dass die Frau, die ich liebe, ein Problem hat, dann würde ich alles tun, um ihr da raus zu helfen. Ich würde mich nicht abwenden, so ein oberflächlicher Arsch bin ich nicht.

Der einzige Grund, eine Frau, die ich wirklich mag, zu verlassen, ist, wenn ich spüre, dass sie nicht ehrlich zu mir ist. Daran sind bisher fast all meine Beziehungen gescheitert.

Und daran wird auch dieses Date scheitern.

»Schön hier«, sagt Mia und setzt sich auf den Stuhl, den ich ihr zurückgezogen habe. Sie lässt den Blick über die dunklen Holzmöbel wandern, über die Wandmalerei, die die Kanäle von Venedig zeigt. »Ich hätte mir die Deko etwas nepalesischer vorgestellt, aber ansonsten ...«

Ihr kleiner Scherz prallt an mir ab, auch wenn ich glaube, dass dabei kurz die echte Mia aufblitzt. Die Art, wie sie den Mund verzieht und das leichte Glitzern in ihren katzenhaften Augen ... Ich wünschte, sie würde mir mehr von dieser Person zeigen und frage mich, was sie davon abhält, es einfach zu tun.

Ich schiebe ihr eine der bereit liegenden Karten herüber. »Du bist aus Afrika sicher Exotischeres gewöhnt.«

»Orangensaft, Bananen, es gibt nichts, das in der afrikanischen Küche nicht verarbeitet wird. Eine Menge scharfe Gewürze und große Portionen mit viel Reis.«

»Das war doch sicher schwer für dich«, sage ich und schlage ebenfalls die Karte auf. »Ihr Cheerleaderinnen esst ja kaum was außer ein bisschen Salat, also ...«

Ich sehe genau, was sie tut.

Sie hatte bereits die Seite mit der Pizza aufgeschlagen, blättert nun aber zurück zum Salat.

Das gibt es doch nicht! Für wie blöd hält sie mich eigentlich?

»Ich sehe mir gern das richtige Essen an, bevor ich mir meinen Salat ohne Dressing bestelle«, erklärt sie.

Ich lehne mich auf meinem Stuhl zurück und zwinge mich, tief durchzuatmen. Eigentlich hatte ich mir vorgenommen, den Abend durchzuziehen. Doch es ist einfach zu krass, wie sie mir die ganze Zeit ins Gesicht lügt. Vermutlich sollte mich das nicht so sauer machen, aber ... Ich fürchte, ich hatte mehr erwartet. Ich dachte, sie wäre anders. Dass Tom irgendwie Recht zu haben scheint, passt mir nicht.

»Okay«, sage ich und richte mich wieder auf. »Verrate mir eins. Wolltest du dieses Date, weil ich an der UC bekannt bin oder wegen meines berühmten Vaters?«

Mias Stirn legt sich in Falten. »Bitte?«

Ich zucke mit den Schultern. »Meiner Erfahrung nach ist immer eines von beidem der Grund, wenn sich Frauen wie du an mich ranmachen, also ...«

»Frauen wie ich?«, fragt sie.

»Verlogene Frauen«, helfe ich ihr auf die Sprünge.

Einen Moment lang wirkt sie wie vor den Kopf gestoßen. Dann sagt sie: »Slater, nein, ich mag dich wirklich und ...«

»Aber du kennst mich doch gar nicht.«

»Das kann sich ändern«, sagt sie und legt mir unter dem Tisch eine Hand aufs Bein.

Und damit reicht es mir.

Ich löse ihre Finger fast angewidert von meinem Oberschenkel. »Ich finde, wir sollten das hier beenden.«

Ihr Mund klappt auf und wieder sehe ich für einen Augenblick eine ganz andere Person in ihr. Sogar das wütende Blitzen in ihrem Blick kehrt zurück, wenn auch nur für den Bruchteil einer Sekunde.

»Okay«, sagt sie leise. »Okay, dann ...« Sie steht auf und scheint es auf einmal ziemlich eilig zu haben. »Dann ... Ach, vergiss es einfach!«

Damit entfernt sie sich vom Tisch und verlässt ein paar Sekunden später das Restaurant.

Und als sie an der Schaufensterscheibe vorbei eilt, erkenne ich zwei Dinge ganz deutlich.

Erstens: Sie kann auf diesen Schuhen wirklich nicht laufen.

Und zweitens: Ich habe mich nicht getäuscht. Sie ist wütend. Ihr tödlicher Blick ist wieder da, als wäre er nie weggewesen.

MIA

So schnell ich mit diesen dämlichen Schuhen kann, eile ich auf die Bushaltestelle zu, die ich auf dem Hinweg aus dem Auto gesehen habe.

Wieder knicke ich um, diesmal, als mein Absatz in einem Gullydeckel stecken bleibt.

»Ihr blöden Scheißdinger«, schimpfe ich und beuge mich kurzerhand hinunter, um die Schuhe aufzuschnüren. Ich schlüpfe aus den Pseudo-Chucks und mache mir gar nicht erst die Mühe, den einen aus dem Kanaldeckel zu befreien. Soll er doch da stecken bleiben.

Mit dem anderen Schuh in der Hand tappe ich in meinen dünnen weißen Sneakersöckchen weiter und bin froh, dass nicht viele Fußgänger unterwegs sind.

Frustriert erreiche ich das Wartehäuschen, setze mich auf einen der Plastikstühle und ziehe mir die großen Kreolen aus den Ohren. Dann zerre ich mein Shirt aus dem Rocksaum und wische mir mit der Innenseite kurzerhand den Lippenstift ab.

Schon besser. Aber noch weit entfernt von gut.

Ich lehne den Kopf gegen das kühle Plexiglas der Haltestelle, schließe die Augen und versuche, diesen Abend einfach zu vergessen. Es ist wirklich alles schief gegangen, was hätte schiefgehen können. Ich fürchte, eine weitere Chance werde ich nicht bekommen.

»He, Cinderella.«

Zuerst realisiere ich gar nicht wirklich, dass diese Worte mir gelten.

Erst, als etwas vor mir auf den Boden poltert, mache ich die Augen auf und sehe, dass mein rechter rosafarbener Schuh wieder aufgetaucht ist. Er liegt neben dem linken auf dem Asphalt, der weiße Absatz ist ein bisschen abgeschabt.

Langsam hebe ich den Kopf. Slater steht vor mir, etwa einen Meter entfernt, und hat die Arme vor der Brust verschränkt. Mit herausforderndem Blick sieht er zu mir hinunter und ich würde am liebsten im Erdboden versinken.

Wenn ihm noch irgendein Beweis dafür gefehlt hat, dass ich ihm etwas vorgemacht habe, dann hat er ihn jetzt – denn so, wie ich hier sitze, in Socken, mit verschmiertem Lippenstift und meinem abgelegten Schmuck, würde wohl selbst dem begriffsstutzigsten

Beobachter ein für alle Mal klar werden, dass ich nicht die perfekte Tussi bin, die ich gern dargestellt hätte.

»Den hast du wohl verloren«, sagt Slater und versetzt meinem Schuh einen Kick, der ihn noch ein Stück weiter über den Boden purzeln lässt.

»Ja. Danke«, grummle ich, wobei ich mich zwingen muss, Slaters Blick standzuhalten. »Wieso bist du mir gefolgt?«

»Weil ich wissen will, was dieses Spielchen von dir soll.«

»Keine Ahnung, was du meinst«, erwidere ich, wobei ich nicht überzeugend, sondern nur noch resigniert klinge.

»Doch, du weißt ganz genau, was ich meine«, beharrt Slater und in seinen Huskyaugen blitzt es zornig auf. »Und du sagst mir jetzt, was hinter diesem ganzen Theater steckt. Ist das ein blöder Scherz? Haben die Jungs dich mir auf den Hals gehetzt?«

»Nein«, sage ich schnell und höre selbst, dass meine Stimme heiser geworden ist.

»Was dann?« Slater lässt nicht locker. »Weißt du, ich habe echt schon eine Menge Schwachsinn erlebt, aber das hier toppt alles!«

Irritiert sehe ich zu ihm auf, denn ich glaube, noch etwas anderes als Zorn in seiner Stimme zu hören. Ist er etwa verletzt?

»Du bist mir zumindest eine Erklärung schuldig«, fordert er.

»Ich dachte, dass du ...«, beginne ich ganz automatisch, dann verstumme ich.

Was sage ich jetzt?

Ich dachte, dass du dich in mich verliebst, damit ich dir das Herz brechen kann? Das wäre die Wahrheit. Aber die kann ich ihm natürlich nicht verraten.

»Ja, was dachtest du?«, hakt Slater nach. »Dass ich so eher auf dich stehe?« Er hebt einen der teuren rosa Schuhe auf. »Dass ich auf den ganzen künstlichen Scheiß hier abfahre? Ist das wirklich das Bild, das du von mir hast?«

Noch einen Moment lang sehe ich ihn an, dann stehe ich ziemlich abrupt auf.

Wieso regt er sich so auf? Im Grunde wäre ich doch nur eine weitere Trophäe für ihn gewesen, die ihm jetzt durch die Lappen geht. Vielleicht verletzt das ganz einfach seinen Stolz. Aber insgeheim spüre ich, dass da mehr ist. Und genau das ist es, was mich so dermaßen entwaffnet, dass ich einfach nur noch weg will.

Ich schiebe mich an ihm vorbei, doch Slater hat offenbar nicht vor, mich entkommen zu lassen.

Er hält mich am Arm fest und dreht mich zu sich. »Hey. Sag schon. Was sollte das?«

Ich funkle ihn an und erwidere: »Du ahnst es doch sowieso schon. Ich wollte dir gefallen. Ich habe mir diese Klamotten gekauft und mich verstellt, weil Kerle wie du auf sowas und nicht auf Frauen wie mich stehen, ganz einfach!«

»Woher willst du das wissen?«, fährt er mich an.

»Ich weiß es einfach! Wir passen nicht zusammen, wir kommen doch aus völlig unterschiedlichen Welten.«

»Das sehe ich anders«, sagt Slater.

»Ach ja?«, frage ich ungläubig und wiederhole mit ironischem Unterton, was er vorhin gesagt hat. »Du kennst mich doch gar nicht!«

Seine nächsten Worte klingen ruhiger, jedoch auch enttäuscht. »Ja, weil du mich nicht lässt. Und das finde ich verdammt schade.« Slater lässt mich los und tritt einen Schritt zurück, doch sein Blick verliert nichts von seiner Intensität. »Ich hätte mir gewünscht, dass du anders bist. Dass du *echt* bist. Mein Vater ist Schauspieler und ich hatte mein ganzes Leben lang mit Leuten zu tun, die alles getan hätten, um ein Stück von diesem Ruhm abzukriegen. Frauen, die dachten, wenn sie an meiner Seite sind, wären sie etwas Besonderes und alle würden zu ihnen aufblicken. Wie in einem Film. Aber du? Vom ersten Moment an hatte ich das Gefühl, dass du dich um sowas nicht scherst. Dass es dir völlig egal ist, was andere denken. Das hat mir gefallen, verstehst du? Die Frau, die du wirklich bist, ohne Verkleidung.« Damit bricht er kurzerhand den Absatz meines Schuhs ab und reicht ihn mir. »Die echte Mia.«

Perplex nehme ich ihm den falschen Converse ab und sehe zu, wie er mit dem anderen ebenso kurzen Prozess macht.

»Was soll das werden?«, frage ich vollkommen irritiert.

»Du kannst auf den Dingern nicht laufen.«

»Wo soll ich denn auch hinlaufen?«

Slater reicht mir auch den zweiten Schuh und sieht mich fest an. »Ich war gerade verdammt ehrlich zu dir. Ich finde, dafür habe ich eine Gegenleistung verdient.«

»Und die wäre?«

»Zeig mir die echte Mia.«

Er überrascht mich. So hätte ich ihn wirklich nicht eingeschätzt – so offen und hartnäckig, trotz allem, was heute Abend zwischen uns vorgefallen ist.

Und gerade diese Hartnäckigkeit, die er auch auf dem Eis an den Tag legt, lässt mich einen Entschluss fassen.

»Wenn du die echte Mia kennenlernen willst, dann müssen wir meine Kamera holen, denn ohne gibt es mich praktisch nicht.«

Slater mustert mich nachdenklich, dann schüttelt er den Kopf. »Ich habe eine bessere Idee. Komm mit.«

KAPITEL 8

SLATER

Wenige Minuten später laufe ich mit Mia durch die Straßen von Berkeley und bemühe mich, den Beginn dieses Dates zu vergessen. Ich werde einfach nicht schlau aus dieser Frau und hoffe, dass mir der Rest des Abends mehr über sie verraten wird.

Darüber, weshalb sie immer, wenn ich sie aus der Ferne beobachte, ganz anders wirkt, als wenn ich offiziell in ihrer Nähe bin. Oder zumindest war es bis jetzt so, aber ich hoffe, nach unserem Gespräch ist damit Schluss.

Im Moment zumindest erzählt sie mir von ihrer Zeit in Namibia und wirkt dabei kein bisschen gekünstelt. Sie hat drei Jahre dort verbracht, ist direkt nach der Highschool ganz allein auf einen fremden Kontinent geflogen.

Als genau diese Sorte Mensch hätte ich sie eingeschätzt. Ihre Art passt auf einmal zu ihren lebendigen grünen Augen, sie stammelt kein komisches Zeug mehr und sogar ihre Stimme klingt anders. Fast ein bisschen rauchig. Viel besser als vorhin.

Zu schade, dass wir in diesem Moment den Laden erreichen, zu dem ich mit ihr wollte. Ich wäre lieber noch eine Weile mit ihr durch die Straßen gelaufen. Aber versprochen ist versprochen.

»Wir sind da«, sage ich und zeige auf ein Geschäft, das schräg vor uns liegt. Wir haben uns ein Stück vom Zentrum entfernt und in dieser Straße sind fast alle Läden dunkel. Aber in dem hier brennt gedämpftes Licht.

Oscar's Antiques steht in golden verschnörkelten Buchstaben über der Tür.

Mia folgt meiner Geste und ein fragender Ausdruck tritt in ihre Augen. »Ein Antiquitätenladen?«

»Ja«, sage ich und ich bleibe vor dem Schaufenster stehen. Mit dem Kinn deute ich auf eine alte Kamera, die auf einer braunen Holzkiste ausgestellt ist. »Kennst du dich mit diesen Dingern aus?«

Mia tritt neben mich und zum ersten Mal heute Abend nehme ich ihren Duft wahr.

Sie riecht irgendwie exotisch und geheimnisvoll zugleich, nach einem Parfum, das ich nicht kenne.

»Eine Polaroid 600«, sagt sie verblüfft. »Woher wusstest du, dass es die hier gibt?«

»Habe ich im Vorbeigehen entdeckt«, erwidere ich ausweichend. »Wollen wir reingehen?«

Fragend sieht Mia an mir vorbei zum Eingang. »Hat er denn noch auf?«

Fast muss ich lachen. Wer Oscar kennt, weiß, dass er eigentlich immer auf hat.

»Keine Sorge, das hier wird kein Einbruch«, gebe ich zurück.

Dann gehe ich vor und stoße die Ladentür auf.

MIA

Auf den Resten meiner Sohlen, die sich komisch unter meinen Füßen anfühlen, folge ich Slater ins Innere des Antiquitätenladens. Der Geruch von Bohnerwachs, Kettenöl und altem Papier steigt mir in die Nase.

Die hohe, gewölbte Decke hängt voller Lampen und Kronleuchter, zu beiden Seiten erstreckt sich ein Labyrinth aus hohen Regalen. Überall dazwischen stehen kunstvoll verzierte Möbelstücke und an einem davon, einem Kolonialschreibtisch aus Ebenholz, sitzt ein alter Mann, der gerade eine Uhr repariert.

Er hebt den Kopf und klare Augen sehen uns unter spärlichem weißem Haar hinweg entgegen.

»Hallo, Slater«, sagt der Mann mit einem vielsagenden Lächeln. »Und Begleitung.«

Slater erwidert in leicht übertriebener Deutlichkeit: »Hallo, *Mister Dawson*.« Zuerst glaube ich, dass der alte Mann vielleicht schwerhörig ist, aber als Slater weiterredet, hat sich seine Lautstärke normalisiert. »Das hier ist Mia. Mein Date heute Abend.«

»Hallo, Mister Dawson.« Ich nicke ihm zu.

»Ihr zwei habt also ein Date, soso. Nun, dann tut es mir natürlich leid, dass in meiner bescheidenen Hütte alle Tische schon besetzt sind.« Er deutet auf seinen Schreibtisch und ich lache leise.

»Keine Sorge, Daws, wir wollen uns nur ein bisschen umsehen«, erklärt Slater und der alte Mann nickt.

»Bitte, bitte. Mein Laden ist auch euer Laden.«

Slater schmunzelt, dann legt er mir eine Hand auf den Rücken, um mich mit zu den Regalreihen zu nehmen –

und seine Berührung lässt mich unwillkürlich erschauern. Durch den dünnen Stoff meines Shirts spüre ich Slaters warme Finger, während er mich behutsam vor sich her schiebt.

Staunend sehe ich mir die Gegenstände auf den Regalbrettern an. Verzierte Kristallvasen, antike Statuetten aus Messing, sogar eine hölzerne afrikanische Maske entdecke ich.

»Eine Geistermaske«, sage ich und fahre ehrfürchtig mit den Fingern darüber. »Sowas wird bei rituellen Festen getragen. Der Maskierte wird dabei zu einer übersinnlichen Macht. Er spricht anders, bewegt sich anders, nichts ist, wie es scheint.«

Ich gerate ins Stocken, als Slater dicht hinter mich tritt. »Das hattest du also heute Abend vor«, sagt er und sieht sich über mich hinweg die Maske an. »Ein afrikanisches Ritual abhalten.«

Ich lache leise und blicke zu ihm auf. »Ja, ich wollte dich den Göttern opfern. Jetzt ist es raus.«

Ein Grinsen zuckt über Slaters Lippen, dann wird er ernst, wobei er immer noch die Maske betrachtet. »Auf der Party unten in Richmond. Ich weiß, dass du an dem Abend wütend auf mich warst. Aber wieso?«

Meine Kehle wird ein bisschen enger. Ich weiß noch genau, wie ich Slater angesehen habe, als er Abigail dieses unwiderstehliche Lächeln schenkte. Und ich weiß auch noch genau, was ich dabei empfand. Etwas, das immer noch in meinem Inneren glimmt.

»Ich hatte ein paar unschöne Dinge über dich gehört«, gebe ich zu, wobei ich mich umdrehe und mich mit dem Rücken an das Regal lehne. »Über Frauen, die du verarscht hast.«

»Ich verarsche niemanden. Wer erzählt denn sowas?«
Schon wieder klingt er ernsthaft enttäuscht. Also,
wenn das hier gespielt ist, dann ist er ein wirklich guter
Schauspieler.

»Jemand, dem ich vertraue«, sage ich.

»Dann vertraust du dem Falschen.« Slater blickt wieder auf und ich würde so gern Lüge und Verschlagen-
heit in seinen Augen erkennen, aber es ist nicht so. Vielmehr glaube ich, den Wunsch darin ausmachen zu
können, dass ich ihn sehe, wie er wirklich ist ... dass wir
einander sehen, wie wir wirklich sind.

»Meinst du«, erwidere ich vage.

»Du hast es gerade selbst gesagt, oder nicht? Es ist
nicht immer alles, wie es scheint.« Slater zuckt mit den
Schultern. »Ich habe doch gar keinen Grund, Frauen
was vorzumachen. Mir fallen auf Anhieb mindestens
zehn ein, die auf der Stelle eine Beziehung mit mir beginnen würden. Und zehn weitere, die ich ins Bett kriegen könnte. Aber ich bin hier, oder? Mit dir.«

Damit wendet er sich ab. Ich blicke seinen Schultern
nach, seinen muskulösen Armen, während er sich ein
paar Schritte entfernt. Zögernd folge ich ihm, auf der
Suche nach den richtigen Worten. Doch Slater scheint
gar nicht zu erwarten, dass ich noch etwas sage.

Er läuft durch die Regalreihen und dabei sehe ich, wie
seine Augen einen Moment lang an einer Taschenuhr
hängen bleiben. Doch ehe ich dazu etwas sagen kann,
ist er auch schon weitergegangen. Vor einer Holzkiste
hockt er sich auf den Boden und kramt einen noch ver-
packten Polaroidfilm hervor.

»Den hier habe ich gesucht«, sagt er und richtet sich auf. »Acht Bilder, mit denen du mir zeigen kannst, wer du wirklich bist.«

Damit geht er an mir vorbei zur Kasse und ich bleibe einen Moment lang hier stehen.

Ohne viele Worte hat Slater exakt verstanden, wie ich ticke. So ging es mir mit noch keinem Mann zuvor. Und auch ich habe das unheimliche Gefühl, ihn von Minute zu Minute besser kennenzulernen.

Allerdings nicht als den egoistischen Mistkerl, der meine Schwester bedroht. Sondern als einen vollkommen anderen Menschen. Und ich habe keine Ahnung, was ich von dieser Entwicklung halten soll.

***

Es ist schon nach zehn, als wir Slaters Auto erreichen, das immer noch vor dem italienischen Restaurant parkt. Er hält mir die Wagentür auf und ich steige ein.

»Warte hier, okay?«

Irritiert sehe ich zu Slater auf. »Wo willst du hin?«

Er deutet auf das Restaurant in seinem Rücken. »Ich hatte dir ein Essen versprochen. Also, wofür entscheidest du dich jetzt? Einen kleinen Salat oder doch eher die Pizza?«

»Rate doch mal«, erwidere ich ein wenig zerknirscht.

Slater grinst. »Habe ich mir fast gedacht.«

Damit verschwindet er im Inneren des Lokals und ich beobachte, wie er am Tresen im vorderen Bereich des Restaurants bestellt und sich dann mit dem Rücken an die Theke lehnt, um zu warten. Er verschränkt die Arme vor der Brust und sein Gesicht nimmt einen ernsten, gedankenversunkenen Zug an. Er scheint sich unbeobachtet zu fühlen und kommt mir mit einem Mal ziemlich erschöpft vor.

Ich denke an das Fest gestern, daran, wie er ohne viel Show die Bühne betrat. An die Party in Richmond, auf der er keinerlei Anstalten machte, sich in den Fokus zu drängen. Daran, wie ich ihn auf dem Campus zum ersten Mal sah, als er allein trainierte und selbst, während er mit Abigail schlief, doch irgendwie allein mit sich zu sein schien. Mit sich und seinem Spiegelbild, in dem er sich verlor, ohne es wirklich zu sehen.

Zögernd hebe ich die Kamera.

Ist es eine gute Idee, so zu beginnen?

Mit einem Bild von Slater Thorn, wie ich ihn sehe. Wie ich ihn empfinde, wenn ich alles, was ich von Lea weiß, mal beiseitelasse?

Als jemanden, der zwar weiß, dass er umschwärmt wird, jedoch im Grunde trotzdem einsam ist. Und das mit Absicht.

Ich hebe die Kamera vor die Augen und drücke den Auslöser.

Dann sehe ich zu, wie das Foto aus dem Schlitz kommt, nehme es und schwenke es vorsichtig durch die Luft, damit es schneller entwickelt wird. Normalerweise macht man das nicht, sondern man legt es auf einen ebenen Untergrund und wartet.

Aber dafür habe ich gerade nicht die Ruhe.

Also schüttle ich weiter, so lange, bis sich aus dem milchigen Grau auf dem Bild Konturen abzeichnen, die zu verschiedenfarbigen Flecken werden – und schließlich zu einem richtigen Foto.

Diesen Moment fand ich schon immer irgendwie magisch.

Ich betrachte das Bild neugierig. Es ist natürlich keine Meisterleistung, mit meiner richtigen Kamera hätte ich mehr rausgeholt. Dennoch zeigt das Foto genau das, was ich zeigen wollte. Denn in seinem Mittelpunkt steht Slater, der an der Bar lehnt und fast wirkt, als hätte man ihn nur in die Szene hereingeschnitten. Weil sein Blick sich auf nichts scharfstellt, weil seine Mimik nichts von der gemütlichen Atmosphäre des Restaurants widerspiegelt.

Eine schattenhafte Bewegung vor mir lässt mich aufblicken. Slater kommt um den Wagen, dann steigt er wieder ein.

Er hat eine weiße Plastiktüte mit Essen dabei, die er hinten in den Fußraum stellt, wobei sein Blick auf das Foto fällt, das ich immer noch in der Hand halte.

»Bild 1«, kommentiert er ein wenig verwundert.

»Du durch meine Augen«, sage ich.

Slater schaut einen Moment lang das Bild an, dann mich. Er scheint etwas fragen zu wollen und tut es dann doch nicht.

»Noch sieben«, sagt er stattdessen und lässt den Motor an.

»Muss ich die alle heute machen?«, frage ich.

Slater sieht zu mir herüber, ehe er das Auto auf die Straße lenkt. »Fragst du mich gerade nach einem zweiten Date?«

Ich lache. »So war das nicht gemeint!«

»Dann willst du kein zweites Date mit mir?«

Doch, will ich sagen und bin selbst überrascht, wie ehrlich das gewesen wäre.

Stattdessen sage ich: »Das sehen wir noch. Verrate mir erst mal, wo wir hinfahren.«

»Ich zeige es dir lieber«, erwidert Slater.

Dann gibt er Gas, ich lehne mich in meinem Sitz zurück und fühle eine leise, kribbelige Aufgeregtheit in mir. Etwas, von dem ich nicht sagen kann, dass es sich schlecht anfühlt. Auch wenn es das vermutlich sollte.

SLATER

Ich habe beschlossen, Mia zum Grizzly Peak zu bringen. Das ist mein Lieblingsort und wie ich sie einschätze, wird es ihr dort gefallen. Ich habe von ihr verlangt, dass sie mir ihr wahres Ich zeigt. Dann sollte ich ihr auch meins zeigen.

Zumindest, soweit das möglich ist.

Ich blicke zu ihr hinüber. Seit sie sich den Lippenstift vom Mund gewischt hat, sieht sie wieder viel mehr aus wie sie selbst. Das braune Haar umrahmt ihr Gesicht, an dem längst nicht nur die Augen hübsch sind. Eigentlich haben ihre ganzen Züge etwas Katzenhaftes, aber zugleich Weiches an sich. Und ...

»Slater, Vorsicht!«, sagt Mia plötzlich erschrocken und ich bremse auf der Stelle. Schnell reagieren zu müssen, bin ich vom Eishockey gewöhnt.

Ich sehe mich um. »Was ist denn?«

»Da war was auf der Straße!«

Mia steigt aus, geht nach vorn und beugt sich vor der Motorhaube hinunter.

Dann richtet sie sich wieder auf und hält dabei etwas in den Händen – und ich weiß nicht, ob ich lachen oder einfach nur staunen soll.

»Ist das ein Gürteltier?«, rufe ich durch die geöffnete Beifahrertür nach draußen.

Mia nickt.

»Das Ärmste war vor Schreck erstarrt«, ruft sie, während das Tier in ihren Händen mit den kurzen Beinen strampelt. Außerdem versucht es, nach ihr zu schnappen, was mich dazu veranlasst, ebenfalls auszusteigen.

»Brauchst du Hilfe?«

Sie schüttelt den Kopf, umklammert den Panzer des Gürteltiers und trägt es mit schnellen, aber behutsamen Schritten zum Straßenrand. »In Namibia habe ich mal einen Babystrauß von der Straße geholt, der war deutlich bissiger. Und sein Hals war länger. Ich sah danach aus, als hätte ich mit einer Kneifzange geknutscht.«

Ich lehne mich an die Motorhaube und sehe ihr vollkommen verblüfft nach, wie sie sich in ihrem weißen Röckchen in die Büsche jenseits der Straße schiebt und dann für einen Moment vollends in dem dichten Grün verschwindet, ehe sie wieder zurückkommt.

»Autsch«, sagt sie und kratzt sich am Bein. »Brennnesseln.« Dann bleibt sie vor mir stehen und sieht mich fragend an. »Was denn?«

»Ich habe noch nie eine Frau wie dich getroffen«, gebe ich zu.

Mia runzelt die Stirn, wobei sich ihre Nase auf dieselbe Weise kräuselt wie gestern auf dem Fest. »Eine, die dich warnt, bevor du ein Tier überfährst?«

»Eine, die keine Berührungsängste hat«, erwidere ich.

Mia sieht mich an, dann werden ihre Wangen ein kleines bisschen rot und sie wendet den Blick ab. Der Wind bläst ihr ein paar ihrer braunen Haarsträhnen ins Gesicht und sie sagt: »Oh, glaub mir. Die habe ich, Slater.«

»Anscheinend nicht, wenn man einen Panzer trägt«, scherze ich. »Bei unserem nächsten Date komme ich dann in voller Montur.«

Mias Mundwinkel ziehen sich nach oben. »Du gehst also immer noch von einem zweiten Date aus.«

Damit steigt sie wieder ein. Ich sehe ihr nach und stelle fest, dass ich das tatsächlich tue. Denn obwohl ich im Moment eigentlich gar nicht den Kopf für sowas frei habe, gefällt mir dieser Abend von Minute zu Minute besser.

Weil ich tatsächlich noch nie eine Frau wie Mia getroffen habe. Eine, die mir Rätsel aufgibt – und mit der es sich zugleich so vertraut anfühlt, dass es schon fast unheimlich ist.

MIA

»Grizzly Peak«, sagt Slater und hält auf einer Hügelkuppe. »Da wären wir.«

Neugierig sehe ich mich um, aber viel entdecke ich nicht. Erst recht nicht, als er die Scheinwerfer ausmacht und um uns herum von einer Sekunde auf die andere alles stockdunkel wird. Kein Wunder, denn wir sind mitten im Nirgendwo. Straßenbeleuchtung gibt es hier nicht.

»Jetzt verstehe ich. Du bist ein Serienmörder«, sage ich und öffne die Tür.

»Ich wollte es nicht gleich zugeben, aber ja«, erwidert Slater und sieht mich dabei zerknirscht an.

»War mir klar, dass es einen Haken an dir geben muss.«

Damit steige ich aus und das Erste, was mir auffällt, ist, dass es hier etwas kühler ist als unten in Berkeley. Ein leichter, frischer Wind geht, der sich angenehm auf meiner erwärmten Haut anfühlt.

Ich sehe mich um, gebe meinen Augen die Chance, sich an die Dunkelheit zu gewöhnen. Lange dauert es nicht, denn der Mond ist heute Nacht beinahe voll und sein silbriges Licht scheint die Landschaft von Sekunde zu Sekunde mehr zu erhellen.

Jenseits der Straße, umgeben von hohen Bäumen, entdecke ich eine große Wiese. Zuerst fallen mir nur die Gräser auf, die sich im Wind wiegen, aber dann erkenne ich noch etwas anderes.

Mohnblumen. Unendlich viele davon, die die ganze Wiese bedecken und deren rote Blüten in der Dunkelheit fast violett aussehen.

Der Anblick ist so wunderschön, dass ich ihn festhalten muss. Ich stelle fest, dass ich die Kamera im Auto vergessen habe, drehe mich um, um sie zu holen und pralle gegen Slater.

Seine Brustmuskeln sind hart wie Stahl, aber wie er mich mit seinem Arm umfängt, damit ich nicht falle, schon zum zweiten Mal heute Abend, sorgt dafür, dass ich plötzlich etwas Seltsames spüre – einen Anflug von Geborgenheit.

»Vorsicht«, sagt Slater leise und sieht zu mir hinunter.

»Ich wollte die Kamera holen«, flüstere ich.

Er nimmt die freie Hand hoch, in der er nicht nur die Tüte mit dem Essen, sondern auch den Henkel der Polaroid hält.

»Danke«, sage ich ein wenig heiser, nehme sie ihm ab und mache gleich noch ein Bild von ihm.

Davon, wie er mich in genau diesem Moment ansieht.

Slater schaut, geblendet vom Blitz, weg und lächelt. »Du sollst mir dich zeigen, nicht mich«, scherzt er.

»Ich spiegle mich in deinen Augen«, erwidere ich und muss an das Foto denken, das ich bisher immer für mein bestes hielt.

Das von dem Löwen.

Mein Selbstporträt.

Ich erinnere mich genau daran, wie ich dem riesigen Tier im Etosha Nationalpark gegenüberstand. In dem Moment war ich nicht halb so nervös wie jetzt, wo mich Slater in seinem Arm hält. Denn auf gewisse Weise fühlt er sich für mich viel gefährlicher an als die Wildkatze damals. Der Löwe hätte mich beißen können, ein Schlag seiner Pranke hätte mich schwer verletzt.

Aber nur körperlich, während Slater mir auf eine ganz andere Weise zu nahekommen könnte. Und das Schlimme ist, dass ich seine Berührung genieße, auch wenn ich nicht sollte.

Als hätte er meine Gedanken gelesen, lässt er mich los, aber nur, um sanft die Kamera nach unten zu drücken. »Ein bisschen näher musst du mich schon an dich ranlassen. Wie soll ich dich kennenlernen, wenn du immer dieses Ding vor den Augen hast, hm?«

»Über meine Bilder«, sage ich.

»Darauf bin aber bisher nur ich zu sehen.«

»Durch meine Augen.«

Slater betrachtet mich und wird eine Spur ernster. »Ich will nicht sehen, wie du mich siehst, Mia. Ich will dich auch nicht als blasse Spiegelung in meinem Blick sehen. Fällt es dir so schwer, einfach nur hier vor mir zu stehen?«

Ja, würde ich am liebsten erwidern. Aber es wäre eine Lüge. Nichts hier dran fällt mir schwer. Es gefällt mir, mit ihm zu reden. Ich mag den Klang seiner Stimme und ich mag, was es in mir auslöst, wenn er mir auch nur nahekommt. Wenn er mich nur ansieht.

»Nein«, sage ich daher. »Es ist nur ungewohnt. Ich bin eigentlich nicht so.«

Slater zuckt mit den Schultern. »Dann sei, wie du eigentlich bist. Aber vielleicht mal ohne Kamera.«

Das Schmunzeln auf seinen Lippen macht es mir schwer, den Blick von ihm abzuwenden. Und ich tue es auch nicht, zumindest nicht gleich.

»Pass auf«, sage ich stattdessen. »Wir schließen einen Kompromiss. Das hier ist das letzte Bild für heute Abend.« Ich stelle mich neben ihn, hebe die Kamera und Slater lacht leise.

»Ein Polaroid-Selfie. Habe ich auch noch nie erlebt.«

»Es gibt für alles ein erstes Mal.« Ich mache ein Foto von uns, blinzle ein paarmal, als der Blitz mich blendet und spreche weiter: »Und jetzt lege ich sie weg.«

Slater nickt langsam. »Gut, einverstanden.«

Schweren Herzens gehe ich an ihm vorbei zum Wagen, öffne die Tür und lege die Kamera und die Bilder auf meinen Sitz. Es fühlt sich viel weniger komisch an, als ich gedacht hätte.

Ich drehe mich zu Slater um und frage: »So, und was jetzt?«

Wortlos hält er mir die Hand hin. Ich zögere und muss wieder an den Löwen denken. Doch dann lege ich meine Finger in seine und erschauere leicht, als seine Hand meine warm umschließt. Ich lasse mich von ihm ein Stück näher an sich heranziehen und betrete an seiner Seite die Wiese mit den Mohnblumen.

Er führt mich zu einer Stelle mitten auf der Wiese, wo wir uns hinsetzen und unser Essen auspacken.

Ich mache mich über meine Pizza her, Slater sich über gleich zwei Portionen Nudeln. Wie er mir erklärt, ist das Teil seines Ernährungsplans.

Mit meiner Plastikgabel klaue ich eine Tortellini aus seiner Aluschale, schließlich will er mich kennenlernen und ich bin zumindest eins – verfressen. »Wenn du das nächste Spiel jetzt vergeigst, dann wegen mir.«

»Ich vergeige es nicht«, erklärt er ein bisschen zu vehement und ich sehe ihn fragend an.

Fast schon ertappt erwidert er meinen Blick, dann fragt er: »Du weißt es noch nicht, oder?«

»Ich weiß was nicht?«

»Dass wir wegen mir die letzte Saison verloren haben.«

Wegen ihm? Das kann ich mir kaum vorstellen. Als ich ihn neulich auf dem Eis sah, war er sowas von gut, dass ich ihn bewunderte, obwohl ich ihn noch nicht mal mochte.

»Was ist passiert?«, frage ich.

Slater sieht mich an, lange und prüfend. Dann senkt er den Blick und isst weiter. »Das ist eine ziemlich komplizierte Geschichte.«

»Okay, ich habe Zeit.«

»Ich erzähle sie dir irgendwann.«

Unzufrieden beobachte ich ihn. Das, was er mir gegenüber gerade angedeutet hat, belastet ihn ganz offensichtlich, und das stört mich.

Ich räuspere mich und mein Herz schlägt ein bisschen schneller, als mir klar wird, was ich vorhabe.

»Hey, Slater?« Ich lasse das Pizzastück sinken und zucke mit den Schultern. »Ich schreibe meinem Dad mindestens einmal die Woche eine E-Mail, auch wenn er schon lange nicht mehr da ist.«

Slater sieht auf und seine blauen Augen verdüstern sich. »Ist er ... ist er gestorben?«

»Nein. Er hat uns verlassen, als ich gerade dreizehn war. Er war immer mein großes Vorbild und ich hatte damit ziemlich zu kämpfen. Seitdem bin ich ihm irgendwie nur noch über das Fotografieren nah. Darum ist es mir auch so wichtig.«

»Und über deine E-Mails«, erwidert Slater.

Jetzt kommt der schwierigste Teil. »Na ja, nicht wirklich. Er ... er hat sich damals nicht einfach nur von meiner Mom getrennt. Er ist aus unserem Leben verschwunden, hat sich danach kein einziges Mal mehr bei mir gemeldet. Meine Mutter fand einen neuen Mann und mein Dad willigte ein, dass er uns adoptieren darf, ohne uns auch nur zu fragen, ob wir das wollen. Diese E-Mailadresse, an die ich schreibe, die habe ich selbst eingerichtet. Ich rede mir ein, dass er die E-Mails bekommt, aber in Wahrheit bekommt sie keiner. Sie gehen an ein Postfach, das niemand jemals öffnet.«

Einen Moment lang sieht Slater mich nur an und ich fühle mich unsicher, weil ich keine Ahnung habe, was er gleich tun wird. Mich auslachen? Mich fragen, ob ich total verrückt bin? Mir sagen, dass ich meine Zeit verschwende, und das doppelt und dreifach, weil ich mein Leben damit verbringe, einem Mann nachzueifern, der nichts von mir wissen will?

Aber Slater tut nichts dergleichen.

Er greift einfach nur nach meiner Hand, nimmt sie sanft in seine und drückt sie.

Und ich bin froh über sein Schweigen. Froh darüber, dass er mir nicht erklärt, dass ich das lassen sollte oder dass es mein Vater nicht wert ist. Er urteilt nicht, erklärt nicht, hinterfragt nicht.

Aber er scheint beschlossen zu haben, mir im Gegenzug auch etwas von sich zu enthüllen, was ich am veränderten Klang seiner Stimme erkenne, als er zu sprechen beginnt.

»Vor ziemlich genau zwanzig Jahren fuhr mein Dad mit mir hier raus, nach Grizzly Peak, um die Asche meiner Mutter zu verstreuen.«

Seine Worte treffen mich wie eine Ohrfeige. Dass jetzt sowas kommt, hätte ich nicht erwartet. Gegen seine Geschichte kommt mir die Sache mit meinem Vater total albern vor. Seine Mom ist tot?

Slater schüttelt den Kopf, als hätte ich die Fragen laut gestellt. »Kein Grund, geschockt zu sein. Es war eine Lüge. Meine Mutter ist irgendeine Hollywood-Schauspielerin, mit der mein Vater mal was hatte. Es ging nicht gut auseinander, sie wollte abtreiben, er bezahlte sie, damit sie es nicht tat. Mein Vater wollte nicht, dass ich das erfahre, also spielte er mir, als ich vier war, vor, sie wäre gestorben und füllte etwas Asche aus dem Kamin in eine Urne. Dann kam er mit mir her und ...«

Slater verzieht den Mund zu der bitteren Kopie eines Lächelns. »Ein paar Jahre später knallte er mir im Streit die Wahrheit hin.« Er sieht sich um. »Aber ich komme trotzdem noch gerne hierher, auch wenn das vielleicht bescheuert ist.«

Ich hebe die Hand und lege sie an sein Gesicht. Seine Wange fühlt sich kratzig unter meinen Fingerspitzen an, als ich seinen Kopf sanft zu mir drehe.

Slater sieht mich an, irgendwie grimmig.

»Tut mir leid, wenn ich das jetzt so sage«, erwidere ich. »Aber das war echt scheiße von deinem Dad.«

Slaters Züge hellen sich auf, wenn auch nur ein bisschen.

»Tut mir leid, wenn ich das so sage«, gibt er zurück. »Aber deiner scheint auch nicht unbedingt der Vater des Jahres zu sein.«

Ich lache leise und senke kurz den Blick. »Berühmte Väter. Die sind einfach die Pest.«

»M-hm«, macht Slater. »Aber sie können trotzdem tolle Töchter haben.«

Ich kneife die Brauen zusammen, weil seine Worte mein Herz schon fast unangenehm heftig gegen meine Rippen pochen lassen. Dabei wird mir klar, dass meine Hand noch auf seiner Wange liegt und sanft darüber streichelt.

Slater dreht den Kopf ein wenig zur Seite, nimmt meine Hand aus seinem Gesicht ... dann drückt er einen Kuss auf meine Handfläche, ganz sacht, und doch lässt die Berührung seiner Lippen einen kleinen Stromstoß durch meinen ganzen Körper fahren.

Nein, eigentlich ist es mehr als das. Ein Wirbelsturm, der meine Gedanken, Überzeugungen und Pläne in ein einziges Chaos verwandelt. Denn diese flüchtige Berührung seiner Lippen auf meiner Haut fühlt sich viel vertrauter an, als sie sollte und eines wird mir in diesem Moment mit unerschütterlicher Gewissheit klar: Slater ist mir nahegekommen, innerlich noch viel mehr als äußerlich, und ich habe jede Sekunde davon genossen.

SLATER

Als wir zurückfahren, ist es nach Mitternacht.

So ein Date hatte ich noch nie.

Ich bin noch nie einer Frau nachgelaufen, ich habe noch nie eine Frau mit zum Grizzly Peak genommen und auch noch nie die Geschichte mit der Asche meiner Mutter erzählt.

Keine Ahnung, ob das richtig war. Ich weiß doch gar nicht, ob ich Mia trauen kann.

Aber ich habe irgendwie ein gutes Gefühl bei ihr, und das trotz ihrer komischen Aktion zu Beginn des Abends. Wer auch immer ihr Mist über mich erzählt hat, ich bin mir sicher, dass ich sie davon überzeugen kann, dass ich so nicht bin.

Ich sehe zu ihr hinüber, während ich den Wagen in ihre Straße lenke.

Sie hat die drei Fotos von heute Abend auf ihrem Schoß ausgebreitet und sieht sie sich an. Ich mag ihr Gesicht, wenn sie so nachdenklich wirkt. Weil sie immer aussieht, als würde sie sich gar nicht darum scheren, wie hübsch sie eigentlich ist.

Ich setze Mia vor dem Haus ab, in dem sie wohnt, gleich über dem *Cat on the Moon*.

Sie wendet sich mir zu und lächelt. »Danke für den ... unerwartet schönen Abend.«

»Gleichfalls«, sage ich und dann entsteht eine kurze Pause, von der wir, glaube ich, beide wüssten, wie wir sie füllen könnten.

Aber wir tun es nicht.

Denn dieser Abend war zu besonders, um mit einem Abschiedskuss zu enden, wie er zu einem ersten Date schon fast automatisch dazu gehört.

Mia lächelt mir zu, dann steigt sie aus und ich sehe ihr nach.

Sie hat wirklich lange Beine. Sie hätte diese komischen hohen Schuhe gar nicht gebraucht, um sexy auszusehen.

An der Tür dreht sie sich nochmal zu mir um und wirft mir einen Blick zu, den ich nicht deuten kann.

Dann verschwindet sie im Inneren des Hauses und ich kann gar nicht erwarten, sie wiederzusehen.

MIA

Kaum habe ich die Wohnungstür leise hinter mir geschlossen, vibriert auch schon mein Handy.

Ich ziehe es aus der Tasche und entdecke eine Nachricht von Slater, mit dem ich vorhin am Grizzly Peak noch Nummern ausgetauscht habe.

Unwillkürlich muss ich lächeln. Auch ich habe heute erstmals einen Teil des echten Slater kennengelernt.

Nein, eigentlich nicht, wird mir sofort klar. Er hat sich genau so verhalten wie schon die ganze Zeit über. Höflich, korrekt, humorvoll und auf eine gute Art bodenständig und erwachsen. Ich muss allerdings zugeben, dass das nicht zu dem vorgefertigten Bild des Mistkerls passt, das ich im Kopf hatte.

Ich ziehe meine Schuhe aus und dabei geht mir Slater einfach nicht aus dem Kopf. Er erscheint mir einfach nicht wie der Typ Mann, der Frauen wie Dreck behandelt, sie bedroht und zwingt, von der Uni zu gehen. Allerdings ist es vielleicht auch genau das. Dass er diese perfekte Fassade hat, hinter der man nichts Böses vermutet. Wie eine Spinne lockt er seine Opfer so in sein Netz.

Ob ich mich bereits in den ersten Fäden verheddert habe?

Ich rufe mir einige Momente unseres Treffens vor Augen.

Wie zärtlich er meine Hand geküsst hat.

Oder die Art und Weise, auf die er mich angesehen hat, während er mich dazu brachte, die Kamera wegzutun.

All das kann doch nicht gespielt gewesen sein. Auch nicht die Enttäuschung, als er nach und nach festgestellt hat, dass *ich ihm* etwas vormache.

Innerlich bin ich hin- und hergerissen zwischen der Loyalität meiner Schwester gegenüber und der festen Überzeugung, dass sie sich irren muss. Andererseits spricht das jämmerliche Bild, das sie im Moment abgibt, eine ganz eigene Sprache.

Ich nehme mir vor, morgen noch einmal mit Lea zu sprechen. Und diesmal werde ich mich nicht mit Ausflüchten und Andeutungen abspeisen lassen. Ich bin bereit, mich für sie an Slater zu rächen – aber nur, wenn er auch wirklich etwas getan hat, was diese Abreibung verdient.

Und im Augenblick zweifle ich immer mehr daran.

Mein Handy klingelt ein zweites Mal und ich bin nicht überrascht, dass auch diese Nachricht von Slater ist.

Oder direkt morgen?

Ohne weiter nachzudenken, antworte ich ihm.

Morgen passt perfekt!

Ich überlege nur kurz, bevor ich die Nachricht abschicke. Es ist doch so oder so richtig, dass ich mich mit ihm treffe. Entweder ist er das Arschloch, das Lea verletzt hat oder es klärt sich alles irgendwie anders auf. Und in beiden Fällen spricht nichts dagegen, ihn wiederzusehen.

Ein bisschen fühlt sich das Ganze trotzdem wie ein fauler Kompromiss an und ich kann es kaum erwarten, morgen mit Lea zu sprechen. Aber erstmal muss ich ins Bett.

Langsam schleiche ich auf mein Zimmer zu.

Es ist bereits nach null Uhr und vollkommen dunkel in der Wohnung. Zumindest denke ich das. Als ich an Kellys Zimmer vorbeikomme, sehe ich allerdings, dass ihre Tür offen steht und flimmerndes Licht von ihrem Fernseher die Dunkelheit durchbricht.

Kelly dreht den Kopf zu mir und sieht mich irgendwie enttäuscht an.

Ich kann es ihr nicht verübeln. Sie war von Anfang an gegen meinen Rachefeldzug und hätte sicher nicht gedacht, dass ich so weit gehe, Slater wirklich zu daten.

Zerknirscht lächle ich zu ihr rüber.

Aber Kelly zuckt nur mit den Schultern.

Das sagt alles.

Ich habe in der Hand, was ich als Nächstes tue.

Und bin mir unschlüssiger denn je.

KAPITEL 9

SLATER

Ich habe keine Ahnung, was der Dozent uns über sarkomere und sarkoplasmatische Hypertrophie zu sagen versucht. Es fallen Begriffe wie morphologische und neuronale Adaptation, mit denen ich normalerweise etwas anfangen kann, die mir heute aber so gar nichts sagen.

Die ganze Zeit über lasse ich das Smartphone, das vor mir auf dem Tisch liegt, nicht aus den Augen.

Und spüre dabei, wie Tom *mich* nicht aus den Augen lässt.

Vorhin ist er zu spät gekommen, da konnte ich ihm nicht mehr von meinem Date mit Mia erzählen. Wahrscheinlich brennt er darauf, die Einzelheiten zu erfahren.

»Was?«, flüstere ich und grinse.

Tom nickt in Richtung meines Handys. »Nachricht.«

Da gucke ich mal eine Sekunde nicht hin!

Schnell schnappe ich mir das Telefon und rufe die WhatsApp-Nachricht auf. Sie ist von Mia.

17 Uhr in der Eishockeyhalle? :-) Bis dahin weiß ich, ob ich genommen wurde :-o

Schnell tippe ich eine Antwort ein.

Geht klar, ich bin dann da!

Zwar habe ich von 14 Uhr bis 17:30 Uhr Off-Ice-Training, aber es wird schon in Ordnung sein, wenn ich ein bisschen früher abhaue.

Tom sieht mir über die Schulter und ich schiebe das Handy ein Stück zu ihm rüber, damit er Mias Namen lesen kann.

»Dein Ernst?«, fragt er fast lautlos und ich nicke.

»Absolut«, flüstere ich zurück.

Tom hebt beide Augenbrauen, sagt aber nichts mehr.

Ich warte darauf, dass Mia noch etwas schreibt, doch es kommt nichts mehr.

Während unser Dozent weiter über Hypertrophie spricht, fällt mir so langsam wieder ein, dass es hier in der Vorlesung um Muskelaufbau geht. Auch wenn ich mich bemühe, den Rest der Kurszeit zuzuhören, schweife ich dennoch immer wieder ab.

Zu den vielen kleinen Momenten, die mir gezeigt haben, was für eine tolle Frau Mia ist. Das Leuchten in ihren Augen, als ich ihr meinen Lieblingsort am Grizzly Peak gezeigt habe. Oder wie sie dieses Gürteltier gerettet hat, ohne sich auch nur im Mindesten zu fürchten.

»Hey, willst du eine Doppelstunde einlegen?« Tom ist aufgestanden und mir wird klar, dass der Kurs endlich vorbei ist.

Schnell packe ich mein Zeug zusammen und folge ihm nach draußen auf den Gang.

»Hi, Tom. Hi, Slater.« Eine Gruppe von Mädchen steuert geradewegs auf uns zu, aber Tom hebt abwehrend die Hand.

»Jetzt nicht.« Damit wendet er sich mir zu und nimmt mich an der Schulter mit sich mit. »Was ist da los, Mann? Euer Date muss ja der Wahnsinn gewesen sein.«

»Ja. Das war es auch«, sage ich voller Ernst.

Toms Gesichtsausdruck wird noch fragender. »Wir sprechen von dem Treffen mit der kleinen Stalkerin, richtig?«

»Sie ist keine Stalkerin.« Seite an Seite mit Tom verlasse ich das Unigebäude.

»Ist sie nicht?«

Ich schüttle den Kopf und überlege, wie ich es Tom am besten erklären kann. »Sie hat ähnliche Probleme wie ich. Einen berühmten Vater und –«

»Na, so ein Zufall.«

Ich sehe sauer zu Tom rüber. »Du musst aufhören, hinter jedem eine potenzielle Gefahr zu sehen.«

»Tue ich nicht. Aber erstens hängt sie mit Lea Myers rum, was schon mal nichts Gutes bedeuten kann. Und zweitens taucht sie hier passend zum Semesterstart mit ihrer Kamera auf und ist immer gerade zufällig da, wo du bist.«

»Sie studiert Kunst mit dem Schwerpunkt Fotografie, deshalb die Kamera. Und was die Treffen angeht: Willst du etwa sagen, dass unser Date kein Zufall war? Ihr Name ist aus einer Trommel mit sicherlich mehr als dreihundert Losen gezogen worden.«

»Wer weiß«, grummelt Tom.

Zuerst will ich protestieren, dann fällt mir ein, dass
ich glaubte, einen ganz anderen Namen auf dem Los gelesen zu haben. Einen viel längeren. Kann es sein, dass
sie ...?

Nein. Ich werde mich ganz sicher nicht von Toms Paranoia anstecken lassen.

»Was vermutest du?«, frage ich trotzdem.

»Dass sie dir schaden will«, sagt Tom geradeheraus.

»Welchen Grund soll sie dafür haben?«

»Frauen wie sie und Lea brauchen keinen Grund für
ihre kranken Spielchen.«

»Hör auf, sie mit Lea zu vergleichen, Tom!« Vor dem
Unigebäude bin ich stehengeblieben. »Die beiden sind
total verschieden. Mia ist anders als die meisten
Frauen. Sie ist ...«

»Sie hat dir schon jetzt den Kopf verdreht.« Tom mustert mich, als wäre ich von irgendeiner Krankheit be-
fallen.

»Und selbst wenn.«

Was ist so schlimm daran? Nur weil Tom miese Er-
fahrungen gemacht hat, heißt das noch lange nicht,
dass alle Frauen sind wie seine Ex.

»Ich will dich nur warnen.«

»Ich verstehe, dass du nach deiner Pleite mit Lea erstmal die Schnauze voll von Beziehungen hast«, sage ich.
Als Leas Name fällt, verdunkelt sich etwas in Toms Augen, dennoch fahre ich fort. »Aber trotzdem werde ich
mich weiterhin mit Mia treffen. Sofern sie das auch
will.«

Tom blickt mich noch einen Moment unzufrieden an.
Dann nickt er. »Aber sag nicht, dass ich dich nicht

gewarnt habe. Die Kleine treibt ein falsches Spiel mit dir. Sei dir darüber im Klaren.«

»Danke für die Warnung.« Ich haue Tom auf die Schulter, dann gehe ich weiter in Richtung Sportplatz.

Auch wenn ich keine Warnung brauche, weiß ich die Sorge meines besten Freundes zu schätzen.

Zwar habe ich nie aus ihm rauskriegen können, was genau im Frühjahr zwischen ihm und Lea Myers vorgefallen ist, eins ist mir jedoch klar: Sie hat ihm das Herz gebrochen und ich bin mir nicht sicher, ob Tom sich jemals wieder ernsthaft auf eine Frau einlassen kann.

MIA

Missbilligend sehe ich Lea zu, wie sie das UG betritt, mit gesenktem Blick und einer riesigen Sonnenbrille auf der Nase. Ihre dünnen Beine stecken in knallengen Jeans, ihre Füße in ihren nudefarbenen Pumps von Jimmy Choo, die sie früher so geliebt hat. Jetzt jedoch wirken die Schuhe ein bisschen abgelatscht und Leas weißes Top ist knittrig.

Ich habe sie gebeten, mich in der Mittagspause zwischen meinen Kursen im *U GOOD?!* zu treffen, weil ich unbedingt wissen muss, was zwischen Slater und ihr vorgefallen ist. Ich habe in meiner Nachricht ein bisschen dick aufgetragen, damit sie sie nicht wieder ignoriert und ich scheine Glück zu haben.

Gehetzt sieht sich meine Schwester um, dann entdeckt sie mich und kommt eilig zu meinem Tisch. »Ich hoffe, du hast einen guten Grund, mich ausgerechnet hierher zu bestellen!«, keift sie, bevor sie sich vor mir auf den Stuhl fallen lässt.

Ihr Modeschmuck klimpert. Wo sind all ihre teuren, echten Teile hin? Hat Mom mit ihren Überweisungen aufgehört, weil Lea nicht mehr studiert und sie macht ihren Schmuck zu Geld? Vermutlich, von irgendwas muss sie ja leben.

»Wo ist das Problem?«, spare ich mir genau wie Lea die Begrüßung. »Du hast bis vor kurzem hier studiert.«

»Ja, das habe ich, und jetzt darf ich mich hier nicht mehr blicken lassen! Also, was ist so überlebenswichtig, dass ich unbedingt herkommen musste?«

Ich ignoriere ihre Frage und sehe sie besorgt an. »Was soll das heißen, du darfst dich hier nicht mehr blicken lassen?«

Sie winkt ab, wieder klimpern ihre billigen Armreifen. Ihr Leben ist völlig aus den Fugen geraten und ich muss endlich rausfinden, wieso. Auch wenn mir der Gedanke an all die Dinge, die ich gleich erfahren könnte, fast die Luft abschnürt.

Ich muss an Slater denken, der mir so nahekam, der mir so ehrliche und persönliche Dinge über sich erzählte. Daran, wie er seinen Arm um mich legte, wie warm und vertraut sich das anfühlte.

Und habe ein rasend schlechtes Gewissen, weil ich nicht leugnen kann, dass ich ihn mag – ausgerechnet den Mann, mit dem meine Schwester noch vor kurzem zusammen war.

»Lea.« Ich sehe sie fest an. »Ich habe dich hergebeten, weil ich wissen muss, was Slater Thorn dir angetan hat.«

Lea rührt sich ein paar Sekunden lang gar nicht. Dann entsteht eine steile Falte zwischen ihren hellen Brauen und sie fragt mit verständnisloser Stimme: »Slater?«

Ich nicke. »Ja, der Typ von der Party. Dein Ex.«

Lea zieht die Oberlippe hoch, als hätte ich ihr gerade ein besonders paradoxes Rätsel gestellt. Oder eine Frage, die einfach gar keinen Sinn macht.

Dann sagt sie: »Slater ist nicht mein Ex, Mia.«

Und ich werde sauer. Was soll das denn jetzt? In betrunkenem Zustand hat sie es zugegeben, sogar gestern noch hat sie mit mir über das Thema geredet. Und jetzt kommt sie mir plötzlich so?

»Lea, du kannst damit aufhören! Ich weiß doch längst, dass was vorgefallen ist. Aber du kannst nicht von mir verlangen, dass ich einfach zusehe, wie du dein ganzes Leben wegwirfst. Erst recht nicht, wo Slater gar nicht wirkt wie ein Mistkerl, der … der dir Gott weiß was angetan hat!«

»Er hat mir ja auch nichts angetan«, sagt Lea mit stumpfer, fast schon teilnahmsloser Stimme.

»Das ist doch nicht wahr!«, fahre ich sie an und ein paar der anderen Studenten drehen die Köpfe in unsere Richtung.

»Es war Tom Turner«, sagt Lea leise. »Wehe, du behältst das nicht für dich! Wenn du es jemandem sagst, wird alles nur noch schlimmer!«

Auf einmal habe ich die Bilder von dem Abend am Strand in Richmond wieder vor Augen. Slater stand mit ein paar anderen Eishockeyspielern herum und dabei war auch Tom, sein misstrauischer Freund.

Der, der mir vorwirft, eine Stalkerin, ein Paparazzo oder was auch immer zu sein.

Heißt das etwa, dass alles nur ein Missverständnis war?!

Nein, das kann eigentlich nicht sein. »Du lügst«, werfe ich Lea vor. »Ich habe Slaters Tattoo auf deinen Fotos gesehen.«

Lea lächelt dünn. »Tom und er haben dasselbe, so ein albernes Freundschafts-Tattoo. Tom trägt seins meistens unter seiner Uhr. Er ist mein Ex und der Mistkerl, der mich bedroht.« Lea taxiert mich und um ihre Lippen erscheint ein zynisches Schmunzeln. »Oh, ich verstehe. Ich habe schon gehört, dass du vorgestern beim Basar das große Los gezogen hast. Und jetzt lass mich raten. Mister Perfect hat dir den Kopf verdreht und du hattest Angst, dass er sich als Arschloch entpuppt?«

Gekränkt sehe ich sie an. Die Art, wie sie das sagt, gefällt mir nicht, dieser leicht verächtliche Unterton.

»Und wenn schon«, murmle ich.

Lea beugt sich zu mir vor, ihr Atem riecht leicht säuerlich, so als hätte sie heute schon Wein getrunken. »Lass dir eins gesagt sein, Schwesterchen. Er *wird* sich als Mistkerl entpuppen. Das tun sie immer.«

»Du bist verbittert«, gebe ich zurück.

»Pscht, pscht, pscht.« Lea legt mir einen Finger auf die Lippen. »Ich sage das nicht, weil ich verbittert bin, auch wenn ich allen Grund dazu hätte. Ich sage das, weil ich deine große Schwester bin und es meine Aufgabe ist, dich davor zu bewahren, dass du dieselben Fehler machst wie ich. Und darum will ich, dass du dir eine Sache klarmachst. Bevor Tom Turner mein Leben ruiniert hat, war er *mein* Mister Perfect. Also was glaubst du, wie die Sache mit *deinem* Mister Perfect enden wird?« Sie nickt. »Ganz genauso. Weil es immer so endet, vor allem in unserer Familie. Bei Mom, bei mir und als Nächstes bei dir. Unsere Herzen sind einfach zu weich.«

Und dann geht sie so eilig, wie sie gekommen ist.

Ich sehe ihr nach, regungslos, während in mir ein ganzer Hurrikan aus Gefühlen tobt.

Vor allem bin ich unendlich erleichtert – denn ich stecke von einer Sekunde auf die andere nicht mehr in der Zwickmühle zwischen Lea und Slater.

Zugleich ist mir klar, was mir dieses Missverständnis schon jetzt kaputt gemacht hat: Ich werde keine zweite Chance erhalten, Slater auf ehrlichem Weg kennenzulernen. Völlig egal, wohin das mit uns noch führt, es wird für immer mit einer Intrige begonnen haben. Das wiederum heißt, dass es für immer ein Geheimnis zwischen uns geben wird.

Und dann ist da noch die Sache mit Lea und Tom.

Ich hätte es wohl von Anfang an einsehen sollen, dass ich für solche Spielchen nicht gemacht bin.

Jetzt kann ich nur hoffen, dass ich noch nicht zu viel Schaden angerichtet habe.

SLATER

Ich glaube, Mia hat keinen Plan, dass ich sie beobachte.

Ich stehe in der Tür zu den Kabinen und sehe den Cheerleaderinnen schon ein paar Minuten zu. Weil ich heute beim Off-Ice-Training, das aus einem ziemlich harten und schnellen Zirkel bestand, absolut alles gegeben habe, hat mich der Coach wirklich früher gehen lassen. So konnte ich sogar noch duschen.

Jetzt muss nur noch Mia fertig werden. Es ist kurz nach fünf, Abigail und die anderen haben sich vor ein paar Minuten auf die Ränge zurückgezogen, um sich zu besprechen. Gleich entscheidet sich, wer von den Bewerberinnen es ins Team schafft. Entsprechend nervös wirken die Mädels, die sich beworben haben, auch.

Sie stehen alle zusammen am Rand der Eisfläche, aber Mia ist die Einzige, die sich permanent an der Bande festhält. Ihre neue Polaroid-Kamera baumelt von ihrem Handgelenk, offenbar hat sie meinen Wunsch, ihre Welt in acht Bildern zu sehen, nicht vergessen.

Ich kann sie die ganze Zeit nicht aus den Augen lassen, sie sticht so aus der Menge hervor, wie ich es noch bei keiner Frau vor ihr erlebt habe.

Ihre ebenmäßige Haut, das hellbraune Haar und ihr Blick, in dem stets ein bisschen zu viel vorzugehen scheint. Ihre Figur, die schlank und zugleich weiblich wirkt und die engen Leggings, bei denen ich mir zwangsläufig vorstelle, wie sie darunter aussieht. Wie sie sich anfühlt.

Ich glaube, es ist lange her, dass mich jemand so neugierig gemacht hat. Dass ich mehr von einer Frau wollte als ein bisschen Spielerei.

Doch ich denke, Mia könnte das ändern.

»Okay, Mädels, kommt ihr mal hier drüben zusammen?«, ruft Abigail und betritt als Erste wieder die Eisfläche. Die Trainerin und der Rest der Gruppe, die für die Entscheidung zuständig war, folgen ihr.

Die Bewerberinnen setzen sich sofort in Bewegung und fahren zu ihnen herüber – nur Mia nicht.

Zwar fährt sie auch los, aber deutlich langsamer als die anderen und noch dazu ein bisschen wackelig. Auf einmal erinnert sie mich nicht mehr an eine Wildkatze, sondern an ein Reh auf dem Eis, das sich jeden Moment in seinen eigenen Beinen verheddern wird.

»Wir haben uns lange beraten«, sagt Abigail, die nach einem Nicken der Trainerin weiter die Wortführerin ist. »Zuerst die gute Nachricht: Da uns letztes Jahr unerwartet ein Firebird verlassen hat, nehmen wir nicht eine, sondern zwei von euch auf. Alle anderen können sich supergerne im nächsten Jahr noch mal bewerben.«

Mia nickt, so als hätte dieser Satz ihr gegolten. Sie sieht ein bisschen resigniert aus, wahrscheinlich ist ihr schon klar, dass ihre Fähigkeiten nicht so ganz ausgereift sind wie die der anderen. Mich wundert es zwar nach wie vor, dass sie ausgerechnet das Cheerleading lernen will, aber mittlerweile kann ich mir einen Reim darauf machen. Sie ist eine Person, die auf Abenteuer steht und etwas Neues zu lernen, fordert sie heraus.

Genau aus diesem Grund hatte ich vorhin ein kurzes Gespräch mit Abigail.

»So, jetzt aber zu unseren beiden neuen Teammitgliedern. Zum einen – herzlich willkommen, Sherley! Wir konnten einfach nicht anders, als dir eine Chance zu geben!«

Ein Mädchen mit ultrakurzen Haaren macht auf dem Eis einen Freudensprung. Die anderen gratulieren ihr nervös.

Bleibt noch ein Platz.

Ich verschränke die Arme, sehe angespannt zu Mia und erkenne, dass sie sich kurz umsieht, so als würde sie meinen Blick spüren.

Natürlich ist das vollkommen unmöglich.

»Der zweite freie Platz im Team geht an ...«

»Komm schon«, murmle ich.

Und dann sagt Abigail den alles entscheidenden Namen.

MIA

»Mia Carson! Du bist an der Kamera zwar besser als auf dem Eis, aber was nicht ist, kann ja noch werden!«

Ich glaube, ich träume.

Hat Abigail wirklich meinen Namen gesagt?

Haben die Cheerleaderinnen mich gerade aufgenommen?

»Glückwunsch, Mia!« Sherley, Grace, Suzan und schließlich auch Abigail kommen mich umarmen, während die anderen um mich herum ungehalten tuscheln.

Aber das ist mir egal. Ich freue mich, dass mein Leben in Berkeley mir so viele neue und tolle Chancen einräumt. Vor zwei Wochen stand ich noch mit beiden Beinen fest im namibischen Staub und glaubte, dass es für mich nie etwas anderes geben würde als Fotografieren, und jetzt stehe ich inmitten einer Mädchentruppe, die mich fast erdrückt und bin ab sofort Cheerleaderin.

Ich höre selbst, dass ich anfange zu lachen.

»Danke, ich … weiß gar nicht, was ich sagen soll.« Weil mir wirklich die Worte fehlen, entscheide ich mich, das zu tun, was ich am besten kann. Kurzerhand schieße ich ein Polaroid von uns allen, denn diese Mädels sind jetzt Teil meines Lebens.

»Du musst mir auf jeden Fall versprechen, dass du sehr viel üben wirst.« Die Trainerin nimmt mich ins Visier. »Ich möchte ganz offen zu dir sein, du bist nicht gerade unsere beste Bewerberin gewesen. Aber die anderen haben sich so für dich eingesetzt, dass ich einfach nicht anders konnte. Das Wichtigste ist, dass ihr Mädchen zueinander passt. Und wie ich raushören konnte, passt *du* perfekt ins Team.«

»Es war die richtige Entscheidung«, sagt Abigail. »Mia hat eine Schwäche für Eishockey.«

Damit zwinkert sie mir zu und ich grinse sie vielsagend an.

»Ich verspreche, dass ich hart arbeiten werde.«

»Hart reicht nicht«, sagt die Trainerin. »Du musst bis zum Freundschaftsspiel in drei Tagen zwar noch keine perfekte Choreo beherrschen, denn wir brauchen immer ein paar Mädels, die am Rand die Pompons schwingen und für Stimmung sorgen. Aber dafür brauchst du bis dahin zumindest Fahrsicherheit. Kriegst du das hin?«

»Keine Sorge, sie hat ab heute einen Privattrainer!«, ruft eine angenehm tiefe Stimme von der anderen Seite der Halle.

Sofort drehen alle Mädchen inklusive mir die Köpfe – und ich bin mir sicher, dass sämtliche Herzen im nächsten Moment aus dem Takt geraten. Aber meins besonders. Denn aus dem Kabinengang nähert sich Slater.

Er trägt seine gewohnt lässige Straßenkleidung, Jeans und ein schwarz-weiß kariertes Hemd über einem körperbetonten Shirt. Aber er hat seine Schlittschuhe angezogen und kommt so entspannt auf uns zugefahren, als hätte er in seinem Leben noch nie auf etwas anderem als auf Kufen gestanden.

Das Lächeln, das er in die Runde wirft, ist so umwerfend, dass ich mich am liebsten wieder an der Bande festhalten würde.

Vor allem, als sich sein Blick auf mich heftet.

»Ich werde schon dafür sorgen, dass sie sich auf dem Eis zu Hause fühlt«, verspricht er.

»Mister Thorn.« Die Trainerin klingt verwundert. »Müssen Sie sich neuerdings als Coach für unsere Cheerleaderinnen was dazu verdienen? Ich bin mir sicher, dass Sie sich da schnell einen Kundenstamm aufbauen könnten!«

Ein paar der anderen fangen an zu kichern.

Slater bremst in einer fließenden, eleganten Bewegung, als er uns fast erreicht hat und ein bisschen Eis spritzt auf. »Das klingt verlockend, aber ich glaube, ich konzentriere mich besser nur auf eine von ihnen.«

»Nicht weinen, meine Damen, das Team hat noch andere Spieler«, sagt die Trainerin in einem scherzhaft resignierten Tonfall, ehe sie sich an mich wendet. »Nicht das Training vernachlässigen, Mia. Ich setze auf dich«, sagt sie noch, dann ruft sie, dass für heute Schluss ist.

»Viel Spaß beim Privattraining«, raunt mir Abigail zu, die es kein bisschen zu stören scheint, dass ihre Affäre mit Slater hiermit beendet ist.

»Danke.« Ich sehe Slater entgegen, realisiere, dass ich gleich allein mit ihm sein werde und finde es komisch, wie nervös mich das macht.

Wann habe ich mich wegen eines Mannes zuletzt so gefühlt? Vielleicht in der Highschool? Vielleicht überhaupt noch nie?

Ich sehe den anderen zu, wie sie im Kabinengang verschwinden. Dann blicke ich wieder zu Slater, der vielleicht fünf Meter von mir entfernt steht und mich immer noch so unwiderstehlich anlächelt.

»Hi«, sage ich und mache ein paar unauffällige Schritte in Richtung Rand.

Die Bande liegt hinter mir und ich gerate dabei ganz schön ins Straucheln.

Trotzdem bin ich froh, als ich mich wieder daran festhalten kann.

Slaters Lächeln wird zu einem Grinsen. »Angst, dass ich dich umhaue?«

»Absolut nicht«, lüge ich.

»Okay, dann lass los und fahr eine Runde mit mir.«

Das alles ist noch so neu für mich, dass ich gar nicht weiß, wo mir der Kopf steht. Ich wurde aufgenommen. Slater hat gerade nicht nur erklärt, dass er mit mir trainieren will, sondern er hat auch offiziell vor allen sein Interesse an mir zugegeben. Und noch dazu weiß ich jetzt, dass er Lea nichts angetan hat.

»Na los, trau dich.« Er fährt ein Stück auf mich zu und bremst scharf, sodass abermals Eis aufwirbelt.

Diesmal sprenkelt es mich von oben bis unten. Das war eindeutig Absicht!

»Hör auf, mich nasszuspritzen«, fordere ich.

»Das würde ich ja vielleicht tun, wenn von dir das geringste bisschen Gegenwehr zu erwarten wäre.«

Slater fährt eine kleine Runde und tut dasselbe nochmal, diesmal näher an mir dran, sodass ich noch mehr Eis abbekomme!

Ich wische mir durchs Gesicht, sehe sein herausforderndes Grinsen und kann ihm doch nicht böse sein. Dafür gefällt mir seine Art einfach viel zu gut. Und die Weise, auf die er sich übers Eis bewegt, so sicher, so selbstverständlich.

»Ich will das auch können«, sage ich.

»Das wollte ich hören. Dann komm her.« Er streckt die Arme nach mir aus.

Ich atme einmal tief durch, dann lasse ich die Bande los und komme mit ein paar Zügen auf ihn zu. Breitbeinig, wie es mir die anderen erklärt haben.

Slater begutachtet meine Schritte und fängt an, sich rückwärts zu bewegen, wobei er die Schlittschuhe kaum vom Eis nimmt. Es wirkt, als würde er einfach nur das Gewicht verlagern. So sieht das also aus, wenn man es wirklich kann.

»Hey, wo willst du hin?«, rufe ich.

»Ich bringe dich dazu, ein paar Meter weiter zu fahren.«

»Das war aber nicht abgemacht.«

»Das schaffst du schon«, sagt er. »Die Beine ein bisschen mehr zusammen. Du wirst nicht gleich stürzen.«

Ich tue, was er mir vorschlägt, fühle mich aber direkt etwas wackeliger und werde langsamer.

»Nicht nachgeben, Mia. Wenn du stürzt, bin ich in einer Sekunde bei dir und fange dich auf. Versprochen.«

Wieder macht sich dieses warme Gefühl in mir breit. Diese Sicherheit, von der mir schon gestern Abend bewusst wurde, dass Slater Thorn sie vermitteln kann.

Dabei brauche ich eigentlich gar keine Sicherheit, ich war immer eine Abenteurerin. Und doch stolpere ich kurz, bevor ich ihn erreiche, über meine rechte Kufe und falle ihm entgegen.

Er fängt mich auf und ich rechne fest damit, dass es uns jetzt beide von den Füßen hauen wird.

Aber das tut es nicht.

Zwar rutsche ich aus, aber er packt mich, sodass ich einen Moment lang ziemlich unelegant in der Luft hänge. Dann richtet er mich wieder auf, ich blicke zu ihm hoch.

Und würde am liebsten gleich wieder ein Foto von ihm schießen, einfach um seinen Blick festzuhalten. Die Art, auf die er mich ansieht.

Doch ich schätze, es ist Zeit, dass ich mich ein bisschen davon löse – dass ich einsehe, dass man nicht alles im Leben festhalten kann oder muss. Zumindest nicht auf Bildern. Aber das heißt ja nicht, dass ein Moment wie dieser verloren ist, sobald er vorbei ist. Er geht ganz einfach über in den nächsten. Und der wird möglicherweise noch besser.

Ganz bestimmt sogar.

Denn während Slater mich noch festhält, schiebe ich meine eisigen Finger hinten in sein Shirt, lege sie auf seinen Rücken und bringe ihn damit tatsächlich kurz ins Straucheln.

»Hey!«, ruft er, während er sich wieder fängt.

»Ach, komm schon, Slater, du wirst nicht gleich stürzen«, ziehe ich ihn auf.

»Nimm deine Eisklumpen aus meinem Shirt.«

»Das würde ich ja, wenn von dir das geringste bisschen Gegenwehr zu erwarten –«

Der Rest meines Satzes geht in einem überraschten Schrei unter, als Slater mir einen winzigen Stoß mit der Schulter versetzt.

Ich rutsche aus und er fängt mich wieder auf, diesmal dichter über dem Boden.

Jetzt klammere ich mich mit meinen Eisfingern erst recht an ihn.

»Was war das denn?«, keuche ich.

»Ein Bodycheck«, erwidert er und sieht mir in die Augen. »Davon habe ich eine ganze Menge auf Lager, du bist also besser vorsichtig.«

Ich erwidere seinen Blick, immer noch halb in der Luft hängend, aber weil ich darauf vertraue, dass er mich nicht loslassen wird, nehme ich eine Hand von seinem Rücken und streiche damit sein dunkles Haar aus seiner Stirn. »Warte nur ab, bis wir von diesem Eis runter sind. Dann werde ich deinen Body mal checken.«

Eigentlich war das als Rachedrohung gemeint. Doch schnell fällt mir auf, wie doppeldeutig meine Worte sind und Slater merkt es auch, wie mir sein breites, selbstzufriedenes Grinsen verrät.

»Komm, wir gehen«, scherzt er, richtet sich auf und zieht mich kurzerhand mit sich.

Ich fange an zu lachen. »Slater! Slater, nicht so schnell!«

Im Fahren dreht er sich zu mir um. »Du musst keine Angst haben. Lass dich einfach ziehen. Dir passiert nichts.«

Ich zögere, denn schon jetzt habe ich das Gefühl, dass die Ränge und die Hallenwände mit mindestens hundert Meilen an uns vorbei zischen. Doch dann packe ich seine Hand fester, höre auf, dagegen zu halten und fliege nur so mit ihm übers Eis.

Slater zieht mich hinter sich her, fährt erst geradeaus und macht dann wieder eine Kurve, ändert manchmal ganz abrupt die Richtung und mir wird schwindelig.

Aber trotzdem fühlt sich das hier atemberaubend an. Ich spüre das Adrenalin in meinen Venen und habe fast das Gefühl, als würde ich ein echtes Eishockey-Match mit Slater erleben, die ganze Faszination dieses Spiels.

Aber was mich vor allem fasziniert, ist er.

Wie er sich bewegt, schnell, kraftvoll und doch geschickt. Slater ist groß und kräftig, aber er hat die volle Kontrolle über seinen durchtrainierten Körper und das gefällt mir. Es macht ihn unheimlich sexy und mein Herz klopft wie wild. Das wird auch nicht besser, als er langsamer wird, mich in die Nähe der Bande zieht und schließlich bremst.

Ich lehne mich an die Begrenzung der Eisfläche, Slater kommt nur ein paar Zentimeter vor mir zum Stehen.

»Alles gut?«, fragt er, während ich langsam wieder zu Luft komme.

»Das war der Wahnsinn.«

Slater lächelt. Ich glaube, es ist das erste echte Lächeln, das ich an ihm sehe.

Und es haut mich tatsächlich fast um.

Ich sehe ihn an, brauche eine Sekunde, um meine Stimme wiederzufinden. »Danke«, sage ich dann. »Danke, dass du das mit mir machst.«

»Nichts zu danken«, erwidert er, aber das sehe ich anders.

Eigentlich wollten wir ja was unternehmen, stattdessen trainiert er mich jetzt. Das müsste er nicht tun, er wäre sicher auch froh, mal etwas anderes als die Eishalle zu sehen. Doch er scheint instinktiv gespürt zu haben, dass ich mich über die Aufnahme bei den Cheerleaderinnen gefreut habe und mir diese Chance nicht versauen möchte.

»Slater?« Während er sich links und rechts von mir an der Bande abstützt, sehe ich zu ihm auf.

»Hm?«, macht er.

»Kann ich dir was sagen, ohne dass du es in den falschen Hals bekommst?«

»Ich werd's mal versuchen.« Er zwinkert mir zu und mir wird ein bisschen warm.

Doch ich zwinge mich, seinem Blick standzuhalten. »Es tut mir echt leid, dass ich nicht gleich ehrlich zu dir war. Du bist … ganz, ganz anders, als ich anfangs dachte«, gebe ich zu. »Und zwar auf eine unglaublich gute Art.«

Slater reagiert anders als gedacht.

Er sieht mich noch einen Moment lang an und ein Schatten huscht über seine Augen. Dann richtet er sich auf und sieht über mich hinweg. »Ich bin nicht perfekt, Mia.«

Ich versuche, seinen Blick wieder einzufangen. »Das meine ich doch auch gar nicht.«

»Es gibt da ein paar Dinge …«, fährt er fort, als hätte er mich gar nicht gehört. »Ein paar Dinge, die deine Meinung über mich ganz schnell ändern könnten. Glaub mir.«

Ich richte mich nun ebenfalls auf, auch wenn ich dadurch noch lange nicht an seine Körpergröße heranreiche. »Slater.«

Er sieht mich an.

»Ich würde niemals erwarten oder glauben, dass ein anderer Mensch *perfekt* ist«, sage ich ernst. »Wir haben alle unsere Schwächen und hättest du keine, würde bei dir was nicht stimmen.«

»Und wenn es mehr ist als eine Schwäche?«, fragt er.

Ich sehe ihn immer noch an. »Zum Beispiel?«

Egal, wie sehr ich mich bemühe, ich kann mir beim besten Willen nichts vorstellen, das so schlimm wäre, dass es meine Meinung über ihn wieder ins Gegenteil verkehrt. Ich fing ja schon an, ihn zu mögen, als ein Teil von mir noch dachte, er würde meine Schwester bedrohen!

Slater fährt sich mit der Hand über den Nacken, scheint nach den richtigen Worten zu suchen. Dann sagt er: »In der letzten Zeit war alles vergleichsweise einfach geregelt bei mir. Ich war nicht auf der Suche nach was Festem und das war auch gut so, weil es … nicht gegangen wäre. Aber jetzt? Keine Ahnung, wohin das mit uns führt, Mia, aber ganz sicher nicht zu einer losen Bettgeschichte. Dafür mag ich dich zu sehr. Doch alles, was darüber hinaus geht ...«

»Du hast Angst«, stelle ich fest.

»Nein, Unsinn.«

»Doch, das glaube ich schon. Und ich verstehe es sogar. Es ist nicht leicht, die Dinge einfach auf sich zukommen zu lassen, wenn man es gewohnt ist, alles unter Kontrolle zu haben.«

Slater sieht mich an, lange und nachdenklich. Dann erwidert er: »Das Einzige, wovor ich Angst habe, ist, dass du dich auf mich einlässt und in einem Käfig landest, in dem du niemals sein solltest. Das weiß ich, weil ich selbst in diesem Käfig bin. Und glaub mir, da willst du nicht hin.«

Damit wendet er sich von mir ab, fast schon abrupt, und tritt die Flucht in Richtung Kabinengang an.

»Slater!«, rufe ich ihm nach.

Soll es das jetzt gewesen sein, oder was? Ein paar kryptische Worte, mit denen er einfach verschwindet?

Irgendwie macht mich das sauer. Aber noch vielmehr macht es mich betroffen. Denn was immer es ist, von dem er da gesprochen hat, es klingt, als gäbe es etwas in seinem Leben, das ihn extrem belastet. So sehr, dass er andere Menschen von sich fernhält, weil er anscheinend glaubt, sie könnten diese Last nicht stemmen.

Kurzerhand stoße ich mich von der Bande ab und folge ihm. Ich kann ihn so nicht gehen lassen.

Ich fahre ebenfalls in Richtung der Kabinen – und habe auf dem Weg übers Eis kein einziges Mal Angst, zu stürzen.

KAPITEL 10

SLATER

Ich höre Mia von der Eisfläche meinen Namen rufen, während ich bereits die Kabinentür erreiche. Ich war ein Idiot. Das hätte mir schon nach gestern Abend klarwerden müssen, aber so richtig bewusst wurde ich mir erst darüber, als ich das Vertrauen in Mias Augen sah.

Während ich sie über das Eis zog, fühlte sie sich sicher bei mir. Und die Worte, die sie danach sagte ...

Aber bei allem, was in der letzten Zeit passiert ist, ist leider ziemlich klar, wie mein Leben weiter verlaufen wird. Es wird bergab gehen, erst langsam, dann rapide.

Runter in Tiefen, von denen ich nicht will, dass sie sie kennenlernt.

Letzte Nacht konnte ich wieder kaum ein Auge zumachen. Es ist nur eine Frage der Zeit, bis der nächste Blackout kommt. Und was dann?

Nachdem ich minutenlang auf der Bank in der Umkleide gesessen und über Dinge nachgedacht habe, die am Ende doch keinen Sinn ergeben, ziehe ich jetzt die Schlittschuhe aus und feuere sie frustriert in meinen Spind. Dann verlasse ich die Halle, zügig, bevor Mia noch auf die Idee kommt, mir zu folgen. Es war nicht ganz fair, sie an der Bande stehen zu lassen, sie wird bestimmt ewig brauchen, um sich übers Eis zu den Kabinen zu arbeiten.

Aber das musste sein, denn es fiel mir auch so schon schwer genug, mich von ihr zu lösen. Eine weitere Konfrontation hätte es nicht leichter gemacht.

Ich verlasse die Eishalle und laufe los in Richtung Parkplatz, ohne wirklich zu wissen, wohin ich will.

Heute steht nichts mehr an, aber nach Hause möchte ich auch nicht. Da muss ich noch früh genug hin.

Ich könnte Tom anschreiben. Das Wetter ist schön und bei ihm und den Jungs geht mit Sicherheit irgendwas. Aber ehrlich gesagt habe ich weder Lust auf irgendeine Party noch darauf, mich über mein Date mit Mia ausfragen zu lassen.

Oder Tom Rede und Antwort darüber zu stehen, wieso mein heutiges Treffen mit ihr so schnell vorbei war.

Vielleicht fahre ich ins Kino. Da war ich früher auch schon oft allein. Wenn man nach Vorstellungsbeginn kommt, sich nach hinten setzt und kurz vor Filmende wieder geht, kann man dort wirklich seine Ruhe haben; selbst, wenn man ich ist.

Andererseits wäre es wohl klüger, eine Sonderschicht einzuschieben.

Ich überquere den Campus und grüße dabei beiläufig die vielen anderen Studenten und vor allem Studentinnen, die mit einem »Hi, Slater«, an mir vorbeigehen.

Erst als ich den Strawberry Creek erreiche, von dem aus ich zum Parkplatz gelange, wird es leerer. Und stiller. Sogar ein bisschen dunkel, denn die Sonne steht schon tief und ist drauf und dran, hinter den hohen Bäumen zu verschwinden.

Ich hole meinen Autoschlüssel aus der Hosentasche und versuche –

»Kennst du den Film *It follows*?«

Schnell blicke ich auf, drehe mich um und entdecke Mia.

Ich hätte nicht erwartet, dass sie es so schnell übers Eis schafft. Eigentlich hätte ich gar nicht gedacht, dass ich sie heute nochmal sehen würde.

Dennoch ist sie mir gefolgt und steht nun in ihren normalen Klamotten, engen schwarzen Jeans und einem grauen, geknöpften Top, ein Stück hinter mir auf dem Spazierweg des Groves.

Ihre Wangen sind rot, weil sie sich so beeilt hat. Aber ansonsten wirkt sie vollkommen ruhig, so viel ruhiger, als ich mich fühle. Sie steht einfach nur da und wartet darauf, dass ich ihr eine Antwort auf ihre komische Frage gebe.

»Ja, den kenne ich«, sage ich.

Er handelt von einer unheimlichen, übersinnlichen Präsenz, die denjenigen verfolgt, der mit ihrem Fluch belegt worden ist, und ihn umbringt, sobald sie ihn erreicht hat.

Ich muss trotz allem lachen, weil Mia sich mit diesem Dämon, oder was auch immer es ist, vergleicht. Sie sollte vielleicht mal einen Blick in den Spiegel werfen.

»Du spinnst«, sage ich.

Mia deutet ein Lächeln an und kommt näher. »Zuerst wollte ich einfach dramatisch deinen Namen rufen, aber darauf hast du ja gerade auf dem Eis schon nicht reagiert.«

»Weißt du, es war …« Wie sage ich das jetzt, ohne sie zu verletzen? »Es war keine Kurzschlussreaktion, dass ich gegangen bin.«

»Dass ich dir gefolgt bin, auch nicht.«

»Aber an den Dingen, die zwischen uns stehen, hat sich seit gerade nichts geändert«, erwidere ich und spüre selbst, wie bitter diese Worte schmecken.

Mia greift nach meiner Hand, hakt lose ihre Finger in meine. »Ich werde aus dir nicht schlau, Slater. Das gebe ich ganz offen zu. Aber deswegen bin ich auch nicht hier.«

Sie sieht einen Moment lang gedankenverloren auf unsere Hände, dann schaut sie mich wieder an.

»Ich bin hier, weil ich gespürt habe, wie sehr dich diese Sache, über die du nicht redest, belastet. Und das stört mich, verstehst du? Weil ich möchte, dass es dir besser geht.«

Ich schüttle den Kopf. Wie soll ich ihr das nur erklären?

»Es geht mir nicht schlecht, Mia, es ist nur …«

»Du siehst müde aus. Und du wirkst frustriert. Und da ist irgendwas … etwas, das du für dich behältst, auch wenn es für dich allein eigentlich zu groß ist.« Mia legt eine Hand auf meine Brust und ich kann nicht anders, als auf ihre Finger zu sehen. »Darum das Tattoo, richtig? Weil dich irgendwas einsperrt. In diesen Käfig, von dem du gesprochen hast.«

Immer noch sehe ich auf ihre Hand. Ihre Finger sind schlank und zart. Ich wüsste gern, wie sie sich an genau dieser Stelle anfühlen würden, wenn kein Stoff zwischen uns wäre.

»Und das andere, der Kompass ohne Pole.« Gedankenverloren streicht sie mit den Fingern über meine Brust und ich habe Schwierigkeiten, ihrer Berührung nicht einfach nachzugeben. »Was bedeutet das? Dass du nicht weißt, wohin?«

»So schlimm ist das alles nicht«, lenke ich ab und nehme Mias Hand in meine.

»Du musst es nicht runterspielen. Du musst es mir auch nicht erzählen, auch wenn du das natürlich kannst. Aber ...« Ich sehe an der plötzlichen Unruhe in ihrem Blick, dass ihr die folgenden Worte nicht leichtfallen. »Aber stoß mich nicht weg, wenn du das in Wahrheit gar nicht möchtest.«

Sie wegstoßen. Das ist so ungefähr das Letzte, was ich will.

Ich wollte sie kennenlernen, dann sollte ich jetzt, wo sie es zulässt, kein gottverdammter Feigling sein.

Mia sieht mich noch einen Moment lang an, dann löst sie ihre Finger sanft von meinen, denn mein Schweigen scheint für sie Antwort genug gewesen zu sein.

Aber ich lasse nicht zu, dass sie sich von mir entfernt. Ich packe ihr Handgelenk, ziehe sie näher an mich heran und schlinge den Arm um ihre schlanke Taille.

»Ich will dich nicht wegstoßen«, sage ich leise. »Im Gegenteil.«

Damit beuge ich mich zu ihr hinunter und küsse sie.

MIA

Ich muss mich auf die Zehenspitzen stellen, um Slater küssen zu können. Oder, besser gesagt, mich von ihm küssen zu lassen.

Es ist nicht so, dass ich in den letzten Jahren mit niemandem geknutscht hätte. Aber bei keinem dieser Männer schlug mein Herz schneller, noch ehe seine Lippen meine überhaupt berührten.

Doch Slater hat eine ganz andere Wirkung auf mich.

Ich schließe die Augen, spüre für einen Wimpernschlag seinen Atem auf meiner Haut. Dann berührt sein Mund meinen, ganz sacht, so als würde er selbst erstmal austesten wollen, wie meine Lippen sich unter seinen anfühlen. Doch als er im nächsten Augenblick den Mund öffnet, kann ich nicht anders, als es ihm gleichzutun. Ich lasse zu, dass er mich küsst, kurz und ohne Zunge, wie um erst einmal von mir zu kosten.

Ich lächle leicht, beuge mich ein wenig vor und tue dasselbe wie er, erwidere seinen Kuss kurz und beinahe flüchtig.

Doch als ich schon glaube, dass dieses langsame Herantasten Teil des Spiels ist, dass wir uns Zeit lassen, einander in Ruhe erkunden werden, belehrt mich Slater eines Besseren.

Seine Hand löst sich von meinem Arm, legt sich in mein Gesicht. Sein Mund berührt meinen und seine Zunge gleitet zwischen meine geöffneten Lippen, findet meine und beginnt sie auf eine Art zu umspielen, die dafür sorgt, dass meine Knie unter mir nachzugeben drohen.

Slaters Kuss, der gerade noch vorsichtig war, fühlt sich jetzt unendlich intensiv an, seine Lippen, die warm auf meinen liegen, scheinen ganz genau dorthin zu gehören.

Ich lege die Arme um ihn, genieße es, seinen kraftvollen Körper so dicht bei mir zu spüren, ihn zu berühren, mich an ihm festzuhalten, während sein Kuss alles in mir weicher werden lässt.

Von mir aus könnte das hier niemals aufhören. Oder zumindest nicht für die nächsten Stunden. Ich glaube, ich könnte einen ganzen Abend damit verbringen, Slater wieder und wieder zu küssen.

Aber es hört auf, und zwar viel zu schnell.

Ein leises *Bsssst, bsssst* lässt uns beide aufschrecken; vielleicht, weil es in der Stille des kleinen Parks so laut klingt.

Slater blinzelt, dann ertönt das Geräusch erneut und während ich vollkommen atemlos versuche, wieder in der Realität anzukommen, zieht er mit einer fahrigen Bewegung sein Handy aus der Hintertasche seiner Jeans.

Er blickt darauf und sein Blick verfinstert sich wieder. »Fuck«, sagt er.

»Probleme?«, frage ich mit heiserer Stimme.

»Ja, ich meine, nein, mach dir keine Sorgen. Aber ich muss ... Ich muss jetzt wirklich los.«

Er muss los? Ausgerechnet jetzt? Das kann nur bedeuten, dass etwas wirklich Heftiges vorgefallen ist und die Tatsache, dass praktisch alle Farbe aus Slaters Gesicht gewichen ist, spricht dieselbe Sprache.

»Tut mir leid«, sagt er. »Ich melde mich. Versprochen.«

Damit wendet er sich ab und eilt davon, als wäre er auf der Flucht.

Kopfschüttelnd sehe ich ihm nach. Diesmal folge ich ihm nicht. Ich habe ihm klar gemacht, dass ich für ihn da bin, wenn er das will und ich hoffe, das ist auch so bei ihm angekommen. Mehr kann ich jetzt gerade nicht tun.

Ich hätte nicht gedacht, dass mir Slater Thorn solche Rätsel aufgeben würde. Ich hätte allerdings auch nie gedacht, dass er mich mal auf diese Weise küssen würde. Und auch, wenn sein Abgang mehr als komisch war, lässt er mich mit einem Glücksgefühl zurück.

***

»Kelly?« Ich stoße die Wohnungstür mit dem Fuß auf und balanciere das Party Pack mit den Nacho Cheese Doritos und den Crunchy Tacos vor mir her. »Ich habe Essen dabei!«

Sofort kommt Kelly aus ihrem Zimmer. »Rieche ich etwa Tacos?«

Ich trete die Tür hinter mir zu und komme rein. »Ein ganzes Party Pack nur für uns beide.«

Kelly sieht mich an und wirkt dabei ein bisschen hin- und hergerissen.

»Es tut mir leid, wie ich mich verhalten habe.« Ich hebe den Deckel der Packung an und ein würziger Geruch strömt mir entgegen. Käse, Peperoni und scharfes Hackfleisch. »Frieden?«

Kelly tut so, als müsse sie überlegen, dabei sehe ich in ihren Augen, dass sie mir längst verziehen hat. Sie wiegt den Kopf hin und her, dann hat sie sich offenbar genug geziert. Schmunzelnd greift sie nach der Packung. »Na, gib schon her!«

Ich überlasse ihr die Tacos und folge ihr in ihr Zimmer, das deutlich größer ist als meins und sogar ein Sofa besitzt. Während wir es uns darauf gemütlich machen und das Essen vor uns ausbreiten, überlege ich, wie ich anfangen soll.

Am besten mit der Wahrheit.

»Ich muss mit dir über Slater reden«, sage ich.

Kellys Blick zuckt zu mir rüber. Ein Käsefaden hängt ihr von der Lippe. Sie stopft ihn zusammen mit einem Stück Taco in ihren Mund und schweigt.

»Ich habe mich da in etwas verrannt, du hattest Recht. Die ganze Sache war ein riesiges Missverständnis.« Ich nehme mir einen Dorito und beiße hinein, wobei ich abwäge, wie viel ich ihr sagen kann. »Slater war gar nicht Leas Freund.«

Jetzt weicht die Skepsis in Kellys Blick Erstaunen. »Nicht?«

Ich verneine und beschließe, vorerst für mich zu behalten, mit wem meine Schwester stattdessen zusammen war. »Nach dem Treffen mit ihm ist mir klargeworden, dass er gar nicht so verkehrt ist. Alles, was er gesagt und gemacht hat, wirkte einfach nicht unehrlich. Da habe ich Lea zur Rede gestellt. Ich wollte wissen, was er ihr genau angetan hat und dabei kam es raus. Sie war mit jemand anderem zusammen.«

»Und das Tattoo?«

Ich winke ab. »Lange Geschichte. Jedenfalls sieht es so aus, als wäre nicht Slater der verlogene Mistkerl. Na ja, sondern als wäre *ich* es beinahe gewesen. Stell dir bloß vor, ich hätte meinen Plan wirklich in die Tat umgesetzt.«

»Wow. Das nenne ich mal Neuigkeiten.« Kelly schnappt sich den nächsten Taco und sieht mich nachdenklich an. »Weiß er, dass du dich nur aus Rache mit ihm getroffen hast?«

Ich schüttle den Kopf. »Meinst du, ich muss es ihm sagen? Einerseits denke ich, dass es richtig wäre. Andererseits würde er es sicher nicht verstehen und mich wahrscheinlich zum Teufel jagen.«

Nervosität macht sich in mir breit, als Kelly schweigend isst und offenbar über meine Frage nachdenkt.

Muss ich Slater sagen, dass ich vorhatte, ihn nur zu benutzen?

Das zwischen uns ist noch so frisch, diese Beichte könnte alles zum Einsturz bringen. Außerdem habe ich es ja nicht getan. Ich habe ihn nicht benutzt. Dass ich mich ihm gegenüber zuerst verstellt habe, weil ich ihn für einen Arsch hielt, weiß er, das muss für den Anfang reichen. Alles, was danach zwischen uns stattgefunden hat, war nicht gespielt. Wenn ich ihm jetzt die Wahrheit verrate, wird er das aber vermutlich glauben.

»Du magst ihn, hm?«

»Ziemlich sogar«, gebe ich zu und wundere mich selbst darüber, wie sich gerade alles entwickelt. »Ich bin mit total verrückten Vorurteilen an diese Uni gekommen. Ich bin davon ausgegangen, dass die tollen Sportler alle Machos sind, dass die Cheerleaderinnen falsche Zicken wären und Leute, die anders sind, die kompletten Außenseiter. Dass ich es hier schwer haben würde. Aber das war total blöd und verblendet von mir.«

Ich muss an Abigail und Malcolm denken. Ein ungleiches Paar. Trotzdem hoffe ich, dass aus den beiden etwas wird.

»Die Einzige, die hier ihrem Klischee entsprochen hat, warst du«, stellt Kelly mit einem nachdenklichen Schmunzeln fest.

»Kann man wohl so sagen.« Ich habe mich als Freak aus der Savanne gesehen. Als Rächerin. »Ich habe mich idiotisch verhalten.«

»In der Tat«, stimmt mir Kelly zu, dann dreht sie sich auf dem Sofa ein Stück zu mir herum und wird ernster. »Weißt du, ich halte ja selbst nicht so viel von dem Kult um die Sportler. Aber ich würde dir wirklich gönnen, dass das mit dir und Slater gut ausgeht.« Sie blickt mich eindringlich an. »Sag ihm nichts. So wie ich das sehe, hast du deinen Plan nie in die Tat umgesetzt. Er muss nicht wissen, was du geglaubt hast. Du kannst denken, was du willst. Darüber bist du ihm keine Rechenschaft schuldig. Irgendwann kannst du ihm erzählen, dass du anfangs wütend auf ihn warst, weil du dachtest, dass er Lea schlecht behandelt hat. Aber noch nicht jetzt.«

Ich denke darüber nach, dass auch Slater nicht ganz offen zu mir ist.

Macht das einen Unterschied für mich?

Im Augenblick nicht.

Ich hatte noch nicht viele Beziehungen, aber eins ist mir klar: Man muss nicht sofort alles über den anderen wissen. Es gibt so viele Dinge, die man erst nach und nach erfährt. Manches erfährt man vielleicht sogar nie. Und andere Sachen lassen sich erst beichten, wenn man sich bereits besser kennt. Wenn der Partner weiß, wie er mit der Wahrheit umzugehen hat, wie er sie einordnen soll.

»Danke.« Ich lächle Kelly an.

Sie hebt einen Dorito und nuschelt kauend: »Ich habe zu danken!«

Ich lehne mich zurück und horche in mich hinein. Es fühlt sich gut an, welche Wendung der heutige Tag genommen hat.

»Was ist mit dem Cheerleading?«, fragt Kelly nach einem Moment.

»Ich werde damit weitermachen. Ich habe gedacht, dass ich mich niemals unter den Mädels dort zurechtfinden würde, aber sie sind alle extrem nett und das Training macht Spaß. Ich werde langsam besser auf dem Eis.«

»Das hört sich doch gut an.« Kelly sieht mich aufrichtig erfreut an. »Weißt du, als du herkamst, habe ich schon befürchtet, dass du bist wie Lea. So ein verbohrtes Partygirl. Dann dachte ich, du bist einfach total verrückt.«

Ich muss lachen.

Kelly grinst ebenfalls, aber dann wird sie ernst. »Doch du bist viel besser als das, Mia. Wenn du dich auf was einlässt, dann zu hundert Prozent. Das ist eine tolle Eigenschaft, die du dir nie nehmen lassen darfst.«

Sie schnappt sich einen weiteren Dorito und ich beiße in einen der scharfen Tacos. Damit ist das Thema erstmal erledigt.

Eine Weile essen wir beide schweigend, dann fragt Kelly: »Was hast du heute noch vor?«

»Eigentlich nichts«, gebe ich zu.

»Kannst du mir zeigen, wie man Fotos entwickelt?«

Kellys Frage überrascht und freut mich zugleich. »Ja, na klar, gerne! Wir können sofort ins Labor fahren.«

»Ich wollte schon immer mal wissen, wie das geht. Und da ich jetzt sozusagen an der Quelle sitze ...«

»Aber versprich mir nur eins«, scherze ich. »Kein Elvis in Hörsturz-Lautstärke!«

Kelly sieht mich empört an. »Frevler«, schimpft sie, dann hält sie mir die Hand hin. »Versprochen. Wir hören stattdessen Johnny Cash.«

***

»So, das wäre es dann.« Ich fische das letzte Foto aus dem Wasserbad und bringe es hinüber zu Kelly, die bereits im Trockenraum auf mich wartet.

Sie nimmt mir das Bild ab und hängt es neben die anderen, die wir bereits entwickelt haben, an die Leinen.

Meine neue Uni ist in Sachen Analogfotografie bestens ausgerüstet. Wir haben eine Entwicklungsmaschine für Farbfilme, aber auch die Möglichkeit, auf altmodische Art Abzüge zu erstellen. Ich habe Kelly diese Vorgehensweise gezeigt und sie hat ziemlich schnell gelernt.

»Das Bild ist der Wahnsinn«, sagt sie und deutet auf das Foto von Slater, das ich in der Umkleide geschossen habe. Ich habe es vorhin mit meiner alten analogen Kamera abfotografiert, damit wir ein paar mehr Motive haben als nur uns beide.

»Ich mag es auch sehr.« Ich trete näher an das Foto heran. Es gefällt mir, auch wenn es nicht halb so gut ist wie das Original. Slaters nachdenkliche Art auf dem Foto spiegelt ihn perfekt wider. Auch im Rotlicht der

Dunkelkammer kommt sein Blick so gut zur Geltung und ist so intensiv, dass ich mich frage, wie ich jemals wieder so ein ausdrucksstarkes Foto schießen soll.

»Weiß er davon?«

Ich kräusle die Nase. »Nein. Aber das kann ich ihm sagen, oder?«

Kelly lacht. »Er wird dich zwar für eine durchgeknallte Spannerin halten, aber ja, du kannst es ihm sagen. So bist du eben.«

»Was soll das denn heißen?« Empört sehe ich Kelly an.

»Tut mir leid, wenn ich dein Weltbild zerstört habe, Mia, aber du hast sie nicht alle.«

»Ich hoffe nur, Slater merkt das nicht«, sage ich.

Kelly lehnt sich an die Wand des Trockenraums. »Hat er dich eigentlich schon gefragt?«

»Was gefragt?« Ich verstehe nicht, was sie meint. Für einen Antrag ist es wohl noch viel zu früh.

»Ob du mit ihm zum Sommerball gehst.«

Ach, das meint sie. Ich habe Plakate von diesem Ball gesehen, aber eigentlich nicht vorgehabt, hinzugehen.

»Worüber denkst du nach? Hast du auch schon wieder Vorurteile, was den Ball angeht?«

Habe ich? Irgendwie schon. Aber es wird Zeit, dass ich dagegen angehe. »Meinst du nicht, Slater hat schon eine Begleitung?«

»Wenn er eine Begleitung für den Ball hat und dich trotzdem datet, dann ist er genau die Art von Aufreißer, von der du am Anfang ausgegangen bist.«

»Du hast Recht«, gebe ich zerknirscht zu und stelle fest, dass mir die Vorstellung, er könnte mit einer anderen hingehen, so gar nicht gefällt.

»Er wird dich fragen«, bestimmt Kelly. »Wenn er es ernst mit dir meint, wird er dich fragen. Auf dem Ball sind alle und es ist der ideale Zeitpunkt, sich zum ersten Mal mit dir zu zeigen. Wenn er mit einer anderen hingeht, dann schieß den Kerl in den Wind.«

»Das werde ich«, verspreche ich, auch wenn ich nicht davon ausgehe, dass das nötig sein wird.

Slater ist nicht so ein Typ. Das hat er mir mittlerweile mehr als oft genug bewiesen.

***

Der nächste Tag ist glaube ich der erste, seit ich in Berkeley bin, der vollkommen normal verläuft.

Ich sitze in meinen Vorlesungen, lausche Professor Dohertys Abhandlungen über das Foto als Unterhaltungsmedium und meinen anderen Dozenten, die über die Geschichte der Fotografie sowie die mediale Bedeutung politischer Bilder berichten. Das alles, ohne dass ich irgendwelche Intrigen im Hinterkopf habe, die mir doch nur Kopfzerbrechen bereiten.

Natürlich will ich immer noch wissen, was Lea zugestoßen ist, aber ich werde nicht mehr versuchen, es mit aller Macht herauszufinden.

Entweder, sie erzählt es mir von selbst oder eben nicht. Notfalls könnte ich vielleicht auch Slater fragen, was vorgefallen ist. Aber lieber wäre es mir, ihn da rauszuhalten.

Slater.

Ob er mich wirklich wegen des Balls fragen wird? Der Gedanke, dass er vielleicht mit einer anderen hingehen könnte, macht mich unheimlich nervös.

Das Ende der Vorlesung reißt mich aus meinen Gedanken.

Ich packe meine Sachen zusammen, stopfe alles in meinen Rucksack und verlasse mit dem Strom der anderen Studenten den Hörsaal.

»Miss Carson?«

Professor Edwards, die Dozentin meiner letzten Vorlesung vor der Mittagspause, ruft mich zurück.

An der hölzernen Doppeltür drehe ich mich zu ihr um.

Edwards wartet, bis alle außer mir draußen sind, dann sagt sie: »Auch wenn politische Fotografie nicht das Spezialgebiet Ihres Vaters ist, wäre es schön, wenn Sie in meiner Vorlesung geistig etwas anwesender wären. Sie haben heute keine einzige Zeile mitgeschrieben.«

»Ich gebe zu, dass ich abwesend war«, sage ich. »Aber das hatte nichts mit meinem Vater zu tun. Dass ich heute nicht zugehört habe, lag einzig und allein daran, dass ich etwas ganz anderes im Kopf hatte.«

»Und das wäre?«

»Ob der Mann, den ich im Moment date, mich zum Sommerball einlädt«, gebe ich unverblümt zu, denn alles ist mir lieber, als wenn meine Dozenten glauben, ich würde nur versuchen, eine Kopie meines Vaters zu werden.

Professor Edwards misst mich mit einem überraschten Blick, dann werden ihre Züge weicher. »Dann rate ich Ihnen, jetzt zu gehen und dem Jungen Feuer unter dem Hintern zu machen, der Ball ist ja schon morgen.«

Mit dem Versprechen, genau das zu tun, verlasse ich den Saal und schaue auf mein Handy.

Keine Nachricht von Slater seit gestern Abend. Nach dem Kuss hätte ich schon erwartet, dass er irgendwas sagt.

»Carson!«, bellt eine Stimme hinter mir.

Ich drehe mich um – und entdecke ausgerechnet Tom.

Slaters dunkelblonder Freund stößt sich von der Wand neben der Hörsaaltür ab und kommt auf mich zu. Hat er etwa auf mich gewartet?

Ich verschränke die Arme vor der Brust und sehe ihm finster entgegen. Seit ich weiß, dass er der Mistkerl ist, der Lea terrorisiert, kann ich ihn noch weniger leiden. Aber ich darf ihn von Lea aus nicht mit Vorwürfen überschütten, daher frage ich nur: »Was willst du?«

»Ich will, dass du mir sagst, wo Slater ist.«

»Bitte?« Vollkommen verwirrt sehe ich ihn an.

Woher soll ich das wissen? Tom studiert doch mit ihm Sport.

»Ich weiß, dass ihr euch gestern Nachmittag getroffen habt. Du warst damit die Letzte, die ihn gesehen hat und heute Morgen ist er nicht in der Uni aufgetaucht. Also?«

Ich starre Tom an und weiß nicht, ob ich ihm eine knallen oder ihn ganz einfach auslachen soll. »Worauf willst du hinaus, dass ich ihn ermordet und seine Leiche in der Bay versenkt habe?«

»Nein«, grummelt er. »Natürlich nicht. Ich will nur wissen, ob gestern Abend irgendwas vorgefallen ist. Denn es sieht ihm nicht ähnlich, einfach nicht aufzutauchen, ohne sich krank zu melden oder zumindest einem von uns Jungs Bescheid zu geben. Und an sein Handy geht er auch nicht.«

»Wir waren auf dem Strawberry Creek, er bekam einen Anruf und sagte, dass er jetzt los muss.«

Tom mustert mich misstrauisch. »Das ist alles?«

»Warum sollte ich dich anlügen?«, frage ich ungehalten.

»Weißt du, wer angerufen hat?«, löchert er mich ungeachtet meiner Gegenfrage weiter.

»Nein, das konnte ich nicht erkennen.«

»Na schön. Dann gib mir Bescheid, falls du was hörst.«

»Ich habe deine ...«

Tom zieht kurzerhand mein Handy aus dem Seitenfach meines Rucksacks und speichert mir seine Nummer ein. »Wobei du eigentlich auch deine gute Freundin Lea Myers danach fragen könntest«, knurrt er dabei und klingt so verachtungsvoll, dass ich ihm am liebsten an die Gurgel gehen will.

»Nimm ihren Namen besser nie wieder in den Mund«, zische ich.

Überrascht blickt Tom von meinem Display auf. »Was hat sie dir erzählt?«, will er wissen.

»Nichts«, sage ich schnell.

»Das kauf ich dir nicht ab.«

»Nicht mein Problem.« Ich reiße ihm das Handy aus den Fingern.

Tom, dessen Blick noch finsterer geworden ist, sieht sich kurz um, ehe er auf mich zukommt und mit leiser Stimme sagt: »Richte ihr von mir aus, dass sie besser aufpassen und sich verdammt nochmal fernhalten soll. Dazu zählt nicht nur die Uni, sondern auch die Partys, auf denen sie sich so gerne rumtreibt.«

Damit wendet er sich ab und stürmt davon.

Ich sehe ihm nach, ungläubig, zornig und hilflos zugleich.

Wieso glaubt er, Lea solche Befehle erteilen zu können? Was hat er gegen sie in der Hand? Warum ist Slater mit einem solchen Widerling befreundet?

Und wo steckt er überhaupt?

Ich sehe auf die Uhr. Die Mittagspause hat gerade erst begonnen. Wenn ich mir nochmal Kellys Auto borge, könnte ich ganz einfach bei ihm vorbei fahren. Wo die Villa der Thorns steht, weiß sie mit Sicherheit.

Kurzerhand setze ich mich in Bewegung und versuche währenddessen, Slater anzurufen.

Aber Tom hat Recht.

Er geht nicht ran.

***

Die Villa liegt in den sogenannten Uplands, dem feinsten Stadtteil von Berkeley, gleich an der Grenze zum Siesta Valley. Als ich dort ankomme, ist die Pause halb vorbei, aber selbst wenn ich zu spät zurück an der Uni bin, ist mir das egal. Denn Toms seltsamer Auftritt hat mich echt in Sorge versetzt.

Was, wenn Slater gestern auf dem Heimweg irgendetwas zugestoßen ist?

Schnell steige ich aus dem Wagen und gehe auf das schmiedeeiserne Tor zu, welches das Thorn-Grundstück begrenzt. Dahinter erkenne ich eine lange, gewundene Zufahrt, die von sorgsam gestutzten Büschen gesäumt wird. Weiter hinten befinden sich eine Doppelgarage mit geschlossenen Toren und eine Villa in neuenglischem Stil, die eigentlich gar nicht an die

Westküste passt. Auf der linken Seite jenseits des Gebäudes entdecke ich einen Pool, dessen türkisfarbenes Wasser in der Sonne glitzert. Ein paar Blätter schwimmen darin, so als hätte ihn seit einer Weile niemand benutzt. Alles wirkt teuer und edel, aber nicht so glamourös, wie ich es bei einem Hollywoodstar erwartet hätte. Ich kann auch nirgendwo Securitys ausmachen. Zu Hause in L.A. wurden die Villen der Promis immer von finster aussehenden Sicherheitsleuten bewacht, hier allerdings entdecke ich keine Menschenseele.

Und noch etwas ist seltsam: Die Fenster sind alle dunkel und ich glaube, dass sämtliche Vorhänge zugezogen sind.

Hoffentlich geht es Slater gut.

Ich drücke den Finger auf die Klingel, doch erst einmal passiert gar nichts.

Kein Knacken in der Leitung, keine Sicherheitsmänner, die doch noch aus den Büschen springen. Niemand zieht im Haus einen Vorhang auf, um zu gucken, wer da ist und auch die Kameras auf der Zaunkrone drehen sich nicht zu mir.

Alles wirkt still und verlassen.

Dann, auf einmal, ertönt doch noch ein leises Rauschen und eine angespannt klingende Stimme fragt: »Wer ist da?«

Es dauert eine Sekunde, bis ich sie als Slaters erkenne. Er hört sich so anders an, was nicht nur daran liegt, dass er durch die Sprechanlage mit mir redet. Irgendwie klingt er ernster.

»Ich bin es, Mia«, sage ich vorsichtig.

Kurzes Schweigen am anderen Ende der Leitung. Dann sagt Slater: »Mia, hi. Was gibt's?«

Er klingt wie ein Fremder, der sich bemüht, wie Slater zu klingen.

»Du warst nicht in der Uni«, sage ich.

»Mir geht's nicht so gut.« Irgendwie erwarte ich, dass er noch mehr sagen wird, sich mir irgendwie erklären wird; seine Einsilbigkeit irritiert mich. Irgendwas stimmt bei ihm nicht, das spüre ich genau.

»Kann ich irgendwas für dich tun?«

»Nein. Mia, ich ... kann dich nicht reinbitten, okay? Ich kann jetzt auch nicht rauskommen. Wir sehen uns morgen in der Uni. Mach dir bis dahin bitte keine Gedanken.«

Mir keine Gedanken machen, das sagt sich so leicht.

»Mia? Bist du noch da?«

»Ja, ich bin noch hier«, sage ich. »Aber ich fahre jetzt zurück zur Uni. Wir sehen uns dann morgen, Slater. Pass bitte auf dich auf.«

Damit wende ich mich von der Sprechanlage ab und versuche, nicht besorgt, traurig oder enttäuscht zu sein. Trotzdem kann ich nicht verleugnen, dass es mir nicht gefällt, dass er immer rätselhafter für mich wird.

Ich setze mich in Bewegung, um zurück zum Auto zu gehen, als Slaters Stimme doch noch mal aus der Sprechanlage dringt.

»Mia?!«

Ich bleibe stehen, drehe mich doch wieder um. »Ja?«

»Warte, ich muss dich noch was fragen.«

Ich blicke auf den Lautsprecher und finde dieses Gespräch von Sekunde zu Sekunde seltsamer.

»Würdest du mich morgen Abend zum Sommerball begleiten?«

Auf einmal ist er doch wieder da, der Slater, den ich kenne. Von einer Sekunde auf die andere klingt seine Stimme wieder, wie ich sie gewohnt bin. Selbstbewusst, lebendig. Aber auch ein kleines bisschen nervös.

Mein Hals zieht sich zusammen und ich bin mit einem Mal unendlich erleichtert.

Ich höre ihn auf der anderen Seite der Leitung atmen, sehe ihn fast vor mir stehen, wie er mit seinem skeptischen Gesicht und seinen stechenden blauen Augen auf eine Antwort wartet.

»Das würde ich sehr gern«, sage ich leise und höre Slater auf der anderen Seite ein erleichtertes Geräusch ausstoßen.

»Ich hole dich morgen Abend um 19 Uhr bei dir ab, okay?«

Ich nicke und erwidere: »Ich freu mich schon.«

»Ich mich auch.«

Noch einmal sehe ich zu der seltsam dunklen Villa mit den zugezogenen Vorhängen.

»Slater? Wenn irgendwas ist, ruf mich an, okay? Jederzeit.«

»Danke, Mia«, sagt er.

Dann gehe ich – mit gemischten Gefühlen.

Einerseits weiß ich immer noch nicht, was ich über sein Verhalten heute denken soll und hoffe ganz einfach, dass er die Wahrheit sagt und es ihm gut geht.

Und andererseits freue ich mich unendlich darauf, ihn morgen wiederzusehen. Zu unserem ersten gemeinsamen Uni-Ball.

SLATER

Ich lasse den Knopf der Gegensprechanlage los, lehne mich mit geschlossenen Augen an die Wand neben der Tür und atme durch.

Das ging gerade noch mal gut.

Ich habe keine Ahnung, was ich gemacht hätte, wenn sie darauf bestanden hätte, dass ich sie reinlasse. Mir ist ja selbst klar, wie blöd es für mich aussieht, dass ich sie nicht reingebeten habe und ich bin mehr als froh, dass sie das offenbar nicht in den falschen Hals bekommen hat.

Sie scheint mir zu vertrauen.

Sie vertraut mir vielleicht mehr, als ich selbst es tue.

Nach dem Blackout, nach der Halluzination in der Umkleide. Nach den vielen Nächten in der letzten Zeit, in denen ich kein Auge zugetan habe und den seltsamen Dingen, die geschehen sind.

Trotz allem vertraut mir Mia.

Ich weiß, dass das warme Gefühl, das sich bei dem Gedanken in mir breitmacht, trügerisch ist und dass ich mich darauf jetzt nicht einlassen darf. Ich muss auf der Hut sein, denn an Tagen wie diesem ist leider alles möglich.

Also zwinge ich mich, die Augen zu öffnen und nicht einfach rauszulaufen, ihr zu folgen, um diesen ganzen Scheiß hier hinter mir zu lassen und einen weiteren Nachmittag lang so zu tun, als wäre ich einfach Slater, der ganz normale Typ von der Uni.

Das kann ich nicht bringen, nicht heute.

Ich stoße mich von der Wand ab, verlasse die dunkle, kühle Eingangshalle der Villa und gehe zurück ins Wohnzimmer, von wo aus die Treppe in den ersten Stock führt.

Auch hier ist es dunkel, der Marmorboden sieht grau aus, die alten englischen Möbel, auf die Dad immer schon stand, könnten aus einem Geisterhaus stammen. Die schweren Vorhänge lassen die Villa wirken, als würde sie inmitten von einem undurchdringlichen, tiefen Wald stehen und genau so kommt es mir manchmal vor.

Apropos, warum ist er eigentlich so still? Als es gerade klingelte, habe ich ihn noch am Badezimmerschloss herumfummeln gehört. Das Badezimmer ist der einzige Raum ohne Fenster, darum habe ich ihn dort eingesperrt. Was anderes blieb mir gestern Abend nicht übrig, als er wieder mal …

Aus dem ersten Stock erklingt das Knallen einer Tür.

Shit. Das kann doch nicht wahr sein, da war ich mal zwei Minuten abgelenkt!

»Dad?!« Ich laufe zur Treppe, steige sie zur Hälfte hinauf und sehe, dass die Badezimmertür offen steht. Wie hat er es da raus geschafft?!

Ich laufe ein paar Stufen weiter hinauf und zögere.

Normalerweise müsste er mir jetzt triumphierend gegenüberstehen, versuchen, mir seine Sicht der Dinge zu erklären, wie er es sonst immer tut. Stattdessen scheint er sich irgendwo versteckt zu haben, aber warum?

Und wo?

Ich nehme die letzten Stufen nach oben und sehe, dass in dem langen Flur mit dem großen Erkerfenster am Ende alle Türen bis auf die zum Bad und meine zu sind.

»Dad!«, rufe ich wieder. »Wo versteckst du dich? Komm raus, okay, ich bin auf deiner Seite!«

Ich mache ein paar vorsichtige Schritte, will jetzt nichts Falsches tun.

Als ich am Bad vorbeigehe, sehe ich eine aufgebogene Haarnadel auf dem Boden liegen. Wo hatte er die denn bitte her?

Dann erreiche ich mein Zimmer und sehe sofort, dass was nicht stimmt.

Mein alter Eishockeyschläger, der aus meiner allerersten Saison am College, er hängt nicht mehr an der Wand.

Ich bleibe stehen und ein eisiger Schauer läuft mir über den Rücken.

Das bedeutet, dass er ihn hat.

Und ich kann nur hoffen, dass er damit nicht bereits auf dem Weg zu Callum ist.

Gerade will ich herumfahren und wieder runter laufen, als hinter mir eine Tür geöffnet wird. Ein leises Klicken, dann die Stimme meines Vaters.

»Tun Sie jetzt bloß nichts Falsches«, warnt er mich.

»Dad«, krächze ich. »Ich bin es, Slater.«

»Die Hände nach oben, sodass ich sie sehen kann und dann ganz langsam umdrehen«, fordert er.

Ich schließe die Augen, atme tief durch und würde ihn einen Moment lang am liebsten einfach nur windelweich schlagen – aus Frust, weil ich das hier nicht will. Weil ich kein Teil dieses irren Zirkus sein will. Weil ich nicht noch mehr davon infiziert werden will.

Aber insgeheim weiß ich, dass ich das nicht tun werde.

Also versuche ich es nochmal mit Vernunft. »Dad, überleg doch mal. Ich –«

»Die Hände hoch und dann sagen Sie mir, was Sie mit meinem echten Sohn gemacht haben!«

Ich schüttle ganz leicht den Kopf, dann hebe ich die Hände auf Brusthöhe, drehe mich langsam um … Und sehe gerade noch den Eishockeyschläger, den mein Vater nach oben gerissen hat, und dessen Kelle mit voller Wucht auf mich zu zischt. Im letzten Moment kann ich mich wegducken. Nun gibt es also doch noch einen Kampf.

KAPITEL 11

MIA

Gemeinsam mit Abigail, Grace und den anderen Firebirds laufe ich meine Runden auf dem Footballfeld. Dort findet grundsätzlich das Off-Ice-Training statt, wenn die Footballer den Platz nicht gerade selbst brauchen.

Heute ist der Ball und noch vor kurzem hätte ich gedacht, dass das Training an einem solchen Tag mit Sicherheit ausfällt. Die Cheerleaderinnen sind schließlich die beliebtesten Mädchen der ganzen Uni und müssen auf dem Ball besonders perfekt sein, also verbringen sie Stunden im Beautysalon, beim Friseur, beim Bleaching, bei der Maniküre.

Ja, so dachte ich mir das. Aber wie so vieles, was ich dachte, war auch das kompletter Schwachsinn.

»Los, noch ein kleiner Sprint, Mädels!«, ruft die Trainerin, die in unserer Mitte steht wie eine Zirkusdompteurin, und augenblicklich geben alle Gas.

Ich sehe auf Suzans verschwitzte Beine, an denen schon Gras klebt, auf Sherleys knallrotes Gesicht, auf Abigails zusammengebissene Zähne, während sie nochmal alles aus sich rausholt.

Dann stößt die Trainerin einen kurzen Pfiff durch ihre Trillerpfeife aus und ich lasse mich vollkommen außer Atem ins Gras fallen.

Ich kann richtig spüren, wie mein Gesicht glüht und meine Waden fühlen sich an, als hätte sie jemand mit Steinen gefüllt.

Es dauert nicht lange, bis Abigails grinsendes Gesicht über mir auftaucht. »Nicht hinlegen, Mia. Sonst sackt dir beim Aufstehen der Kreislauf ab und du kippst einfach um.«

»Gut«, keuche ich, »dann bekomme ich wenigstens eine Pause.«

Lachend ziehen mich die Mädchen in die Höhe.

»Ich weiß nicht, wie ich jemals so fit werden soll wie ihr«, gebe ich zu und blicke in die Runde, während wir zur rechten Endzone gehen, wo die Trainerin bereits wartet.

Dabei tippe ich Abigail scherzhaft auf die Wange. »Du schwitzt noch nicht mal.«

»Ich schwitze innerlich«, scherzt sie.

»Ha, ha.«

»Nein, ganz im Ernst. Das ist alles nur eine Frage der Kondition und die wird, wenn du regelmäßig trainierst, ziemlich schnell besser.«

Regelmäßig trainieren steht mir jetzt tatsächlich bevor: An drei Nachmittagen in der Woche treffen wir uns, um an den Choreographien für die Spiele der Eagles zu arbeiten. Von sämtlichen Cheerleading-Teams hier in Berkeley sind die Firebirds das disziplinierteste, was wahrscheinlich daran liegt, dass Eishockey der erfolgreichste Sport an dieser Uni ist.

Da kommt ganz schön was auf mich zu.

»So, jetzt gehen wir ein paarmal die neue Choreo durch und danach ist Dehnen angesagt«, verkündet die Trainerin und alle fangen an zu stöhnen.

»Was ist?«, frage ich Grace.

Mit verzerrtem Gesicht sieht sie mich an. »Das wird schmerzhaft.«

»Du machst das doch schon seit Jahren.«

»Ich meine, für dich«, sagt sie.

Oh, toll. Ich sehe schon vor mir, was mich nachher erwartet – wahrscheinlich soll ich mich an einem Spagat versuchen, schaffe es gerade mal bis zum Ausfallschritt und kann heute Abend dann trotzdem mit ein paar Bänderrissen zum Ball gehen.

Aber mich hat der Ehrgeiz gepackt und ich will irgendwann genauso leichtfüßig über das Eis tanzen wie die anderen. Am liebsten natürlich, während Slater zusieht.

Der Gedanke an den gemeinsamen Abend, der uns bevorsteht, bringt mich zum Lächeln, während wir uns am Spielfeldrand für das Einlaufen vor der Choreo aufstellen. Sherley und ich müssen sie beim nächsten Spiel noch nicht mitmachen, dennoch sollen wir sie lernen, um uns daran zu gewöhnen, überhaupt in Formation zu tanzen.

»Okay, Ladies. Wenn ich euch daran erinnern darf, uns fehlt immer noch der passende Song«, ruft die Trainerin.

»Was soll das heißen?«, frage ich Abigail, die neben mir steht, leise.

Sie rollt mit den Augen. »Wir können uns nicht einigen. Die einen wollen Taylor, die anderen Miley, manche wollen Cardi B. und wieder andere ... Du weißt schon. Im Moment proben wir es erst mal trocken, dann müssen wir uns eben später anpassen.«

»Abigail, Mia!« Die Trainerin sieht streng zu uns. »Was gibt es denn da zu bequatschen, hat eine von euch vielleicht einen Vorschlag?«

Ertappt sehe ich auf. Ich möchte nicht gleich an einem meiner ersten Tage unangenehm auffallen.

»Äh, wir haben uns gerade gefragt, was mit ... *Ring of Fire* von Johnny Cash wäre.«

»Kenn ich nicht«, ruft Sandra, die mit den Locken, die sich auf dem Basar versteigern lassen hat.

»Das ist super alt«, sage ich und zucke mit den Schultern. »Aber wir wären mit Sicherheit die Einzigen in der ganzen Uniliga, die dazu tanzen.«

Schon holt die Trainerin ihr Handy heraus und tippt darauf herum. »Ich hätte hier eine Coverversion. Die ist immerhin nur siebzehn und keine sechsundfünfzig Jahre alt.«

Sie spielt den Song an und sofort hellen sich einige Gesichter auf.

»Das ist cool«, sagt Suzan.

»Ist mal was anderes«, findet auch Abigail.

Und keine fünf Minuten später sind wir dabei. Zu der rockigen Version des alten Liebeslieds, das ich von Kelly kenne, laufen wir zunächst ein, bis wir in einem großen Kreis stehen. Aber weil der Anfang des Songs so energiegeladen ist, hängen wir noch eine Runde dran, die wir beim Spiel nutzen werden, um der Menge einzuheizen.

Doch pünktlich, als der Text einsetzt, stehen wir in Formation.

Love, beginnt der Sänger mit dem Text und ich weiß dank Kelly genau, wie es weiter geht.

Der ganze Song handelt von der Kraft der Liebe.

»Hey, lasst uns doch unsere Liebe zu unseren Jungs zeigen, indem wir am Anfang unsere Shirts zerreißen!«, ruft Sandra.

Alle prusten los.

»Das ginge ein bisschen weit«, schmunzelt die Trainerin.

»Ich meine doch nicht so! Ich meine, wir ziehen weite Shirts an und tragen unsere Trikots drunter. Und wenn er *Love* singt, reißen wir die Shirts auf und zeigen unser Eagles-Logo!«

»Das hört sich toll an«, stimmt eine der anderen zu, deren Namen ich noch nicht kenne. »Nach der letzten Saison können unsere Jungs genau sowas gebrauchen.«

Sherley stellt das Ganze schon nach und scheint zu überlegen, wie man es in die Choreo einbinden kann. »Ja, und dann wirbeln wir die Shirts einmal über den Kopf wie ein Lasso.«

Und so geht es weiter.

Alle sind irgendwie angefixt von dem neuen Lied und das Training wird zwar ziemlich chaotisch, aber es macht auch Riesenspaß, sich zusammen mit den anderen etwas auszudenken.

Und auch wenn ich in meinem Leben noch nie eine Choreographie getanzt habe und weit entfernt davon bin, mich so wie die anderen verrenken zu können, freue ich mich auf das Spiel.

Darauf, dass wir die Eagles überraschen, indem wir ihnen unsere Liebe zeigen.

Wie passend, wo ich doch gerade dabei bin, mich Hals über Kopf in einen davon zu verlieben.

SLATER

Ich weiß nicht, ob ich im Wagen warten oder bei Mia klingeln soll. Beides erscheint mir irgendwie unpassend. Das eine zu unpersönlich, das andere zu aufdringlich.

Deshalb steige ich einfach vor ihrer Haustür aus, lehne mich an die Karosserie und warte.

Der letzte Sommerball war weniger aufregend als dieser. Letztes Jahr bin ich mit meiner damaligen Freundin Charlotte hingegangen. Es war nichts wirklich Ernstes und hielt nicht lange. Genaugenommen war es nach dem Ball schon wieder vorbei.

Mit Mia ist es anders. Sie macht mich nervös, wenn ich nur an sie denke. Während ich warte, dass sich endlich die Haustür öffnet, fällt mir ein, wie sie gestern vor meiner Tür stand.

Ich bin gleich doppelt erleichtert, dass ich sie nicht hereingebeten habe. Kaum auszudenken, wenn sie bei Dads Wutanfall was abbekommen hätte.

Als es schließlich so weit ist und Mia rauskommt, kann ich erstmal nicht anders, als sie anzustarren. Sie trägt ein bodenlanges Kleid mit einem engen, tief ausgeschnittenen Oberteil. Der Stoff ist so glatt, dass sich das Licht der Straßenlaternen darin spiegelt.

Aber das ist es nicht, was mich so sehr daran fasziniert. Vielmehr ist es die Farbe. Während das Oberteil dunkel, fast schwarz ist, gibt es zum Rock hin einen Farbverlauf ins Rote. Ganz unten, am Saum, sind Mohnblumen aufgedruckt, die mich an unser erstes Date denken lassen.

»Du siehst toll aus«, sage ich und komme nicht umhin, sie noch einmal zu mustern.

Ihr Gesicht ist nicht sonderlich stark geschminkt, was auch gar nicht nötig ist. Ihre großen Augen sind auch so ausdrucksstark genug. Ihre Lippen hat sie in der gleichen Farbe geschminkt, die auch die Blumen auf ihrem Kleid haben. Das lange braune Haar ist zusammengesteckt, nur ein paar Strähnen rahmen ihr Gesicht ein.

Dann kommt sie näher und ich entdecke etwas in ihrem Blick, das mir so gar nicht gefällt. Kurz fürchte ich, dass sie sauer ist, weil ich sie gestern nicht reingelassen habe. Doch schließlich erkenne ich, dass es Sorge ist.

Sie streckt die Hand nach meinem Gesicht aus und ich ahne schon, was jetzt kommt.

»Was ist passiert?« Vorsichtig berühren ihre Finger die Schwellung neben meinem linken Auge und die dazugehörige Platzwunde.

»Ich hatte Kontakt mit einem Eishockeyschläger. Sportlerrisiko.«

Mia streicht vorsichtig über die Wunde und sieht mir dabei in die Augen.

Wieder einmal sagt ihr Blick so viel.

Dass sie weiß, dass ich nicht ganz ehrlich bin.

Dass ich ihr die Wahrheit sagen kann, egal, wie diese aussieht.

Und dass sie mir dafür Zeit lässt, bis ich so weit bin.

Ich weiß, dass ich ihr vertrauen kann. Trotzdem ist jetzt nicht der richtige Zeitpunkt, um mit dem Mist meiner Familie den Abend zu vergiften.

»Wollen wir?« Ich halte als Erster unserem Stare-Down nicht mehr stand und nehme ihre Hand.

»Geht es dir denn wieder gut?«, fragt sie und spielt damit auf mein Fehlen an der Uni gestern an.

Ich weiß, dass sie in Wirklichkeit etwas anderes fragen will. Dass sie wissen möchte, ob ich mich trotz der Verletzung unter Leute wage. Und ich bin mir selbst nicht ganz sicher, was das angeht. Die anderen werden Fragen stellen, auf die es keine Antwort gibt. Trotzdem will ich uns und vor allem Mia nicht den Abend versauen.

Es wird Zeit, dass die anderen uns zusammen sehen.

Dass jeder Typ an der Uni kapiert, dass sie ab sofort zu mir gehört.

Und jede Frau, dass ich nicht mehr zu haben bin. Für nichts.

Ich sehe zu Mia hinüber und bewundere die Art, auf die sie es schafft, mit so wenig Worten so viel zu sagen. Sie hat verstanden, dass es Dinge gibt, die ich ihr nicht verraten kann und versucht nicht, mich zu bedrängen.

Stattdessen gibt sie mir eine Vorlage, mit der ich aus der Situation wieder herauskomme, ohne sie belügen zu müssen.

Aber das möchte ich gar nicht. Ich will mit ihr hingehen.

Diesen Abend werde ich mir von meinem Dad nicht kaputt machen lassen.

»Alles bestens«, sage ich, wobei meine Stimme etwas heiser klingt. »Bei dir auch?« Ich führe sie ums Auto herum und halte ihr die Tür auf.

»Alles super. Danke.« Mia lässt sich von mir ganz standesgemäß in den Wagen helfen und erst jetzt erkenne ich, dass sie zu ihrem Ballkleid rote Chucks trägt.

Sie passen viel besser zu ihr als die Schuhe mit dem Absatz, die sie bei ihrem ersten Date mit mir getragen hat.

Ihr fällt mein Blick auf ihre Schuhe auf und sie hebt das Kleid ein Stück an. »Nicht ganz passend«, lacht sie. »Aber besser, als wenn ich mir die Beine breche.«

»Auf jeden Fall«, grinse ich und frage mich, ob sie wohl tanzen kann. Ich schätze sie so ein, dass sie es nicht kann, es aber trotzdem tut.

Ich mache ihre Tür zu und gehe ums Auto herum.

Es ist einfach unglaublich, wie wenig sie sich um das Gerede anderer schert. Obwohl sie keine zwei Schritte auf dem Eis machen kann, hat sie sich bei den Cheerleadern beworben. Obwohl es alles andere als ein Partyoutfit war, ist sie in Cargohosen auf der Beachparty erschienen. Und heute geht sie in Turnschuhen auf einen Ball.

Ich nehme mir vor, es ihr gleich zu tun und nichts um die anderen zu geben. Egal, wie komisch sie gleich wegen meiner Verletzung gucken oder auf meine Ausrede reagieren werden.

Denn eines steht fest: Den Jungs aus dem Team kann ich nicht erzählen, dass die Wunde beim Training entstanden ist. Der Sommerball findet in der Eishalle statt, weshalb wir heute frei bekommen haben.

MIA

»Oh mein Gott«, staune ich, als ich an Slaters Seite die Eishockeyhalle betrete.

Sie ist kaum wiederzuerkennen und ich komme mir vor, als wäre ich mitten ins Paradies katapultiert worden.

Egal, wo ich hinschaue, entdecke ich bunte Blumen, Blütenketten und kleine Schmetterlinge. Es gibt Lampions und Lichterketten und ein blumiger Duft hängt in der Luft.

Die Halle ist durch Kunstrasen in eine Sommerwiese verwandelt worden und ich brauche einen Moment, bis ich mich vollständig umgesehen habe.

Dort, wo eigentlich die Anzeigentafel der Spielergebnisse hängt, befindet sich jetzt ein riesiges verschnörkeltes Banner mit der Aufschrift:

EVERY SUMMER HAS A STORY.

An der Decke hängt eine Discokugel, die so leuchtend strahlt wie die Sonne.

Und überall befinden sich Schaukeln, die allesamt bereits in Beschlag genommen wurden.

Ringsumher entdecke ich Studentinnen in prachtvollen Kleidern und Studenten in feinen Smokings.

Aber keiner sieht dabei so gut aus wie Slater.

Er trägt einen schwarzen Anzug, der maßgeschneidert sein könnte.

Das Revers ist schmal und aus Leder und er trägt keine Krawatte. Sein Jackett ist nur locker mit einem

Knopf geschlossen und darunter erkenne ich ein dunkelgraues Shirt mit V-Ausschnitt. Er sieht elegant, lässig und sportlich zugleich aus.

Die anderen Männer hingegen sind entweder ein bisschen altbacken und spießig angezogen oder übertreiben es mit der Wildheit.

Einer von ihnen steht in meiner Nähe und trägt sogar einen Anzug, der über und über mit Comic-Motiven bedruckt ist.

»Malcolm!« Ich lasse Slater kurz los, um Malcom zur Begrüßung zu umarmen.

Er erwidert meine Umarmung und grinst mich breit an. »Schönes Kleid.«

»Danke.« Ich deute an ihm auf und ab. »Cooler Anzug. Komm, ich stell dir Slater vor.«

Ich trete wieder neben Slater, der Malcolm die Hand gibt. »Hi.«

»Heute ohne Brustpanzer?«, fragte Malcolm.

»Heute nur mit Tiefschutz. Man weiß ja nie«, gibt Slater mit einem Seitenblick zu mir zurück.

»Hey!«, empöre ich mich und ramme ihm meinen Ellbogen in die Seite.

Malcolm lacht. »Hättest wohl besser nicht auf die Panzerung verzichtet.«

Slater verzieht das Gesicht. »Kommt mir auch fast so vor.«

»Da vorne ist Abigail«, sage ich, als ich sie an der improvisierten Bar entdecke.

Sie hat ein helles Kleid mit goldenen Applikationen an, das so leicht und fluffig ist, dass es aussieht, als würde es permanent in einem leichten Windzug wehen. Ihr Haar ist glatt und seidig und ein kleines Diadem darin lässt sie wie eine Königin wirken.

»Oh«, macht Slater neben mir und mir wird klar, dass ich ihn in eine blöde Situation bringe, wenn ich sie jetzt herhole.

Andererseits habe ich ihr vorhin beim Training versprochen, etwas für sie und Malcolm zu tun, dabei kann ich auch direkt klären, was ich schon längst hätte klären sollen.

»Ich weiß, was zwischen euch lief«, flüstere ich ihm zu. Dann, bevor Slater etwas erwidern kann, sage ich laut: »Ich hole sie, wartet kurz hier.«

Schnell laufe ich zu ihr hinüber und fasse sie am Arm. »Abby?«

»Oh. Hey!« Abigail stellt ihr Sektglas ab und umarmt mich.

»Kommst du mit rüber zu Slater und Malcolm?«, frage ich mit einem Augenzwinkern und sie wird etwas blasser.

»An sich gerne, aber …«

»Na, komm schon«, feuere ich sie an. »Er redet viel, aber er beißt nicht.«

Abigail atmet durch, dann schnappt sie sich ihren Sekt und leert ihn in einem Zug. »Also schön.«

Ich grinse zufrieden und sie folgt mir. Dabei hat sie nur Augen für Malcolm. Ich wüsste gerne, wie sie ihn sieht. Irgendwas muss sie an ihm finden, das andere nicht erkennen.

Ich hingegen blicke Slater entgegen, dem Mann, den hier alle wollen. Und von dem ich doch glaube, dass ich ihn anders sehe als die anderen.

Er schaut mich fragend an und ich beschließe, ihm gleich die Sache mit dem Foto zu beichten.

»Hallo, Titania«, sagt Malcolm, reicht Abigail die Hand und haucht einen Kuss darauf.

»Du hast es erkannt?«, fragt sie eine Spur zu hoch und ich erkenne, dass ihre Wangen rot werden.

»Du siehst aus wie die Elfenkönigin persönlich.«

Ich habe keine Ahnung, worüber die beiden sprechen und lasse sie allein.

Zusammen mit Slater gehe ich ein paar Schritte beiseite.

»Alles okay?«, fragt er und deutet mit dem Kinn auf Abigail.

»Ja, na klar.«

Auch wenn ich die beiden in einer ziemlichen intimen Situation erwischt habe, bin ich dennoch nicht eifersüchtig, und zwar aus mehreren Gründen.

Erstens, weil ich gar kein Recht darauf habe, zweitens, weil Abigail nicht ernsthaft etwas von Slater wollte und drittens, weil er beim Sex mit ihr mit den Gedanken offensichtlich ganz woanders war.

Liebe oder Verliebtheit sehen anders aus.

»Ich habe euch beide beobachtet«, gebe ich zu.

Slater runzelt die Stirn und scheint zu überlegen, wann das gewesen sein soll.

»Beim Sex.«

Jetzt schüttelt er den Kopf und sieht mich an. »Das kann nicht sein. Ich hatte keinen Sex mehr mit ihr, seit wir beide —«

»Ich weiß, ich weiß«, versichere ich ihm schnell. »Es war auch schon davor.«

Slater sieht für einen Moment noch fragender aus, dann begreift er. »In der Umkleidekabine. Du warst das! Und ich dachte schon, ich ...«

Er lässt offen, was er dachte, doch ich spüre, dass ihn meine Beichte irgendwie erleichtert.

Dabei sollte es doch andersherum sein.

»Du bist nicht sauer?«, frage ich vorsichtig.

Slater schüttelt den Kopf. »Nein, Unsinn. Aber verrate mir eins. Warum?«

»Ich habe gedacht, du wärst der Exfreund von meiner Schwester«, gebe ich zu.

»Wie kamst du denn darauf?«

Ich winke ab. »Ein Missverständnis. Jedenfalls wollte ich ein bisschen was über dich rausfinden und bin dir gefolgt. Und dabei habe ich dich mit Abigail gesehen. Und dann ...«

Wie sage ich ihm jetzt am besten, dass ich ihn nicht nur bespannt, sondern auch noch fotografiert habe?

»Und dann hast du ein Foto gemacht«, schlussfolgert Slater.

Sicher, er hat das Klicken der Kamera gehört.

Ich nicke schuldbewusst.

Slater sieht mich an, dann grinst er. »Du bist wirklich unglaublich.«

»Es tut mir leid.«

»Muss es nicht.« Slater beugt sich zu mir vor und gibt mir einen Kuss auf die Stirn. Offenbar fasst er meinen spontanen Schnappschuss als Kompliment auf.

Ich schließe die Augen und genieße seine Lippen auf meiner Haut, die Nähe seines Körpers, den Duft seines Aftershaves.

Zum ersten Mal seit vielen Jahren fühle ich mich plötzlich zu Hause und geborgen. In der Wildnis Afrikas hatte ich ganz vergessen, wie schön das ist.

SLATER

Der Abend verläuft entspannter, als ich befürchtet hatte. Niemand spricht mich auf mein blaues Auge an, vielleicht, weil ich keinen großen Aufstand darum mache. Mit jeder Minute, die ich mit Mia hier bin, lasse ich den Wahnsinn weiter hinter mir und kehre mehr in mein normales Leben zurück.

Nur in eine bessere Version davon, weil ich jetzt eine verdammt tolle Frau an meiner Seite habe.

Keine Ahnung, ob Mia objektiv betrachtet die Schönste hier ist. Aber für mich ist sie es definitiv und ich genieße es, sie im Arm zu halten, während sich langsam die gewohnte Clique um uns versammelt.

Matt, der mit Cynthia hier ist. Anscheinend hat auch er bei dem Date nach dem Basar Eindruck gemacht.

Jenson, der mit den Gedanken wie immer beim Eishockey ist.

»Schon gehört, wer uns für das Freundschaftsspiel morgen zugelost worden ist?«, will er von mir wissen, während er sich an der Bar ein Bier zapfen lässt. »Die Bruins.«

Überrascht sehe ich ihn an. Ausgerechnet. Das heißt, ich werde schneller als erwartet eine Chance kriegen, meinen Fehler wieder auszubügeln. Zumindest theoretisch, denn ein Freundschaftsspiel hat für die kommende Saison natürlich keinen Effekt. Aber immerhin kann ich zeigen, dass ich unseren Gegnern aus San Francisco gewachsen bin.

»Das letzte Spiel hat gegen die Bruins stattgefunden«, sage ich, als ich Mias fragenden Blick bemerke.

»Diesmal machst du sie platt«, sagt sie und die Selbstverständlichkeit in ihrer Stimme fühlt sich gut an.

Allerdings weiß sie ja auch nichts von dem Blackout und all den anderen Dingen, die abseits der Uni bei mir abgehen. Wann muss ich ihr davon erzählen?

Heute Abend nicht, beschließe ich.

»Hey, willst du tanzen?«, frage ich sie, als ich sehe, wie ihr Blick immer wieder neugierig zur Tanzfläche wandert.

»Ja«, sagt Mia und nippt an ihrem Wodka Kirsch. »Aber ich kann es nicht.«

Ihre Antwort bringt mich zum Schmunzeln. »Ist nicht so, dass hier einer einen Walzer von dir erwarten würde.«

Mia fängt an zu lachen, ihre grünen Augen blitzen. Dann sagt sie: »Wir können es ja mal versuchen.«

MIA

Ich schmiege mich an Slaters Brust und wiege mich mit ihm zur Musik. Ich kann nicht tanzen und Slater, wie es den Anschein macht, schon. Deshalb stehen wir zwar zwischen den anderen auf der Tanzfläche, aber wirklich von der Stelle bewegen wir uns nicht.

Wieder habe ich die Augen geschlossen, lausche auf Slaters Herzschlag, der im Takt der Bässe schlägt und verliere mich einfach in diesem Moment.

Es läuft *Shallow*, ein Lied, bei dem mir bisher nie aufgefallen ist, wie schön es ist. Und wie wahr.

Slaters Finger gleiten über den bloßen Teil meines Rückens, streicheln über meine Wirbelsäule hinauf zu meinem Nacken.

Es ist schon ziemlich spät und ich bin ein bisschen angetrunken.

Trotzdem will keiner von uns beiden gehen.

Den ganzen Abend über sind wir abwechselnd von irgendwelchen Freunden von Slater belagert worden, die wissen wollten, was es mit ihm und mir auf sich hat.

Und immer wieder hat Slater mich als seine neue Freundin vorgestellt.

Ich kann es immer noch nicht glauben und das Glücksgefühl, das von mir Besitz ergriffen hat, als wir den Ballsaal betreten haben, ist immer noch nicht verflogen.

Hin und wieder küsst Slater mich aufs Haar, allerdings ohne mich auch nur ansatzweise loszulassen. Ich glaube, er genießt meine Nähe genauso, wie ich seine.

Ich drücke meinen Körper etwas enger an seinen und bin überrascht, als sich ein kribbelndes Verlangen in meiner Mitte ausbreitet.

Langsam öffne ich die Augen und betrachte Slater.

Er lächelt zu mir runter.

»Alles klar?«, flüstert er.

»Ja«, hauche ich, dann hebe ich meinen Kopf und umschließe seine Unterlippe mit meinen Lippen. Sanft lecke ich daran und schiebe eines meiner Beine ein

Stückchen zwischen Slaters Schenkel. Dabei drücke ich meinen Körper noch mehr gegen seinen.

Slater keucht leise und in seinen Augen blitzt es auf.

Er nimmt die Hände von meinem Rücken und legt sie mir ins Gesicht. Dann –

Wird er auf einmal grob von mir weggerissen.

»Scheiße, Tom, spinnst du?!« Slater stolpert zurück und fährt zu seinem besten Freund herum, der ihn gar nicht weiter beachtet.

Stattdessen baut er sich vor mir auf. »Du verschwindest auf der Stelle«, verlangt er und ich kann diese plötzliche Aggression so gar nicht einordnen.

Steht er etwa auf Slater? Ist er eifersüchtig?

»Tom!« Slater packt seinen Freund an der Schulter und will ihn zu sich herumdrehen, aber Tom schüttelt ihn einfach ab und spießt mich weiter fast mit seinem Blick auf.

»Du bist Lea Myers' Schwester!«, faucht er.

Ich verschränke die Arme vor der Brust und sehe ihn herausfordernd an. »Überraschung«, sage ich.

»Was zur Hölle ist hier los?« Slater schiebt sich zwischen uns und sieht von mir zu Tom und wieder zurück.

»Das frage ich mich auch«, erwidere ich.

Tom gestikuliert sauer in meine Richtung. »Das Miststück hier –«

Weiter kommt er nicht. Slater schubst ihn zur Seite und Tom taumelt gegen eine Gruppe von Gästen, die sich erschrocken zu ihm herumdreht.

»Pass auf wie du über sie redest!«

»Pass du besser auf, auf wen du dich einlässt! Es würde mich nicht wundern, wenn du das nächste Spiel auch vergeigst!«

»Ach, darum geht es dir nur?« Slater wirkt ungläubig und gleichzeitig enttäuscht von Tom. »Darum, dass sie mich ablenken könnte und wir das nächste Spiel verlieren?!«

Tom presst die Lippen aufeinander und sieht Slater unschlüssig an.

Wahrscheinlich sucht er nach den richtigen Worten.

Soll er zugeben, dass er Lea bedroht?

Vermutlich befürchtet er, dass ich mich irgendwie für das an ihm rächen will, was er mit Lea gemacht hat. Was gar nicht so abwegig und trotzdem total weit hergeholt ist. Warum sollte ich mich dafür an Slater heranmachen?

»Was ist los? Fehlen dir die Worte, mein *Freund?*« Slater spuckt Tom das Wort „Freund“ so verächtlich entgegen, dass es sogar mir weh tut.

»Slater«, sage ich und fasse ihn beschwichtigend am Arm, auch wenn Tom es eigentlich gar nicht verdient hat, dass sich jemand auf seine Seite stellt.

»Ich meine es nur gut mit dir«, beteuert er. »Sie ist die Schwester von …«

»Das habe ich verstanden. Und jetzt verschwinde. Misch dich nie wieder in meine Angelegenheiten ein!«

Tom sieht Slater an wie ein geprügelter Hund, dann presst er wieder die Lippen aufeinander und fährt mit einem Ruck herum. »Ich werde es dir schon noch beweisen«, zischt er.

Damit verschwindet er in der Menge.

»Was war das denn?«, murmle ich, weil ich mir immer noch keinen richtigen Reim auf die ganze Sache machen kann.

»Tut mir leid, was der dämliche Wichser zu dir gesagt hat.« Slater zieht mich in seine Arme und sieht Tom wütend hinterher.

»Ist schon gut.« Ich schätze, das ist der richtige Augenblick, um das Thema anzusprechen. »Ich frage mich nur, was er hat. Was ist vorgefallen zwischen ihm und meiner Schwester?«

»Ehrlich gesagt weiß ich das nicht. Aber Tom ist seitdem nicht mehr derselbe.«

Das kenne ich irgendwoher.

Auch Lea hat sich verändert.

Wenn ich doch nur wüsste, was zwischen den beiden passiert ist. Doch die Sache wird immer rätselhafter. Nicht nur, dass Lea nicht mit mir darüber spricht, obwohl ich immer glaubte, ich wäre ihre engste Vertraute. Auch Tom schweigt offenbar seinem besten Freund gegenüber.

»Lass uns abhauen«, sagt Slater und sieht sich um.

Wir werden von allen Seiten angestarrt. Von manchen Studenten direkt, von anderen ziemlich verstohlen. Einige halten sogar ihre Smartphones in der Hand, wahrscheinlich haben sie auf eine handfeste Schlägerei gehofft.

»Alles klar?« Steve und Jenson sind zu uns herübergekommen und auch Abigail, Malcolm und ein paar Cheerleaderinnen sind auf dem Weg zu uns.

»War er das?«, fragt Jenson und scheint Slaters Wunde erst jetzt zu entdecken.

»Nein«, sagt Slater und nimmt meine Hand. »Wir hauen ab.«

Ehe noch jemand etwas sagen oder fragen kann, zieht er mich mit sich und wir verlassen den Ball.

SLATER

Ich parke den Wagen vor Mias Haustür und sehe zu ihr rüber. Es tut mir leid, wie alles gelaufen ist.

Tom ist ein Idiot, der sein Beziehungstrauma nicht an Mia auslassen sollte.

»Tom hat es nicht leicht«, ergreife ich trotzdem Partei für ihn. Auch wenn ich stocksauer auf ihn bin, ist er dennoch mein bester Freund und ich hätte es gerne, dass Mia versteht, warum ich mit ihm befreundet bin. Dass er in Wirklichkeit nicht so ein Arsch ist, wie er sich heute dargestellt hat.

Mia zieht beide Brauen hoch und sieht zu mir herüber.

»Im Ernst. Seine Familie ist ein bisschen kompliziert und ...«

»Er bedroht meine Schwester«, unterbricht mich Mia und ich erwidere ihren Blick ungläubig.

Dann schüttle ich den Kopf. Tom soll drohen, Lea etwas anzutun?

Das kann ich mir beim besten Willen nicht vorstellen.

»Eigentlich darf ich nicht darüber reden, aber ich möchte, dass du es weißt.«

»Das kann nicht sein«, sage ich nur.

»Es ist aber so. Wegen ihm musste sie die Uni verlassen.«

Das wird ja immer besser. Ich weiß, dass Lea Myers nach ihrer Trennung von Tom das Studium geschmissen hat, aber dass er daran schuld sein soll, kann ich nicht glauben.

»Womit bedroht er sie denn angeblich?«, frage ich.

Mia runzelt die Stirn. »Das ... Ehrlich gesagt, weiß ich das gar nicht.«

Das dachte ich mir. Ich weiß nicht viel über Lea, aber dass sie eine falsche Schlange ist, ist mir schon lange klar.

»Ich ...« Mia scheint selbst zu merken, dass sie gerade mit ziemlich haltlosen Vorwürfen um sich wirft.

Einerseits verstehe ich, dass sie ihrer Schwester blind vertraut. Andererseits kenne ich Tom lange genug, um ihm ebenfalls zu vertrauen. Er würde niemals einer Frau was antun.

»Ich mache dir einen Vorschlag. Morgen nach dem Spiel rede ich mal mit ihm und du mit ihr. Wir kriegen schon raus, was vorgefallen ist und klären die Sache. Was hältst du davon?«

»Ich weiß nicht.« Mia wirkt hin- und hergerissen. Ich würde ihr die Sorge gerne abnehmen, aber das kann ich nicht, wenn ich nicht weiß, was wirklich passiert ist. »Lea sagt, wenn jemand davon erfährt, wird alles nur noch schlimmer. Ich glaube, sie hat Angst, dass Tom ihr was antut.«

Ich höre mich selbst schnaubend lachen. Es ist unglaublich, wie Lea Myers es schafft, meinen besten Freund mit ein paar Worten wie ein Monster dastehen zu lassen.

»Lass dir eins gesagt sein: Das macht er ganz bestimmt nicht. Vertrau mir bitte.«

Mia zögert einen Moment, dann nickt sie. So ganz überzeugt von der Geschichte ihrer Schwester scheint sie jetzt nicht mehr zu sein.

»Danke«, sage ich.

Mia nickt erneut, dann lächelt sie sogar wieder etwas. »Du hast Recht. Lass uns die Sache morgen mit den beiden klären.«

Ich bin froh, dass sie zur Vernunft gekommen ist. Denn ich weiß ziemlich gut, was ein schlechter Ruf uns Eagles alles verbauen kann. Genau wie ich will Tom nach der Uni in die NHL. Und da kann er es nicht gebrauchen, dass er zu Unrecht als Erpresser hingestellt wird. Wenn man in die Profiliga will, braucht man neben Talent und Ehrgeiz vor allem eines – eine weiße Weste.

Wer wüsste das besser als ich.

»Willst du noch mit hochkommen?«, fragt Mia und ich bin überrascht von dem plötzlichen Themenwechsel.

Flüchtig sehe ich zu ihr rüber, auf ihre bloßen Schultern, ihre samtige Haut.

Ich würde sehr gerne. Ich weiß aber auch, dass ich nicht wieder gehen werde, wenn ich einmal mit ihr nach oben gegangen bin.

Schon den ganzen Abend über verspüre ich das Verlangen, ihr näher zu kommen. Ihren nackten Körper unter mir zu haben, jede erdenkliche Stelle zu küssen.

Aber das kann ich nicht machen.

Ich muss nach Hause.

»Ich weiß nicht«, gebe ich zu und würde mir am liebsten auf die Zunge beißen.

Kann ich meine Verpflichtungen nicht mal eine Nacht beiseiteschieben?

»Du weißt nicht?« Mia wirkt überrascht.

Scheiß drauf. Ich wäre ein Idiot, wenn ich jetzt nach Hause fahren würde.

»Blödsinn, vergiss es. Ich komme gerne mit hoch«, sage ich.

Dann ziehe ich mein Handy aus der Tasche, schalte es aus und hoffe, dass ich es nicht bereuen werde.

MIA

Vor einigen Tagen war ich mir noch sicher, dass ich mir lieber die Beine abhacken würde, als jemanden mit in mein Zimmer zu bringen.

Jetzt gerade allerdings ist es mir vollkommen egal, was Slater über die winzige Kammer denkt, in der ich wohne.

In diesem Moment gibt es nur ihn und mich und nichts um uns herum.

Slater hat sein Jackett ausgezogen und öffnet gerade so langsam den Reißverschluss meines Kleides, dass mir ein Schauer nach dem anderen über den Rücken läuft.

Ich spüre Slaters Atem in meinem Nacken und seine Finger über meine Wirbelsäule gleiten.

Tiefer und tiefer.

Das Kleid rutscht zu Boden und ich stehe nur noch in einem trägerlosen BH und meinem Spitzenhöschen vor ihm.

»Dreh dich um«, fordert Slater mit rauer Stimme und berührt mich sanft an der Hüfte.

Ich wende mich ihm langsam zu und genieße seine bewundernden Blicke. Dabei bleibt es allerdings nicht. Er streicht sanft über meine Taille, meine Hüften, dann meinen Po. Seine Fingerspitzen hinterlassen eine Gänsehaut überall dort, wo sie mich berühren und ich will mehr.

Ich strecke die Hände nach seinem Shirt aus. Er hilft mir, es über seinen Kopf zu ziehen.

Jetzt bin ich an der Reihe damit, ihn zu bewundern.

Mit den Fingern streiche ich über seine Brust, fahre seine Muskeln nach, seine Tätowierungen, streichle seinen Bauch. Mit der anderen öffne ich den Reißverschluss seiner Hose und ziehe sie ihm nach unten. Sobald er sie ausgezogen hat, werfe ich sie aufs Bett, sodass er nur noch in Shorts vor mir steht.

Die Beule in seiner Hose ist beachtlich und ich sehe, dass sein Atem schneller geht.

Slater bemerkt, wo ich hinblicke. Als ich wieder aufschaue, zwinkert er mir zu. Dann packt er meine Hüften und hebt mich hoch.

Ich schlinge die Beine um ihn, spüre seine Erektion ganz nah an meiner Mitte und lasse zu, dass er mich die wenigen Schritte zu meinem Bett trägt, wo er mich ablegt.

»Du bist der Wahnsinn, Mia«, flüstert er, dann fängt er an, meinen Hals zu küssen.

Ich lege den Kopf in den Nacken und konzentriere mich ganz auf ihn. Immer noch kann ich seine Härte an meiner Mitte spüren und es fühlt sich aufregend an, zu wissen, dass ich es bin, die für seine Erektion verantwortlich ist. Spielerisch bewege ich mein Becken ein wenig, reibe mich verführerisch an ihm.

Slater keucht, sein Atem streift meinen Hals und seine Lust steigert sich spürbar. Er will weitergehen.

Seine Hand gleitet in das Körbchen meines BHs. Ein Kribbeln durchfährt mich, als er beginnt, mit meinem Nippel zu spielen. Mit dem Daumen umkreist er ihn, um ihn anschließend zwischen seinen Fingern zu reiben. Mich macht das unheimlich an. Mein Atem geht schwerer und ich spüre eine warme Feuchtigkeit zwischen meinen Beinen.

Slaters Mund wandert tiefer, über meine Brüste, hinunter zu meinem Bauch.

Ich recke ihm mein Becken entgegen und er zögert nicht lange.

Mit den Zähnen befreit er mich von meinem Slip, wobei seine Lippen sanft meinen Unterleib streifen. Er ist mir so nah. Ich bin mir sicher, dass er meine Lust wahrnehmen kann.

Mein Atem geht jetzt abgehackt und mein Herz rast vor lauter Vorfreude und Verlangen.

Slaters Blick richtet sich auf meine Mitte und er schluckt sichtlich. Seine Augen sind glasig, fast ein wenig fiebrig. Seine Hand, die sich gerade noch meinen Brüsten gewidmet hat, fährt jetzt zwischen meine Schenkel und ich spreize sie ein wenig für ihn. Er beginnt mich zu streicheln, was tausend Schauer über meinen Körper jagt. Seine Finger teilen meine Scham, erkunden meine Mitte und ich stöhne leise, als er meine empfindlichste Stelle zu verwöhnen beginnt.

»Ich will dich spüren«, flüstere ich.

Slater beugt sich über mich, drückt mir einen Kuss auf die Lippen, die Hand immer noch zwischen meinen Beinen. »Das kannst du haben«, knurrt er.

Dann küsst er mich wieder, diesmal tiefer und leidenschaftlicher, doch seine Finger verschwinden von meinem Körper und mein Verlangen wird fast unerträglich.

Ich spüre, wie er sich dabei an seiner Hose, die noch auf dem Bett liegt, zu schaffen macht, höre, wie er eine Kondompackung aufreißt, wobei er mich immer noch heftig küsst.

Nach einem Augenblick fühle ich seine warmen Finger erneut an meiner Mitte und weil ich es kaum erwarten kann, dränge ich mich ihm wieder entgegen. Slater spreizt meine Schamlippen und ich stöhne auf.

»Mach schon«, will ich keuchen, aber Slater verschließt meinen Mund wieder mit seinem.

Ich merke, dass er grinst. Es macht ihm wohl Spaß, mich hinzuhalten.

Doch dann spüre ich endlich seine Erektion zwischen meinen Schenkeln. Langsam und vorsichtig dringt er in mich ein.

Mein Herz rast jetzt so schnell, dass mir schwindelig wird.

Ich klammere mich mit den Händen an seinen muskulösen Rücken und konzentriere mich voll und ganz auf seine Stöße, während wir einander tief in die Augen blicken.

Instinktiv scheint er genau zu wissen, wie er mich in den Wahnsinn treiben kann. Welches Tempo das richtige für mich ist.

Ich drehe meinen Kopf weg und atme keuchend.

Slaters Atem geht nicht weniger schnell als meiner, trotzdem lässt er es sich nicht nehmen, meinen Hals weiter mit Küssen zu bedecken.

Immer wieder dringt er dabei in mich ein und ich schlinge die Beine um ihn, damit ich ihn noch intensiver spüre.

»Slater«, flüstere ich, weil mir der Klang seines Namens so gut gefällt.

»Ich bin da«, raunt er mir ins Ohr.

Und das ist alles, was ich wissen muss.

KAPITEL 12

MIA

Etwas raschelt neben mir. Erst Bettwäsche, dann Kleidung. Ich bin viel zu träge, um die Augen zu öffnen. Immer wieder dämmere ich weg, schaffe es einfach nicht, richtig aufzuwachen. Die Müdigkeit umfängt mich wie dichter Nebel, der sich erst lichtet, als mir jemand einen Kuss auf die Stirn haucht.

Jetzt schaffe ich es doch, die Lider zu heben.

Ich blinzle, bis sich meine Augen an das helle Morgenlicht gewöhnt haben.

»Guten Morgen.« Slater hat sich über mich gebeugt und mustert mich amüsiert.

Wahrscheinlich geben meine Haare ein ziemlich wüstes Bild ab. Außerdem bin ich unter dem dünnen Laken komplett nackt und ich kann mir vorstellen, woran Slater gerade denkt.

»Morgen«, sage ich und klinge, wie ich morgens immer klinge. Betrunken, verpeilt und heiser.

Das veranlasst Slater dazu, noch mehr zu grinsen. »Du hast doch gestern gar keinen Whisky getrunken. Und geraucht hast du auch nicht, also musst du definitiv zu viel gesungen haben.«

Ich kann es kaum glauben, dass Slater hier ist. Hier, bei mir, in diesem winzigen Zimmer. Ich höre ihm gar nicht richtig zu, sondern strecke stattdessen die Hand aus und berühre seine Wange. Sie fühlt sich wie gewohnt ein bisschen kratzig an und ich muss wieder lächeln.

Es ist kein Traum.

Slater nimmt meine Hand aus seinem Gesicht und drückt einen Kuss darauf. »Ich muss jetzt los. Sehen wir uns heute vor dem Spiel?«

Ja, richtig. Heute ist ja schon Donnerstag und somit steht das Freundschaftsspiel gegen die Bruins an, die Mannschaft, gegen die die Eagles das letzte Spiel verloren haben – wegen Slater.

»Natürlich. Ich werde übers Eis stolpern und dich anfeuern.« Ich sehe Slater in die Augen und erkenne darin, dass er ziemlich angespannt ist. »Du schaffst das.«

Slater nickt, dann reißt er sich sichtlich von mir los und steht auf. »Um fünf vor der Halle?«

Ich lächle. »Ich werde ganz sicher da sein.«

Slater erwidert mein Lächeln, dann geht er.

Ich lausche, aber Kelly ist entweder nicht da oder in ihrem Zimmer. Die goldene WG-Regel habe ich gestern völlig außer Acht gelassen. Aber das mit Slater ist nicht irgendeine Sexgeschichte für mich und sollte es mit uns so weitergehen, wie es begonnen hat, wird sich Kelly bestimmt an seine Anwesenheit gewöhnen. Wer weiß, vielleicht taut sie sogar ein wenig auf.

Ich bleibe einfach noch eine Weile im Bett, denke an gestern Abend und daran, wie sich Slaters Körper auf meinem angefühlt hat. Allein der Gedanke an seine Nähe jagt eine warme Welle durch mein Inneres. Es hat sich so richtig angefühlt, dass es beinahe lächerlich ist, dass ich mir noch vor einer Woche vorgenommen habe, mich an ihm für Lea zu rächen.

Glücklicherweise hat sich alles anders entwickelt.

Slater entspricht so überhaupt nicht dem Klischee eines Eishockeystars und Unischwarms. Er spielt nicht mit den Gefühlen anderer, im Gegenteil. Er bemüht sich, stets so ehrlich wie möglich zu sein und nutzt seine Position an der UC kein bisschen aus.

Ich hätte niemals gedacht, dass meine Studienzeit so beginnen würde. Dass meine Pläne, mich voll und ganz auf meine Karriere zu konzentrieren, binnen weniger Tage unwichtig werden würden, zuerst wegen meiner Schwester und dann wegen eines Mannes wie Slater.

Unauffällig sein, Teil der Szene sein, aber immer nur beobachten und nie mitmachen, das ist vorbei. Jetzt bin ich mittendrin, die Freundin von Slater Thorn und auf dem besten Weg, eine richtige Cheerleaderin zu werden.

Und ich fühle mich glücklich. Als würde ich langsam, aber sicher meinen wahren Platz finden.

Als von draußen die Sonne auf mein Bett scheint und binnen Minuten dafür sorgt, dass ich mich wie in der Sauna fühle, schiebe ich meine Tagträumereien beiseite und stehe endlich auf.

Mein Handy zeigt mir an, dass wir gerade einmal halb zehn haben. Noch ein ganzer Tag bis zum Spiel.

Ich darf heute Abend dabei sein und auch wenn ich tatsächlich nur Pompons schwingen und ein bisschen anfeuern werde, bin ich total gespannt auf die Stimmung in der Eishalle und darauf, wie es ist, Slater diesmal zu beobachten.

Beim letzten Mal habe ich ihn noch zutiefst gehasst. Jetzt ist das Gegenteil der Fall und ich kann mir vorstellen, dass ich vor lauter Nervosität ganz hibbelig werde.

Ich stehe auf und suche mir ein paar Klamotten zusammen. Die Zeit bis zum Training werde ich im Ort verbringen und dem kleinen Antiquitätenladen einen Besuch abstatten. Im Augenblick fotografiere ich immer häufiger mit der Polaroidkamera, die ich von Slater bekommen habe.

Der beschränkte, quadratische Ausschnitt und die mangelnden technischen Details der Cam, stellen mich vor ganz neue Herausforderungen. Mit der Polaroid Fotos zu schießen, fühlt sich an, wie zurück zum Ursprung der Fotografie zu kehren. Ich mag den nostalgischen Touch und wer weiß, vielleicht ist das genau die Art von *Signature*, die ich für meine Bilder brauche.

Ich hoffe, dass ich im Antiquitätenladen noch ein paar Filme kaufen kann, dann werde ich das Spiel heute nämlich mit der Sofortbildkamera aufnehmen. Ich sehe bereits vor mir, wie die Fotos aussehen. Vorbeirasende Eishockeyspieler, in der Bewegung aufgenommen, verwischt und durch einen leichten Gelbschleier nostalgisch angehaucht. Ich bin gespannt, ob die Bilder am Ende so aussehen, wie ich sie mir gerade vorstelle oder ob ich die Idee danach am besten ganz schnell verwerfe.

Auf dem Weg zur Tür entdecke ich meinen Laptop und muss unwillkürlich an meinen Dad denken, der uns vor zehn Jahren wegen einer kenianischen Frau verlassen hat und nach Afrika gezogen ist.

Ich habe immer davon geträumt, dass ich, wenn ich erst fertig mit meiner Ausbildung und ihm ebenbürtig bin, zu ihm fliegen würde. Dass er erkennen würde, wie falsch es war, wegzugehen – wie falsch es war, eine Tochter zu verlassen, die ihm so ähnlich ist.

Nach meinem Gespräch mit Slater sehe ich die ganze Sache etwas anders.

Er hat während der vergangenen zehn Jahre nicht einmal versucht, Kontakt mit mir aufzunehmen. Ich habe nicht einmal eine echte E-Mail-Adresse von ihm und das sagt doch schon alles. Also fasse ich einen Entschluss.

***

From: through.my.eyes@mailnamib.com
To: Anthony Carson

Hey Dad,

das ist die letzte E-Mail, die ich dir schreibe.
Vielleicht lasse ich dir irgendwann die Zugangsdaten zu dem Account zukommen, an den meine Nachrichten jahrelang gegangen sind, aber vermutlich eher nicht.
Denn eines ist mir klar geworden:
So wie du mich nicht brauchst, brauche ich dich auch nicht mehr.
Und ich glaube, ich will noch nicht einmal mehr sein wie du.
Du wunderst dich bestimmt darüber, dass ich die Dinge jetzt so anders sehe. Das liegt daran, dass ich jemanden kennengelernt habe. Jemanden, der mein Leben auf den Kopf stellt, aber auf eine gute Art.

Einen Mann, der mir gezeigt hat, dass es sich lohnt, mehr zu tun, als einfach nur hinzusehen und auf den richtigen Moment zu warten.
Das ist alles, was ich dir sagen wollte. Dass man sich nur abwenden sollte, wenn man sich wirklich sicher ist. Das hast du getan und ich tue es jetzt auch.
Und genau wie du wende ich mich einem neuen Leben zu, an der Seite von jemandem, der mich glücklich macht und den ich auch glücklich machen will.
Wenn du das jemals liest, drück uns die Daumen.
Sein Name ist Slater und ich bin ziemlich verliebt in ihn.

Mach's gut,
deine Mia

***

Kelly ist nicht da, also trinke ich meinen Kaffee, während ich mich fertig mache, dann nehme ich mir ein Croissant mit und trete nach draußen in die warme Sommerbrise. Ich mag die Hitze, sie erinnert mich an Afrika, auch wenn die Luft hier weniger trocken und staubig ist.

Ich setze meine Sonnenbrille auf und gehe los. Ein paar Studenten grüßen mich und ich erwidere ihren Gruß, auch wenn ich die wenigstens von ihnen richtig einordnen kann. Aber das wird noch kommen.

Meine Zeit in Berkeley hat gerade erst angefangen.

Langsam schlendere ich durch den Ort in Richtung Antiquitätenladen und kaufe mir unterwegs ein Eis.

Himbeere und Pistazie, eine Mischung, für die mich Lea immer ausgelacht hat.

Ich überlege, ob ich Slater eine Nachricht schicken soll, irgendeinen kleinen Gruß, weil ich vorhin im Halbschlaf ein bisschen einsilbig war. Aber ich entscheide mich dagegen. Er soll nicht denken, dass ich direkt klammere, wenn wir mal einen Vormittag nicht zusammen verbringen.

Gestern hat es ihn Überwindung gekostet, die Nacht nicht zu Hause zu verbringen, das habe ich gespürt.

Ich frage mich, was er für ein Geheimnis vor mir verbirgt. Irgendetwas mit seinem berühmten Vater, das steht fest. Ob der ihm auch das blaue Auge geschlagen hat?

Am liebsten hätte ich ihn gefragt, aber ich spüre, dass es nichts ist, worüber Slater gerne redet. Und das akzeptiere ich. Wenn er irgendwann so weit ist, wird er es mir schon verraten. Ich muss also Geduld haben, auch wenn mich der Gedanke, dass Slater womöglich mit einem gewalttätigen Schläger zusammenwohnt, halb verrückt macht.

Ich bin so in Gedanken, dass ich beinahe an der Straße vorbeigelaufen wäre, in der sich das Antiquariat befindet. In letzter Sekunde kriege ich noch die Kurve und schlendere auf den kleinen Laden zu. Als ich ihn betrete, schlägt mir der Geruch von alten Büchern und Holz, das in der Sonne erwärmt wurde, entgegen. Ich schiebe meine Sonnenbrille ins Haar und sehe mich im Halbdunkel um. Staubflocken tanzen durch die Luft und glitzern im wenigen Licht, das von draußen hereinfällt.

»Hallo?« Ich sehe mich um und entdecke Mister Dawson an der Ladentheke.

Er telefoniert aufgebracht und sieht etwas erschrocken auf, als ich näherkomme. Dann scheint er mich von meinem Besuch mit Slater zu erkennen, denn er lächelt.

»Entschuldigung«, formt er mit den Lippen und deutet hinter sich. »Hinterzimmer.« Damit verlässt er telefonierend seinen Laden und lässt mich inmitten der alten Schätze stehen.

Anscheinend hat er noch einen Mitarbeiter, bei dem ich bezahlen kann, während er vor seinem Laden auf und ab läuft und weiter telefoniert. Zumindest habe ich es so verstanden.

Mir soll es nur recht sein. So kann ich mir all die Dinge hier wenigstens in Ruhe ansehen.

Ich schlendere durch die Regalreihen, betrachte ein paar alte Puppen, eine aus Holz geschnitzte Spieluhr, die eine Jahrmarktszene zeigt, und ein goldenes Kaleidoskop.

Ich halte es mir vors Gesicht und sehe eine Weile den bunten Mustern dabei zu, wie sie ihre Form ändern.

Dann gehe ich weiter, hinüber zu der Schmuckauslage, an der ich beim letzten Mal schon mit Slater vorbei kam.

Schwerer, mit Steinen besetzter Goldschmuck wechselt sich mit zierlichen roségoldenen Armreifen ab. Es folgen eine Reihe von Armbanduhren, dann kommen die Taschenuhren, bei denen Slater bei unserem Besuch langsamer geworden ist.

Es sind drei an der Zahl.

Zwei sind golden, die dritte ist silbern und bereits so angelaufen, dass sie fast schwarz wirkt. Ich glaube, es war diese Uhr, die Slater so nachdenklich angeschaut hat.

Ich nehme sie hoch und betrachte die Vorderseite. Eine alte Seekarte ist dort hineingraviert worden. Die Linien sind so fein, dass ich sogar einzelne alte Handelsrouten erkennen kann.

Sie ist wunderschön und es überrascht mich nicht, dass sie Slaters Blick auf sich gezogen hat.

Ich klappe die Uhr auf. Sie funktioniert sogar noch und zeigt exakt die richtige Uhrzeit an. Gerade will ich sie weglegen, da fühle ich, dass auch etwas in die Rückseite graviert wurde und drehe die Uhr um.

Joseph William Thorn.

Drei Worte in geschwungenen Buchstaben.

Thorn.

Ob das Zufall ist?

Wohl kaum.

Ich betrachte den Namen einen Moment lang, ohne mir einen Reim darauf machen zu können. Gehörte die Uhr einem Verwandten und Slater hat sie erkannt?

Wie auch immer. Ich habe gesehen, wie er sie angeschaut hat und beschließe, mich für die geschenkte Polaroid zu revanchieren.

Ich nehme sie mit und schaue mich noch ein bisschen weiter um, bis ich zu den Kameras und den alten Filmen komme. Es gibt drei Päckchen Polaroidbilder für meine Cam und ich nehme sie alle drei.

Weil der Besitzer immer noch draußen telefoniert, gehe ich damit auf die Tür zum Hinterzimmer zu, auf die er vorhin gedeutet hat. Sie ist nur angelehnt, trotzdem trete ich nicht einfach ein.

»Hallo?« Ich klopfe gegen das Holz und warte. »Ist hier jemand?«

Schwere Schritte auf knarrenden Dielen, dann öffnet sich die Tür – und ich bin vollkommen überrascht.

»Slater?«

»Du?« Slater sieht mich überrumpelt an.

Ich glaube, dass ich nicht weniger erstaunt schaue. Als er heute Morgen aufgebrochen ist, habe ich gedacht, dass er nach Hause oder zum Training gehen würde. Stattdessen hält er sich in dem Antiquitätenladen auf und trägt dabei sein Shirt und die Anzughose von gestern. Er muss direkt von mir hierher gekommen sein.

»Was ... was machst du denn hier?«, frage ich. Langsam wird mir klar, warum der Besitzer aufs Hinterzimmer gedeutet hat. Er dachte, ich wollte Slater besuchen.

»Ich ...« Slater fährt sich mit der Hand durchs Haar und sieht dabei über mich hinweg. Das macht er öfter, wenn ihm die Worte fehlen, das habe ich bereits festgestellt. Dann sieht er mich an. »Hast du ein paar Minuten? Ich würde es dir gerne erklären.«

***

Wir sitzen nebeneinander auf einer früheren Seekiste in einem schattigen kleinen Innenhof, in dem sich alte Pappkartons und ein paar antike Möbel unter Planen stapeln. Slater hat den Blick auf die Taschenuhr in seinen Händen gerichtet. Immer wieder dreht er sie in den Fingern und scheint nach den richtigen Worten zu suchen.

»Mein Vater ...«, beginnt er schließlich.

Ich sehe ihn an und schweige.

»Es ist alles ein bisschen anders, als es auf den ersten Blick scheint. Mein Vater ist schon lange kein erfolgreicher Schauspieler mehr. Er hat immer wieder diese Phasen, in denen er überhaupt nichts zustande kriegt.«

»Phasen?« Ganz automatisch sehe ich auf Slaters kaputtes Auge und kann mir vorstellen, von was für Phasen er spricht.

»Mein Vater hat BAS. Eine bipolare Affektstörung«, fährt Slater dann fort und ich erkenne, dass ich mit meiner Vermutung falsch liege.

Ich habe von bipolaren Störungen gehört und glaube, dass Menschen, die darunter leiden, ständig Gefühlsschwankungen haben, die nicht mehr im normalen Bereich liegen. Mal haben sie manische Episoden, in denen sie sich voller Energie auf einen Bereich ihres Lebens stürzen und dann folgen depressive Zeiten, die düsterer und trauriger kaum sein könnten.

»Er ist manisch-depressiv?«, frage ich und Slater nickt.

»Es kam irgendwann ganz plötzlich, oder zumindest ist es mir früher nicht aufgefallen. Vielleicht hatte er diese Störung auch schon immer und konnte sie nur gut verbergen. Jedenfalls hatte er seine erste richtig schlimme depressive Phase vor sieben Jahren, nach einem seiner größten Filmerfolge. Er ist danach in ein ziemliches Loch gefallen, hat seine ganze Arbeit schlecht geredet und alle möglichen Verträge aufgekündigt. Er hat seinen Manager gefeuert und ist tagelang nicht mehr aus dem Bett gekommen. Er hat sich nicht helfen lassen, weder von mir noch von jemand anderem, trotzdem hat er es damals geschafft, irgendwie wieder er selbst zu werden. Zumindest habe ich das gedacht.«

Slater starrt noch immer auf die Uhr in seinen Händen und gleichzeitig durch sie hindurch. Er hängt in der Vergangenheit fest und sieht die Bilder von früher wahrscheinlich gerade, als würden sie unmittelbar vor ihm passieren.

»Damals dachte ich einfach, das Schlimmste wäre überstanden. Er hat sich wieder in die Arbeit gestürzt, sich mit dem Produzenten und seinem Management versöhnt und all seine Kraft in den neusten Film gesteckt. Mittlerweile weiß ich, dass es nur eine manische Phase war, auf die bei ihm immer eine noch schlimmere Depression folgt.«

Ich betrachte Slater und weiß gar nicht, was ich sagen soll. Was bei ihm zu Hause los ist, scheint wirklich heftig zu sein. Das ist es also, was er so sorgsam vor der Welt verbirgt. Deswegen wirkt er, sobald er sich unbeobachtet fühlt, so erschöpft.

»Die Abstände zwischen den Episoden werden immer kürzer, die depressiven Phasen immer länger und tiefer. Auch in der Manie ist er zu nichts Gutem mehr fähig und ich … ich weiß einfach nicht …«

Slater bricht ab, sein Blick irrt kurz umher, als würde er nach einer Antwort suchen, die hier irgendwo im Raum schwebt. Oder als wollte er einfach nur verhindern, dass er mich ansehen muss.

Ich betrachte ihn noch immer und frage mich, ob er das alles allein stemmt. Ob er versucht, seinem Vater ohne fremde Unterstützung aus der Krankheit zu helfen, was einem Kampf gegen Windmühlen gleichen würde. Wie ich ihn einschätze, weiß nicht einmal Tom Bescheid.

»Ist er in Behandlung?«

Slater sieht mich an. Zum ersten Mal, seit wir hier draußen sitzen, scheint er wirklich zu registrieren, dass ich da bin.

»Nein. Eine Zeitlang hatte er einen Therapeuten, der dann aber versucht hat, seine Geschichte an die Presse zu verkaufen. Eine Klage konnte das Schlimmste abwenden, trotzdem bleibt von jeder Geschichte etwas hängen. Das Management hat eine ganze Weile dafür gekämpft, seinen Ruf wieder aufzubauen. Aber weil mein Dad in der letzten Zeit keine einzige Rolle mehr angenommen hat, ist irgendwann im letzten Jahr das Geld knapp geworden und wir mussten sie entlassen.«

»Aber ...« Ich weiß nicht, wie ich es formulieren soll, ohne Slater zu nahe zu treten. »Du kannst ihm nicht ganz allein helfen. Er braucht professionelle Hilfe und Medikamente.«

»Ich weiß. Es soll ja auch nur eine Übergangslösung sein.«

»Wofür?«

»Bis ich genug Geld zusammen habe. Es gibt da eine Privatklinik in South Carolina. Die sind auf Menschen wie ihn spezialisiert und absolut diskret.«

Ich atme durch. Ich verstehe, dass er seinem Vater helfen und seine Karriere nicht noch weiter zerstören will, indem er ihn in eine Klinik steckt, die staatlich subventioniert und *weniger diskret* ist. Wenn die

Öffentlichkeit von der psychischen Krankheit seines Dads erfährt, bekommt er sicher nie wieder eine Rolle.

Andererseits ist das, so fürchte ich, aber ein Fehler. Sein Vater wird sicher nie wieder zurück auf die große Leinwand kehren, wenn seine Krankheit immer weiter fortschreitet. Wenn Slater noch länger wartet, kommt vielleicht jede Hilfe zu spät und keine Therapie greift mehr richtig.

»Ist es nicht viel wichtiger, dass er wieder gesund wird?«, frage ich vorsichtig. »Dass er Hilfe kriegt?«

»Die Schauspielerei ist für ihn wie für mich das Eishockey. Er kann ohne sie nicht leben und ich kann ihm das nicht kaputt machen, nur weil er mir zu anstrengend ist.« Slater sieht wieder auf die Taschenuhr. »Die hat meinem Großvater gehört. Ich habe unseren halben Hausstand hier verpfändet, um die Kohle für die Klinik zusammen zu kriegen. Mister Dawson hat nie was gesagt, aber ich denke, ihm ist klar, dass bei uns was nicht stimmt. Eines Tages hat er mir diesen Job angeboten. Ich muss nur im Lager arbeiten, damit mich keiner sieht. Wahrscheinlich werde ich auch schon paranoid, aber ich fürchte einfach, wenn jemand mitkriegt, dass wir kein Geld mehr haben, zählt er eins und eins zusammen und die ganze Sache mit meinem Dad fliegt auf.«

»Deshalb hast du mich auch nicht reinlassen können?«, vermute ich.

»Ja. Genau. Ich lasse niemanden zu mir, nicht mal Tom. Es wäre einfach zu ...«

Ich nehme Slaters Hand und drücke sie. »Es erschreckt mich, dass du das alles allein durchmachen musstest. Und ich verstehe, dass du es nur gut mit deinem Vater meinst, aber denkst du wirklich, es ist das richtige, die Karriere über seine Gesundheit zu stellen?«

Slaters Brauen ziehen sich bei meinen Worten nachdenklich zusammen. »Das tue ich gar nicht. Ich will nur nicht, dass er alles verliert.«

»Er hat dich angegriffen, Slater«, sage ich, weil ich mir dessen mittlerweile sicher bin. Ich strecke die Hand aus und fahre ganz behutsam über den Bluterguss an seinem Auge, wobei sein Lid leicht zuckt. »Ich denke, er ist gefährlich. Für dich und vielleicht auch für sich selbst. Wenn du dir die Spezialklinik noch nicht leisten kannst, dann wäre er in einer staatlichen Einrichtung sicher besser aufgehoben als zu Hause. Ich meine, gerade jetzt, wo wir beide hier sitzen, ist er doch sicherlich allein. Du weißt doch gar nicht, was er tut.«

»Nein«, gibt Slater zu. »Aber ich kann es mir denken. Ich warte jeden Moment darauf, dass die Polizei mich anruft, weil mein Dad wieder bei den Nachbarn ist. Er fühlt sich von allem verfolgt. Er denkt, dass ihm jeder nach dem Leben trachtet. Vorgestern, nachdem er auf mich losgegangen war, hatte ich die Schnauze voll von seinem Wahn. Ich hätte dich nicht fragen sollen, ich hätte nicht mit dir zum Ball gehen dürfen und wahrscheinlich bei ihm bleiben müssen. Aber ich habe es nicht getan und weißt du, was ich gehofft habe?« Slater sieht mich an und in seinen Augen glitzern Tränen. »Ich habe gehofft, dass er wieder etwas versucht und von der Polizei erwischt wird. Dass sie ihn dieses Mal nicht wieder gehen lassen, sondern ihn als Gefahr einstufen. Dann müsste die Entscheidung mit der Klinik nicht ich treffen.«

Slater wischt sich durchs Gesicht und schüttelt den Kopf.

Ich spüre, dass er erschüttert von seinem eigenen Wunsch ist, aber ich kann ihn total verstehen. Insgeheim weiß er, dass es besser für seinen Vater wäre, wenn er eingewiesen würde. Aber er will ihn nicht abschieben.

»Ich weiß einfach nicht mehr, was ich machen soll«, redet Slater weiter, als hätte er lange darauf gewartet, diese Worte mal aussprechen zu können. »Einerseits muss ich zur Uni, zum Training. Wenn mich die NHL nicht nimmt, kann ich die Klinik niemals bezahlen. Andererseits werde ich jedes Mal fast verrückt, wenn ich nicht zu Hause bin. Weil ich nie weiß, was er als Nächstes tut. *Wem* er was tut.«

»Vielleicht ...« Ich räuspere mich, denn mir bleibt die Stimme weg. Slaters Geschichte ist so traurig, dass ich einen Moment brauche, um mich zu sammeln.

Ich halte seine Hand fest, streichle seine Finger und suche nach den richtigen Worten.

»Was würdest du an seiner Stelle wollen?«, frage ich behutsam. »Deine Karriere behalten, aber vielleicht so sehr den Verstand verlieren, dass du nicht mehr du selbst bist, sondern eine Gefahr für alle um dich herum? Oder dein Leben zurück?«

»Ganz klar, Letzteres.«

Ich nicke. »Ich denke, das würde dein Vater auch wollen, wenn er darüber noch entscheiden könnte.«

***

Ich habe Slater im Lager geholfen und Mister Dawson hat ihn daraufhin früher gehen lassen. Wir sind zusammen zur Eishockeyhalle gefahren und haben dabei nicht mehr über seinen Vater gesprochen. Slaters angespannte Vorfreude ging auf mich über und als es so weit ist, als die anderen Firebirds und ich im Kabinengang auf unseren Einsatz warten, bin ich total aufgeregt. Von hier aus können wir sehen, dass die Halle bis auf den letzten Platz gefüllt ist. Und diese Riesenmenge an Fans sollen wir gleich zum Toben bringen. Endlich ist es so weit und als die ersten Takte von *Ring of Fire* erklingen, schießt mir pures Adrenalin in die Venen.

»Let's go, Firebirds!«, ruft Abigail und fährt als Erste nach draußen, dicht gefolgt von Grace, Sandra, Suzan, Cynthia ... Mittlerweile kenne ich die Namen der anderen und fühle mich schon jetzt als Teil des Teams.

Sherley und ich kommen inmitten der anderen nach draußen gefahren und es gelingt mir, ihr Tempo mitzuhalten, während wir zu den rockigen Klängen des Liedes unsere ersten zwei Runden über das Eis drehen.

Sofort fixiert sich alles auf uns. Es scheinen zu zwei Dritteln Fans der Eagles hier zu sein, die uns anfeuern, manche halten sogar Schilder hoch. Auf einem steht *I'm only here for the Cheerleaders* und ich muss lachen, als ich es sehe.

Malcolm läuft durch die Reihen und verkauft Eiscreme, hält jedoch gerade inne, um Abigail zuzusehen, die ihm verliebt zuwinkt. Und auf den hinteren Rängen sehe ich sogar Kelly und ihre Rockabilly-Freunde.

Ich werfe ihr einen Kussmund zu, dann beginnen die anderen mit der Choreo und Sherley und ich haben die

Aufgabe, über das Eis zu fahren, dicht an den Zuschauern entlang, und sie zum Ausrasten zu bringen.

Wie ich das machen soll, weiß ich ehrlich gesagt nicht, denn sowas kann man schlecht lernen. Aber das ist auch nicht nötig. Die aufgeheizte Stimmung reißt mich mit, ich fliege nur so über das Eis, hebe die glitzernden Pompons in die Luft, lächle in die Menge und überall, wo ich vorbeikomme, springen die Fans auf und rufen »Go, Eagles!«

Ich stimme darin ein, drehe weiter meine Runde …

Und dabei fällt mein Blick auf Slater.

In voller Montur sitzt er auf der Bank und sieht mir zu.

Schlagartig bin ich noch aufgeregter. Ich möchte auf keinen Fall hinfallen oder irgendwas anderes Blödes machen, das wäre mir ziemlich peinlich.

Doch ich falle nicht. Noch nicht einmal, als ich mich am Ende der Choreo unter die anderen mische, mit ihnen in eine herzförmige Formation gehe und wir eine letzte Runde über das Eis drehen, während auf der Punkteanzeige die Worte erscheinen, die wir uns für den Schluss unserer Show überlegt haben: SHOW SOME LOVE FOR THE EAGLES THIS SEASON!

Wir beenden unsere Show, formen Herzen mit den Fingern und die Fans springen allesamt auf, klatschen und jubeln, während wir dreimal »Go Eagles, give them Hell!«, rufen, was wohl Tradition ist.

Alle stimmen mit ein, der Schlachtruf für die Mannschaft bringt die ganze Halle zum Beben. Dann bricht tosender Applaus los.

»So Mädchen, das war's. Gleich wird es ernst«, ruft unsere Trainerin in diesem Moment und ich bin erleichtert, dass ich es ohne Zwischenfälle geschafft habe. »Jetzt lasst die Jungs aufs Feld!«

Während die anderen unter dem Beifall der Fans Richtung Kabinengang verschwinden, fahre ich hinüber zu Slater, der aufgestanden ist und mir entgegenblickt.

»Das sah doch schon viel besser aus«, sagt er und ich lasse mich in seine Arme fallen.

»Bist du bereit?«, will ich wissen.

In Slaters Augen sehe ich Entschlossenheit und Kampfgeist. »Sowas von. Es heißt, es sind auch ein paar Scouts unter den Zuschauern.«

»Dann zeig es ihnen.«

»Das werde ich.« Slater beugt sich zu mir runter und wir küssen uns unter dem Gejohle der anderen Cheerleaderinnen und von ein paar der Eagles, die jetzt nach und nach aufs Eis kommen.

Es ist mir egal. Ich mache die Augen zu und vertiefe unseren Kuss sogar noch.

»Fresst euch nicht auf!«, ruft jemand dazwischen.

Slater löst sich von mir, grinst und räuspert sich. »Coach Ridley, das ist Mia.« Er zieht mich in seinen Arm.

»Wir kennen uns bereits.« Ridley betrachtet mein Cheerleader-Outfit überrascht. »Nicht mehr an der Kamera?«

»Oh doch, direkt wenn das Spiel beginnt, mache ich ein paar Bilder.«

»Sehr schön. So Jungs, auf geht's!«

»Viel Glück«, raune ich Slater zu.

»Danke. Wir sehen uns nach dem Spiel.« Sein Blick huscht zu Tom hinüber und ich kann mir vorstellen, dass er keine große Lust auf eine Konfrontation mit ihm hat. Trotzdem ist es nötig. Wir müssen endlich klären, was es mit der Sache zwischen ihm und Lea auf sich hat. Aber erstmal hat das Spiel Priorität.

»Hau sie weg!«, sage ich.

Slater lacht und hält mir die Faust hin.

Ich schlage ein, dann fährt Slater zu den anderen hinüber.

Gleich geht es los. Und ich bin aufgeregter als Slater.

SLATER

Wir stellen uns alle im Kreis auf und Jenson schwört uns auf das kommende Match ein.

»Beim letzten Mal haben wir gegen die Bruins verloren – als Team. Und heute stampfen wir sie als Team in den Boden. Falls irgendwer von euch nicht bereit ist, absolut alles zu geben, kann er auf der Stelle nach Hause gehen. Will irgendwer nach Hause?«

»Nein!«, brüllen wir alle wie aus einer Kehle.

»Also dann: Keine Gnade, keine Kompromisse. Verlieren ist heute absolut verboten. Haben wir uns verstanden? Dann machen wir sie fertig!«

Mit zustimmendem Geschrei lösen wir uns aus dem Kreis, schnappen uns unsere Stöcke und versammeln uns um den Mittelkreis.

Dort wird der Puck ins Spiel gebracht. Tom und ein Stürmer der Bruins stellen sich voreinander auf, wir anderen verteilen uns drumherum. Der Schiedsrichter geht in Position, legt den Puck aufs Eis, versetzt ihm einen kleinen Stoß in Richtung der beiden.

Tom ist schneller.

Mit seinem Schläger berührt er als Erster die Scheibe und spielt sie rüber zu Jenson, der die Bruins ablenkt, während Tom sich freispielt und wieder zu ihm zurückpasst.

Ich rase ihm hinterher, halte ihm den Rücken frei, auch wenn ich immer noch sauer auf ihn bin.

Einer der Gegner setzt mir nach, versucht, an mir vorbeizukommen. Da er nicht im Puckbesitz ist, darf ich keinen Bodycheck anwenden und eine Zeitstrafe will ich so früh nicht riskieren, also muss ich ihn so unter Kontrolle bringen. Ihn blocken, ihn ausspielen. Ihn ganz einfach von Tom fernhalten.

Niemand kommt an mir vorbei. Das muss ich heute mehr denn je beweisen.

Tom erreicht das Tor, ich bin dicht hinter ihm.

Er stößt den Puck vor sich her, setzt zur entscheidenden Aktion an, aber der Torwart der Bruins lässt sich auf die Knie fallen und hält mit seinem Beinpanzer.

Tom fährt sofort herum, um bereit zu sein, wenn der Puck wieder ins Spiel kommt, ihn den Gegnern am besten gleich wieder abzunehmen. Für den Bruchteil einer Sekunde sehe ich dabei blanken Zorn in seinen Augen.

Tom ist der ehrgeizigste Spieler, den ich kenne. Während mich am Eishockey vor allem der Kampf reizt, ist es bei ihm das Gewinnen, sich zu messen, besser zu sein.

Und so prescht er gleich wieder los, während ich dasselbe tue, allerdings mit einem anderen Ziel.

Ich nehme an Fahrt auf, werde schneller und schneller, nehme den Stürmer ins Visier, der gerade den Puck vor sich hertreibt. Genau das hier ist meine Spezialität.

Ich beuge mich leicht vor, fahre an ihm vorbei, drehe mich um, bremse ab und erwische ihn mit einem heftigen Check an der Hüfte.

Er strauchelt und geht zu Boden.

Die Menge fängt an zu jubeln, zumindest unsere Fans.

Ich sehe mich kurz um, entdecke Mia unter den anderen Cheerleaderinnen am Spielfeldrand.

Sie sieht ein bisschen erschrocken aus und ich kann es ihr nicht verdenken. Allein schon durch das Adrenalin gebe ich heute noch mehr als neulich beim offenen Training. Ich gelte als fairer, aber brutaler Spieler und das bekommt sie nun zum ersten Mal mit eigenen Augen zu sehen.

Ehe Matt den Puck nach meiner Aktion unter Kontrolle bringt, holt ihn sich ein anderer der Bruins, was bedeutet, dass ich wieder angreifen muss.

Ich rase ihm hinterher, ramme die Kufen nur so ins Eis, erreiche ihn im letzten Drittel und wende auch diesmal einen Bodycheck an. Noch schneller als gerade, unkontrollierter. Ich erwische ihn irgendwo an der Schulter und diesmal gehen wir beide zu Boden, so heftig sind wir aufeinandergeprallt.

Ich kugle über das Eis, schlage mir den Kopf an, aber mein Helm hält das schlimmste ab.

Keuchend lasse ich mich von Jenson in die Höhe ziehen.

Das Spiel läuft schon weiter. Keine große Sache, Stürze gehören dazu. Und so nehme auch ich sofort wieder Fahrt auf, denn jetzt sind wir wieder im Besitz des Pucks.

Und so wird es jetzt drei Spielphasen lang gehen – ein ewiges Hin und Her zwischen Angriff und Verteidigung.

Ich liebe diesen Sport.

MIA

Slater geht keiner Konfrontation aus dem Weg, und als er im zweiten Drittel wieder auf dem Feld steht, kommt er mir sogar noch angriffslustiger vor. Er jagt über das Eis, dass es nur so aufspritzt, und Tom wirkt genauso aufgestachelt. Sie geben absolut alles, Tom holt sich immer wieder den Puck, während Slater wahrscheinlich auch eine ganze Armee aus dem Weg rammen würde, um für ihn Platz zu machen.

Und dann passiert es, kurz vor Spielende.

Slater erreicht die gegnerische Verteidigungszone, peitscht den Puck förmlich ins Netz und die Lichter am Tor gehen an, um einen weiteren Treffer zu signalisieren.

4:1.

Sofort springen alle Fans der Eagles auf und über die Lautsprecher wird *Ring of Fire* eingespielt, jeder hier weiß, dass das Spiel damit beendet ist. Die letzten Sekunden laufen runter und alle jubeln.

Auch ich kann nicht anders, als am Spielfeldrand die Arme hochzureißen und mich einfach für Slater und seine Jungs zu freuen. Sie haben hart für diesen Sieg gekämpft und ihn sich mehr als verdient. Auch wenn es nur ein Freundschaftsspiel war, haben die Eagles ein Zeichen gesetzt und allen gezeigt, dass sie zurück sind.

Tom und ein anderer Spieler, ich glaube, dass es Jenson ist, heben Slater in die Luft und ich lasse meine Arme schnell sinken, um mit dem letzten Polaroidbild diesen Moment festzuhalten.

Als hätte er im Gejohle das Surren der Kamera gehört, dreht Slater den Kopf zu mir und lächelt mich an.

Ich zeige ihm den erhobenen Daumen und er zwinkert mir zu. Ich kann es kaum erwarten, dass er gleich zu mir in den Spielergang kommt und ...

»Kannst du mir mal erklären, was das soll?«, brüllt eine schrille Stimme über die applaudierenden Zuschauer hinweg.

Ich sehe auf. Direkt neben dem Spielergang, dort, wo die Tribüne anfängt, steht meine Schwester über das Geländer gebeugt und sieht mich an, als wäre ich der Teufel persönlich. Was macht sie denn hier?

Kaum habe ich mir die Frage gestellt, fällt mir wieder ein, dass ihr neuer Freund Jerry einer der Bruins ist. Ich habe allerdings keinen blassen Schimmer, warum sie so wütend ist und sehe sie ziemlich verdutzt an.

»Cheerleading? Du?!«

»Äh, ja.« Ich weiß, dass es nicht zu mir passt, aber deswegen braucht sie mich nicht gleich so anzumachen. Hätte sie sich in den letzten Tagen auch nur ein paar Sätze mehr als nötig mit mir unterhalten, wüsste sie davon.

»Hey, Mia.« Slater kommt an den Rand der Eisfläche gefahren, legt einen Arm um mich und gibt mir demonstrativ einen Kuss, bevor er mit seinen kühlen Augen zu Lea hinüber sieht. »Gibt es ein Problem?«

Lea lacht ungläubig, einmal, dann nochmal. »Die UC, Cheerleading, einer von den Eishockey-Boys. Stiehlst du jetzt mein Leben, oder was?«

Ungläubig sehe ich sie an. »Lea, nein, ich ...«

»Deswegen bist du doch hergekommen, oder nicht? Weil du nicht ertragen konntest, dass ich hier etwas habe, in dem ich besser bin als du!«

Was redet sie denn da? Wieso denkt sie so über mich? Ich habe mir nie Gedanken darüber gemacht, ob Lea in etwas besser ist als ich.

Ich bemühe mich, ruhig zu bleiben, setze zu einem neuen Versuch an, sie zu beschwichtigen, bevor sie gleich wieder vollkommen die Kontrolle verliert. »Das alles hier hat sich einfach ergeben. Ich kam her, traf auf Slater und —«

Erst jetzt scheint Lea wirklich zu realisieren, wer da neben mir steht. Ihr Blick ruckt hinüber zu Slater, ihre Lippen verziehen sich zu einer schmalen, zynischen Linie und sie wettert: »Oh, jetzt verstehe ich! Du hast dich an ihn rangemacht, als du noch dachtest, *er* wäre mein Ex, richtig?«

Lea sieht mich gekränkt an.

Neben mir versteift sich Slater.

Und ich habe keine Ahnung, was ich sagen soll. Ich will nicht lügen, das habe ich mir fest vorgenommen. Aber das hier ist auf keinen Fall der richtige Augenblick, um Slater die Wahrheit zu sagen. Nicht vor all den Leuten, nicht vor Lea.

»Ja, also nein. Ich meine ...« So ein Mist. Die Situation wächst mir gerade total über den Kopf. Wie erkläre ich alles, ohne zu lügen und zugleich, ohne die beiden zu kränken?

»Ich dachte wirklich zuerst, dass du mal mit Lea zusammen warst«, sage ich an Slater gewandt. »Das habe ich dir ja gesagt.«

Er nickt finster.

»Und dann dachtest du, spannst du mir einfach mal meine große Liebe aus?«, fährt Lea dazwischen.

Am liebsten würde ich sie bitten, einfach die Klappe zu halten.

»Nein, Lea! Das würde ich nie machen.«

»Du hast mich doch noch nie leiden können.«

Bitte? Was soll das denn jetzt? Heftig schüttle ich den Kopf, würde ihre Worte am liebsten ungesagt machen. Das kann sie nicht wirklich von mir denken! Sie ist meine Schwester, meine Familie.

»Das ist doch Unsinn«, sage ich schnell. »Ich habe mich nur an Slater rangemacht, weil ich dich rächen wollte und ...«

Ich breche ab, verschlucke mich fast an meinen eigenen Worten. Sie sind raus, bevor ich mir überhaupt über die Konsequenzen bewusst werde.

»Was zur Hölle ...?!«, beginnt Slater, dann nimmt er den Arm von meiner Schulter und sieht mich fassungslos an.

Schnell drehe ich mich zu ihm um, packe seine kühlen, schweißfeuchten Schultern.

»Slater, nein!«, bitte ich ihn. »Versteh das nicht falsch! Das war, bevor ... Ich kannte dich ja gar nicht und ...«

»Deshalb unsere ganzen zufälligen Treffen.« Slater scheint mir gar nicht zuzuhören. Er misst mich mit einem fassungslosen Blick und schüttelt den Kopf. »Und ich Idiot dachte, Tom redet nur Scheiße.« Er sieht mich an, sieht mir direkt in die Augen. »All unsere Treffen waren von dir inszeniert, richtig?«

Ich hebe beschwichtigend die Hände. »Lass uns über alles in Ruhe reden, Slater.«

Mein Herz schlägt jetzt so doll, dass es wehtut. Ich möchte ihn auf keinen Fall verlieren. Aber er ist gerade so aufgebracht, dass ich auch nicht weiß, wie ich ihm die ganze Sache vernünftig erklären soll.

»Das ist nicht nötig. Du hast mich belogen. Du hast mit mir gespielt.«

»Anfangs!«, gebe ich zu. »Aber dann ...« Ich sehe ihm in die Augen und hoffe, dass er darin meine Gefühle für sich erkennt. Ich strecke die Hände nach ihm aus, aber er weicht vor mir zurück.

»Du hast mich sogar dann noch belogen, als ich dich gebeten habe, ehrlich zu sein!«

»Nein, das stimmt so nicht. Ich sagte, dass ich dir was vormache, weil Typen wie du nie auf Frauen wie mich stehen würden, und das war die Wahrheit. Aber an dem Abend habe ich erkannt ...«

Slater weicht noch einen Schritt zurück, auch wenn ich ihn gar nicht berühre. »Du hattest Recht«, sagt er. »Ich stehe tatsächlich nicht auf Frauen wie dich.«

Seine Worte treiben mir fast die Tränen in die Augen, aber ich versuche, stark zu bleiben. »Slater ...«

»Lass mich in Ruhe, Mia. Ich will dich nie mehr wiedersehen.«

Damit verschwindet er über die Eisfläche und ich sehe ihm einfach nur nach.

Versuche, zu begreifen, was hier gerade passiert.

Zwischen all dem Jubel und der ausgelassenen Stimmung hat Slater mir den Laufpass gegeben. Und das nicht etwa, weil er ein Mistkerl ist, der Frauen nur benutzt und verletzt.

Sondern, weil *er* sich benutzt vorkommt.

»Slater!«, rufe ich ihm mit heiserer Stimme nach, aber er wird bereits wieder von seinen Teamkollegen in Beschlag genommen. »Das darf nicht wahr sein«, flüstere ich.

Die anderen feiern Slater weiter, aber ich kann selbst von hier erkennen, dass seine Züge eine steinerne Maske geworden sind.

Er ist tief verletzt und ich weiß im Augenblick einfach nicht, was ich dagegen tun soll. Ich muss mit ihm reden, wenn er sich wieder beruhigt hat, doch gerade starre ich ihn einfach nur an und spüre, dass mir nun doch heiße Tränen über die Wangen rinnen.

»Ich sagte dir doch, dass du die Finger von den Eishockeyspielern lassen sollst.«

Lea. Die habe ich gerade völlig vergessen.

Ich schlucke und sehe zu ihr hinüber, sehe die Genugtuung in ihrem Blick.

Meine ich es nur, oder freut es sie, was hier gerade passiert ist?

Augenblicklich wird mir schlecht.

»Entschuldige mich«, bringe ich hervor, dann renne ich auch schon den Gang hinunter und suche die nächste Toilette.

KAPITEL 13

SLATER

Ich knalle die Haustür ein bisschen zu fest ins Schloss, schmeiße meine Eishockeyausrüstung einfach in die Ecke und stürme nach oben ins Badezimmer.

Vielleicht hilft mir eine kalte Dusche dabei, einen klaren Kopf zu bekommen.

Ich drehe das Wasser auf und ziehe meine verschwitzten Klamotten aus. Ich habe mir nicht die Mühe gemacht, in der Halle zu duschen und mich umzuziehen. Nach Mias unfreiwilligem Geständnis habe ich zugesehen, dass ich so schnell wie möglich nach Hause komme. Mir ist nicht nach feiern oder der Gesellschaft der anderen. Und ich glaube auch nicht, dass die Eisdusche irgendetwas besser machen wird.

Trotzdem steige ich drunter und konzentriere mich ganz darauf, wie mir das eisige Wasser die Luft raubt. Es fühlt sich an wie hunderte Nadelstiche auf meiner Haut, aber der leise Schmerz kann nicht über den Schmerz in meinem Inneren hinwegtäuschen.

Mia hat mich benutzt.

Sie hat gedacht, ich wäre Tom und hätte ihrer Schwester irgendetwas angetan.

Deshalb hat sie so dringend versucht, mir zu gefallen.

Es war alles nur gespielt und ich bereue zutiefst, dass ich ihr so schnell so viel von mir offenbart habe.

»Du bist ein Idiot, Slay!«, zische ich und lasse meine Faust gegen die Fliesen krachen.

Doch auch dieser Schmerz ist zu leicht, zu dumpf, um irgendetwas besser zu machen.

Ich kann einfach nicht glauben, dass Mia zu so etwas fähig ist. Und trotzdem scheint es der Wahrheit zu entsprechen. Sie hat es nicht abgestritten und selbst, wenn sie es hätte ... Mit einem Mal passt alles so wunderbar zusammen.

Ihr plötzliches Auftauchen, ihr Theaterspiel und die Tatsache, dass auf dem Los ein viel längerer Name stand.

Sie hat alles inszeniert. Wahrscheinlich hat sie auch noch Abigail ausgefragt, worauf ich im Bett stehe, nur um mir vollends zu gefallen.

Ich könnte mich dafür ohrfeigen, dass ich sie nicht durchschaut habe. Dass ich ihrem warmen Blick und ihrer Art sofort verfallen bin. Sie erschien mir so ganz anders als andere Frauen.

Kein Wunder.

Am besten sollte ich es wie Tom machen und niemanden mehr an mich heranlassen.

Ich drehe das Wasser ab und reiße ein Handtuch vom Haken. Ich bin wütend und zutiefst erschüttert zugleich und weiß gerade einfach nicht, wohin mit meiner Energie.

Normalerweise bin ich nach den Spielen immer total k.o., aber jetzt gerade stehe ich komplett unter Strom und habe das Gefühl, gleich explodieren zu müssen.

Am liebsten würde ich tausend Dinge auf einmal tun. Mia zur Rede stellen und sie gleichzeitig komplett aus meinem Leben verbannen. Mich auspowern und mich gleichzeitig irgendwo verkriechen. Ein paar Frauen aufreißen, um Mia zu zeigen, dass ich es nicht ernst mit ihr gemeint habe. Und ihr gleichzeitig meine Gefühle beichten und hoffen, dass es alles nur ein riesiges Missverständnis war.

Aber die Dinge sind nun mal, wie sie sind: beschissen. Und deshalb werde ich ihr ganz sicher nicht hinterherrennen.

Mit dem Handtuch um die Hüften trete ich nach draußen in den Flur und auf einmal fällt mir etwas auf.

Es ist still.

Zu still. Zu ruhig, fast schon friedlich. Die angespannte Atmosphäre, die hier dank der Paranoia meines Vaters normalerweise herrscht, ist verschwunden.

»Dad?«

Keine Antwort.

Scheiße.

Ich hätte ihn nicht allein lassen sollen. Und erst recht nicht wegen eines Miststücks wie Mia!

»Dad?!« Ich beschleunige meine Schritte und steuere sein Schlafzimmer an. »Dad!«

Keine Antwort.

Ich rechne mit einer Katastrophe, doch als ich die Schlafzimmertür aufstoße, sehe ich, dass ich damit noch weit daneben lag.

Eine Katastrophe kann man immer noch irgendwie abwenden.

Was hier passiert ist, könnte schlimmer nicht sein.

»Dad?«, frage ich, auch wenn ich weiß, dass ich keine Antwort mehr kriegen werde.

Er liegt auf dem Boden vor dem Bett in einer Blutlache. Seine Haut ist ganz bleich und sein Körper absolut leblos. Neben seinen Händen entdecke ich eines der Schälmesser aus der Küche, der Holzgriff ist rot verschmiert.

Er hat sich die Pulsadern aufgeschnitten, um seinem Leiden ein Ende zu machen.

Wann war das?

Gestern? Nachdem ich zum Ball gegangen bin? Oder als ich bei Mia übernachtet habe?

Oder ist er vielleicht gestorben, als wir vorhin unseren Sieg gefeiert haben?

Egal, wann es war. Ich bin schuld, dass er jetzt nicht mehr lebt. Weil ich nicht da war. Weil ich nicht früher entschieden habe, ihn einweisen zu lassen.

Jetzt ist er tot und ich muss kapieren, dass ich einfach alles falsch gemacht habe.

»Dad!« Ich stürze zu ihm und reiße ihn an mich. Nehme ihn nach all den Jahren, in denen er mir so fremd geworden ist, zum ersten Mal wieder in die Arme. Tränen laufen über mein Gesicht, verschleiern mir die Sicht. Mein Herz fühlt sich an, als würde es in diesem Moment endgültig zu Stein werden. »Es tut mir leid. Es tut mir so leid, Dad!«

Ich habe alles verloren. Binnen einer Stunde hat sich mein Leben plötzlich um hundertachtzig Grad gedreht.

»Slay.« Die leise, heisere Stimme kann ich in der ersten Sekunde nicht zuordnen.

Dann verstehe ich.

»Dad?!«

Mein Vater öffnet die Augen. Seine Lider flattern, seine Lippen sind so blutleer, dass ich ihn kaum wiedererkenne.

Aber er lebt! Er lebt noch!

»Slater?«

»Ich bin hier, Dad. Es wird alles gut. Ich hole Hilfe!« Ich lege ihn vorsichtig ab und will nach draußen laufen, aber mein Vater hält mich am Arm fest. Es ist nur eine schwache Berührung, doch ich halte inne und sehe ihn an.

»Es tut mir leid, Slay ... Ich liebe dich.«

Ich schlucke, starre hinunter auf meinen Vater, dessen Augen mich nur noch kurz anblicken und dann einfach zur Seite kippen.

»Ich dich auch«, flüstere ich.

Dann renne ich raus, um endlich den Rettungsdienst zu alarmieren.

***

Tom hält mir ein Sandwich aus dem Automaten unter die Nase.

Ich registriere es gar nicht wirklich, sehe die dreieckige Plastikverpackung so undeutlich vor mir wie ein verblasstes Foto.

»Slay?«

Ich reagiere nicht, weiß auch nicht, was ich sagen soll. Seit Stunden warte ich jetzt, während die Ärzte die sorgsam aufgetrennten Adern an den Armen meines Vaters wieder zusammenflicken.

Zumindest versuchen sie es.

Aber sie haben mir gleich klargemacht, dass er bereits sehr viel Blut verloren hat.

»Slater, du zitterst schon. Ich wette, du hast seit dem Match nichts gegessen.«

Plötzlich wütend, schlage ich Tom das Sandwich aus der Hand. Was mischt er sich überhaupt ein? Nach dem Ball.

Schlagartig wird mir klar, dass er auch dort vollkommen im Recht war. Trotzdem kann ich gerade nicht anders, als meinen Frust an ihm auszulassen.

»Kapierst du eigentlich, was hier gerade los ist?!«, fahre ich ihn an.

Tom sieht zu mir hinunter, bleibt ruhig und gefasst. Ich rief ihn an, gleich nachdem ich den Notarzt alarmiert hatte und er kam sofort.

Tom tauchte auf, als die Sanitäter gerade eingetroffen waren, als sie gerade die blutdurchtränkten Handtücher entfernten, die ich um die klaffenden Wunden an Dads Armen geschlungen hatte.

Seitdem ist er nicht von meiner Seite gewichen. Er hat sich die ganze Geschichte über die Krankheit meines Vaters angehört und war noch nicht einmal sonderlich schockiert.

Tom ist eben ein echter Freund, der einzige, den ich noch habe.

Ich richte mich auf, lehne den Kopf an die kühle Wand in meinem Rücken und versuche, mich zu beruhigen. »Tut mir leid.«

»Muss es nicht«, sagt er. Dann hebt er das Sandwich auf und legt es mir kurzerhand in den Schoß, ehe er sich neben mich setzt.

»Wie lange dauert das denn noch?« Ich ziehe Grandpas Taschenuhr hervor, werfe einen Blick darauf.

Es ist gleich zwei Uhr nachts.

Ich klappe das silberne Gehäuse zu und denke daran, dass ich die Uhr von Mia habe.

Toms Blick entgeht mir nicht, aber ich bin froh, dass er nichts sagt. Kein *Ich habe dich ja gewarnt*, kein *Hättest du mal auf mich gehört*.

Ich will nicht über sie reden. Allein, an sie zu denken fühlt sich an wie ein Schlag ins Gesicht. Ich hätte nie gedacht, dass sie so ein Miststück ist.

»Du musst was wegen der Presse unternehmen«, sagt Tom. »Wenn die rauskriegen, was dein Dad getan hat, ist bei euch zu Hause die Hölle los.«

»Sollen sie kommen«, sage ich.

Ganz ehrlich, im Moment interessiert es mich nicht, was für Dinge über meinen Vater oder mich in der nächsten Zeit durch die Medien gehen. Sollen sie doch schreiben, was sie wollen.

»Hast du die Nummer von seinem alten Management da drin?« Tom nimmt mir mein Handy ab. »Ich regle das.«

Damit steht er auf und entfernt sich ein paar Schritte, während ich den Kopf in Richtung der OP-Säle drehe und mich frage, wie lange dieser Albtraum noch dauert.

MIA

»Schön. Wirklich eine tolle Entwicklung, Mia.«

Doherty steht vor dem ausgeschalteten Leuchttisch unten im Fotolabor, auf dem meine Polaroids ausgebreitet sind. Kreuz und quer liegen sie auf der weißen Fläche, während der Professor eines nach dem anderen betrachtet.

Eine Nahaufnahme von Abigail gestern in einer Spielpause, sie reckt die Pompons in die Kamera und ihr Gesicht strahlt nur so vor Freude und Adrenalin.

Ein Bild von sämtlichen Mädels aus der Cheerleadertruppe, wie sie einander nach dem Sieg in die Arme fallen – Glitzer, seidige Haare und lange Beine.

»Und das hier ist außergewöhnlich gut. Es zeigt die ganze Kraft und das Gemeinschaftsgefühl dieses Sports.«

Doherty hat eines der Fotos vom Tisch genommen und ich weiß sofort, welches es ist.

Es ist eine Aufnahme von Slater gleich nach dem Sieg. Davon, wie er die ganze Anspannung der letzten Monate herausbrüllt, während die anderen Jungs ihn umarmen und fast von den Kufen reißen.

Ich muss das Bild nicht sehen, um es vor Augen zu haben.

Das hitzige Funkeln in Slaters Augen, die im weißen Licht der Halle fast noch heller wirkten, das Haar, das ihm verschwitzt auf der Stirn klebte, seine zornig verzerrten Züge und wie er trotzdem noch gut aussah.

Ich wünschte, er hätte auf dieselbe Art reagiert, als er die Wahrheit über mich erfuhr. Wütend, einfach nur wütend. Er hätte mich anschreien, mich von mir aus richtig zur Schnecke machen sollen.

Aber die Art und Weise, wie er stattdessen reagiert hat, bricht mir einfach nur das Herz.

Ich will dich nie wiedersehen, Mia.

»Mia?« Doherty lässt das Polaroid sinken und sieht mich über die schwarze Rückseite des Fotos hinweg an. »Ist alles in Ordnung mit dir? Brütest du was aus? Du siehst ganz verschnupft aus heute.«

»Es geht mir bestens«, bringe ich hervor.

Ich glaube, das ist der zweite Satz, den ich überhaupt sage, seit der Professor zu unserem Treffen erschienen ist.

Am liebsten hätte ich ihm einfach abgesagt, aber Kelly hat mich nicht gelassen.

Sie hat dafür gesorgt, dass ich mir was Anständiges anziehe und mich anschließend in ihrem Auto hierher verfrachtet. Sie war es auch, die die Bilder auf dem Tisch für Doherty arrangiert hat.

Ich stehe einfach nur da, schon die ganze Zeit, und versuche, irgendwie die Fassung zu wahren. Aber so richtig gelingt mir das nicht. Alles, was Doherty sagt, hört sich an, als wäre ich unter Wasser. Seine Worte klingen gedämpft, dringen kaum zu mir durch, während mein Verstand immer wieder denselben Satz in meinem Geist abspult.

Ich will dich nie wiedersehen, Mia.

Doherty beäugt mich noch ein paar Sekunden lang prüfend, dann verziehen sich seine Lippen zu einem wissenden Lächeln. »Es war wohl eine ziemlich lange Siegesfeier gestern Abend.«

Das Schlimmste ist, dass ich Slater sogar verstehe. Seine Enttäuschung, seine Fassungslosigkeit, als er erkannt hat, dass unser Kennenlernen nicht echt war. Nichts, das einfach passiert ist.

Sondern eine Lüge.

Eine List.

Doherty seufzt. »Ich sehe schon, ein angeregtes Gespräch über die hohe Kunst guter Fotografie mit simpelsten Mitteln bekommen wir heute nicht zustande.« Mit einem milden Lächeln legt er das Foto zurück. »Ich kann dir nur eins raten, Mia. Bleib dran und arbeite weiter auf genau diese Weise. Dein Vater ist vielleicht gut darin, eine perfekte Situation perfekt darzustellen. Aber dir gelingt dasselbe mit Situationen, die nicht perfekt sind. Nicht einmal besonders, wenn man so will. Eishockeyspieler gibt es zu Tausenden.« Er deutet auf ein Bild von Slater, das vom Ende des Spiels, als ihn die anderen durch die Halle trugen. »Aber du zeigst uns nicht nur einfach einen davon. Du schenkst uns einen Blick durch deine Augen. Mach weiter so, das wird die Kunstwelt zu schätzen wissen.«

Doherty klopft auf den Tisch, um sich zu verabschieden, dann geht er und ich bleibe allein im Labor zurück.

Allein mit meinen Fotos.

So wollte ich es doch, oder? Es war mir doch immer wichtig, dass alles im Rahmen bleibt, dann sollte ich jetzt vermutlich ganz einfach froh sein, dass nicht mehr daraus geworden ist. Tz. Wem will ich eigentlich was vormachen?

Ich starre auf die Bilder, die Erinnerungen, die handlich zusammengepresst sind zu Momentaufnahmen auf acht mal acht Zentimetern.

Dann fege ich sie mit einer schnellen Bewegung vom Tisch und sehe zu, wie sie zu Boden flattern.

Wie Blätter von einem toten Baum, vielleicht irgendwo oben in den Hügeln am Grizzly Peak.

***

Ich sitze am PC und tippe ein paar Worte an Slater.

From: through.my.eyes@mailnamib.com
To: slthorn@ucberkeley.com

Slater,

bitte melde dich bei mir. Ich möchte dir alles erklären, weil ich mir sicher bin, dass du es verstehen würdest. Meine Gefühle für dich waren nicht gespielt, das schwöre ich bei meinem Leben.
Ruf mich an oder komm vorbei.
Ich warte auf dich.

Deine Mia

Ich schicke die E-Mail ab, habe aber keine große Hoffnung und schließe das Postfach direkt wieder. Ich habe Slater in den ganzen letzten Tagen nicht erreicht. Ich habe versucht, ihn anzurufen, habe ihm Nachrichten aufs Handy geschickt und sogar einen Brief geschrieben. Ich war bei ihm zuhause, aber er öffnet einfach nicht die Tür.

Seit dem Spiel sind inzwischen drei Tage vergangen.

Nicht viel Zeit, aber trotzdem fühle ich mich jetzt schon, als hätte man mir einen Teil meines Herzens einfach aus dem Körper geschnitten. Ich möchte Slater so gerne alles erklären, aber das kann ich nicht, weil er mir keine Chance dazu lässt.

Einerseits verstehe ich ihn.

Andererseits verfluche ich ihn für diese Entscheidung.

Er kann das mit uns nicht einfach so enden lassen.

Irgendwann wird er mit mir reden müssen!

Die E-Mails, die ich meinem Dad geschrieben, ihm aber nie geschickt habe, könnten ein Beweis dafür sein, dass ich nicht mit Slater gespielt habe. Dort wird genau dokumentiert, was ich wann gefühlt habe. Wenn er mir die Chance gibt, sie ihm zu zeigen, würde er mir verzeihen, da bin ich mir sicher.

Er würde es verstehen.

Vielleicht sollte ich die Mails einfach an ihn weiterleiten. Wenn ich Glück habe, liest er all meine Nachrichten, auch wenn er nicht darauf antwortet.

Ich öffne das Mail-Postfach wieder und eine Nachricht ploppt auf.

Mein Puls beschleunigt sich, weil ich hoffe, dass sie von Slater ist. Dass er beschlossen hat, dass er mich lange genug schmoren lassen hat.

Sie ist wirklich von Slater, stelle ich fest und mir bleibt fast die Luft weg.

Doch sie enthält nicht, was ich mir erhofft habe. Er hat eine Rundmail über den Uni-Verteiler geschickt. Dass ich auch darin bin, wird wohl nur ein Versehen sein. Hastig überfliege ich die Überschrift.

Betreff: 215 The Uplands, 94705 Berkeley

Ich verstehe nicht ganz. Das ist seine Adresse. Warum um alles in der Welt schickt er sie an alle rum?

Schnell öffne ich die E-Mail und bin jetzt noch verwirrter.

Sie enthält das Foto einer gut gefüllten Bar. Dazu nur wenige Worte.

Party
26. August ab 20:00 Uhr
Bringt ein paar Leute mit
- Slater

Ist das sein Ernst? Vor wenigen Tagen wollte er nicht einmal mich zu sich nach Hause lassen, um seinen Vater zu schützen und jetzt lädt er einfach die ganze Uni ein?

Was will er damit beweisen?

Nun mischt sich ein weiteres Gefühl in meine Traurigkeit und Niedergeschlagenheit.

Wut.

Er schmeißt eine große Party, während ich mir hier die Augen aus dem Kopf heule?

Schön, er will mich damit verletzen.

Von mir aus lasse ich ihm diesen Triumph, denn ich habe diese Ohrfeige mehr als verdient. Aber morgen wird er mit mir reden müssen. Ich werde ihm auflauern und erst wieder gehen, wenn er sich meine ganze Geschichte angehört hat!

SLATER

Ich habe die Haustür einfach offen gelassen und sehe vom Sessel vor dem Kamin aus zu, wie ein paar Studenten, die ich nicht kenne, ins Haus kommen.

Es fühlt sich komisch an, aber nicht so schlimm wie gedacht.

Sie sehen sich neugierig um, reden miteinander, aber ich kann sie nicht verstehen, weil ich die Musik viel zu laut gedreht habe.

Love the way you lie. Irgendwie bezeichnend.

Die Gäste sehen sich die Trophäen im Wandschrank an, einer macht sogar Fotos mit seinem Handy.

Na klar. Wann ist man schonmal im Haus eines Filmstars?

Nach und nach strömen immer mehr Fremde in die Villa. Alle sehen beim Reinkommen zu mir rüber, grüßen mich aus der Ferne, aber niemand spricht mich an.

Gut so.

Ich brauche diese Leute, um die Leere zu füllen, die neuerdings um mich herum herrscht. Aber reden möchte ich nicht.

Mit niemandem.

Ich nippe an meinem Bier, aber nicht mal auf einen ordentlichen Vollrausch habe ich Lust. Es erscheint mir alles so bedeutungslos, dass es schon fast lächerlich ist.

Eishockey? Wozu? Ich habe mich bisher nicht mal beim Coach nach den Scouts erkundigt, die angeblich beim letzten Spiel waren.

Die Uni? Ein Witz.

Frauen? Tz.

Mia hat in der letzten Zeit mehrfach geschrieben. Aber ich habe all ihre Nachrichten ungelesen wieder gelöscht, weil ich fürchte, dass ich weich werden könnte, wenn ich mir anhöre, was sie zu sagen hat. Aus irgendwelchen Gründen weiß sie genau, was sie sagen und tun muss, um mich um den Finger zu wickeln. Und ich möchte nicht, dass sie mich weiter im Griff hat.

»Hallo, Slater.«

Eine Blondine hockt sich vor meinen Sessel und ich erkenne sofort, dass es Lea ist.

»Schickt dich deine Schwester?«, frage ich stumpf.

Lea schüttelt den Kopf. »Ich bin genauso sauer auf sie wie du.«

Das kann ich mir kaum vorstellen, aber ich habe auch keine Lust, darüber mit ihr zu diskutieren. Also sehe ich sie nur an. Sehe in ihre großen Augen, die eine andere Farbe haben als Mias, mich aber trotzdem an sie erinnern.

»Es geht um Tom«, sagt Lea.

»Aha.« Tom habe ich in den letzten Tagen über fast ununterbrochen gesehen. Er war mit mir im Krankenhaus, als ich um das Leben meines Vaters gebangt habe. Er war dabei, als ich die Papiere für seine Zwangseinweisung unterschrieben habe. Er hat sich mal wieder als verdammt guter Freund erwiesen, aber gegen die Leere kann auch er nichts ausrichten.

Wo ist er überhaupt?

Ich krame in meinen Gedanken, wann ich ihn das letzte Mal gesehen habe.

Ach ja. Er ist nach Hause gefahren, um sich für die Party umzuziehen. Zwar hielt er die Sache mit der Feier für eine Schnapsidee, aber damit hängen lassen wollte er mich auch nicht. Ich denke, das hier ist genau das Richtige für mich.

Leben. Feiern. Alles nicht so ernst nehmen, wie ich es noch bis vor wenigen Tagen getan habe.

»... du mir überhaupt zugehört?«, fragt Lea.

Ich schaue zu ihr runter. »Nein.«

Lea sieht mich empört an, aber das ist mir egal.

Sie soll von mir denken, was sie will. Alle sollen denken, was sie wollen, ich habe mich viel zu lange darum geschert. Und wofür?

»Ich habe versucht, dir zu erklären, was zwischen ihm und mir vorgefallen ist.«

»Ach so.« Ich wende den Blick ab und sehe durchs Wohnzimmer. Immer mehr Kommilitonen von mir übervölkern die Villa, machen sich über den Schnapsschrank her und schieben die Möbel beiseite, um eine Tanzfläche zu schaffen.

Ich ertappe mich dabei, wie ich zur Tür schaue und nach Mia suche.

Vielleicht taucht sie ja auf, um sich zu entschuldigen. Nein, Schluss.

Ich bin ein Vollidiot, weil ein Teil von mir insgeheim darauf hofft.

»Slater!«

Scheiße, diese Lea ist echt die Pest.

»Was denn?«

»Er hat mich vergewaltigt.«

»Schön für –« Ich breche ab, als ich kapiere, was sie da sagt. Sofort bin ich eine Spur wacher. »Was? Wer?«

»Tom.«

»Das ist lächerlich. Hör auf, sowas rumzuerzählen, das ist echt nicht cool.«

»Es ist wahr.« Lea sieht mich mit Tränen in den Augen an.

Ist es wirklich wahr, was sie sagt, oder ist das wieder nur eine abgekartete Nummer der Carson/Myers-Schwestern?

Als hätte ich die Frage laut gestellt, hält mir Lea ihr Handy vors Gesicht. Auf dem Display ist ein Foto von Toms Wagen zu erkennen. Lea wischt das Bild weg, jetzt ist eine Nahaufnahme aus dem Wageninnern zu sehen. Im Seitenfach entdecke ich ein Fläschchen, kann es aber nicht genauer erkennen.

»Was ist das?«

Lea zeigt mir das nächste Foto.

Ich kann jetzt die Schrift auf der Flasche erkennen.

Rohypnol/Flubromazolam.

K.O.-Tropfen in einer gefährlichen Kombination.

»Was hat das zu bedeuten?«

Lea wischt sich über die Augen, dann setzt sie sich ungefragt zu mir auf die Lehne des Sessels. »Es geschah auf der Party vor eurem entscheidenden Spiel im April. Tom und ich haben uns gestritten. Ich wollte Schluss machen und er ist total ausgetickt.«

Ich erinnere mich vage daran, dass die beiden sich gestritten haben.

In dieser Hinsicht sagt sie schon mal die Wahrheit.

»Er wollte es nicht akzeptieren und ist wütend geworden. Ich habe ihn dann stehen lassen und weiter gefeiert.«

Auch daran erinnere ich mich noch.

Tom und ich haben eine Weile draußen gesessen. Mein bester Freund war selten so fertig wie an diesem Abend.

»Irgendwann ist er dann zu mir gekommen, mit einem Bier in der Hand. Er wollte, dass wir zumindest

Freunde bleiben und wir haben zusammen etwas getrunken. Danach habe ich den totalen Filmriss.«

Ich versuche, mich daran zu erinnern, ob ich die zwei an dem Abend nochmal zusammen gesehen habe, aber auch ich habe einen Filmriss.

»Und dann?«

»Es war ungefähr Mitternacht, da bin ich draußen auf dem Parkplatz zu mir gekommen. Meine Klamotten waren zerrissen, mein Slip war weg, meine ... Ich hatte Schmerzen, verstehst du?«

Ich nicke und ein finsterer Verdacht macht sich in mir breit. Sagt mir Tom deswegen nicht, was zwischen ihm und Lea vorgefallen ist? Weil er ihr etwas Furchtbares angetan hat?

»Ich bin über den Parkplatz geirrt und habe Toms Auto entdeckt. Ich wollte mich reinsetzen, dort auf ihn warten, ich war total verwirrt und verängstigt. Aber dann habe ich durchs Fenster die Tropfen gesehen und mir war klar, was passiert ist.«

Das passt alles so gut zusammen. Es passt alles und fühlt sich daher an, wie ein Faustschlag mitten in mein Gesicht.

»Du meinst, Tom hat dich ...«

Lea nickt und sieht mich wieder auf diese mitleiderregende Art an. Kein Wunder, dass sie danach von der Uni gegangen ist. Dass sie so fertig aussieht.

»Ja. Und dann hat er mich an seinem Auto erwischt. Er hat mir ein Video gezeigt, von ... von ... von der Vergewaltigung. Es war widerwärtig und ich habe mich so geschämt!« Lea schlägt die Hände vors Gesicht und beginnt zu schluchzen. »Weißt du, was das Gemeine an diesen Tropfen ist? Sie machen dich gefügig und willenlos. Wenn ich auf dem Video einfach bewusstlos gewesen wäre, aber so ...«

Ich habe von der Wirkung solcher Tropfen gehört. An der Uni werden die Mädels gewarnt, damit sie auf ihre Getränke aufpassen. K.O.-Tropfen ist eigentlich der falsche Ausdruck, da hat Lea recht. Wenn sie wirklich für eine Bewusstlosigkeit sorgen würden, wäre es eine Sache. Aber auch ich kenne Berichte, laut denen die Frauen durch die Tropfen total enthemmt waren und den Tätern im Nachhinein nichts mehr nachgewiesen werden konnte.

»Er bedroht mich seitdem. Er hat Angst, dass die Sache rauskommt und zwingt mich, deshalb von der Uni und all meinen früheren Freunden fernzubleiben. Sollte ich es nicht tun, wird er das Video rumschicken. Und was mache ich dann? Mir glaubt doch keiner. Alle Frauen wollen an einen Spieler der Eagles ran. Niemand wird mir glauben, dass Tom sich mit Gewalt genommen hat, was ihm nicht mehr zustand!«

Ich kann nicht fassen, was ich da höre. Und gleichzeitig passt es so perfekt zu den letzten beschissenen Tagen, dass es einfach so kommen musste. Alle, wirklich alle in meinem Umfeld sind verdammte Lügner und Egoisten. Sie geben einen Scheiß auf mich und andere.

Mein bester Freund ist ein verlogener Vergewaltiger, der meine Loyalität benutzt hat.

Mein Vater versucht, sich umzubringen und zeigt mir damit, wie egal es ihm ist, dass er einen Sohn hat.

Und meine Freundin ... Scheiße, an Mia darf ich gar nicht erst denken.

»Ich wollte nur, dass du es weißt. Wenn es rauskommt, dann ...«

»Ich bin auf deiner Seite«, sichere ich Lea zu. Denn wenn ich eins nicht ertrage, dann ist es, wenn jemand Gewalt gegen Frauen anwendet.

»Danke.« Lea hält mir eine Flasche Bier hin. »Darauf, dass alles besser wird.«

Ich zögere, nehme dann aber die Flasche und stoße mit ihr an.

»Wir werden sehen«, sage ich finster.

***

Lea ist gerade weg, da taucht Toms Gesicht vor mir auf. Eine steile Falte steht zwischen seinen Brauen und er sieht unzufrieden aus.

Mal sehen, wie es ihm gleich geht, wenn ich mit ihm fertig bin.

»Was sucht Lea hier?«

Ich stehe auf und will am liebsten direkt auf ihn losgehen, aber mir ist so schwindelig. Anstatt ihn am Kragen zu packen und aus meinem Haus zu werfen, halte ich mich viel mehr an ihm fest.

»Scheiße, Slay. Alles okay? Setz dich lieber wieder.« Tom, der mit einem Mal erschrocken wirkt, will mich zurück in den Sessel drücken, aber das kann er schön vergessen.

»Du vergisst dich jetzt!«, zische ich. Meine Worte klingen viel zu verwaschen für das wenige Bier, das ich getrunken habe.

»Was?« Tom hält mich an den Oberarmen fest und sieht mich irritiert an.

»Verpisst, meine ich.« Verdammt, was ist denn los mit mir? Ich versuche es noch einmal. »Verpiss dich, Tom. Raus aus meinem ... Einfach nur raus!«

Ich schwanke, als stünde ich auf einem Boot auf hoher See. Alles dreht sich, alles ist so unendlich dunkel und verschwommen.

»Mieser Verge ... Mieser ...«

Tom schüttelt besorgt den Kopf und versucht noch einmal, mich wieder in den Sessel zu drücken. Aber mir reicht es jetzt.

Ich hole aus, verpasse ihm einen Faustschlag auf die Nase, der mich zwar zu Boden befördert, aber Tom immerhin auch zurücktaumeln lässt.

Er wischt sich Blut von der Nase und sieht mich ungläubig an. Auch alle anderen glotzen uns an. Aber das ist mir egal. Sie sind mir alle egal, sollen sie doch denken, was sie wollen.

»Verschwinde, bevor ich allen hier erzähle, was du gemacht hast!« Meine Worte klingen so undeutlich, dass ich hoffe, Tom versteht sie überhaupt. »Hey, ihr da!« Vom Boden aus grapsche ich nach zwei Typen in meiner Nähe. »Werft den Wichser raus.«

Zu meiner Verwunderung gehorchen sie. Sie packen Tom an den Armen und bringen ihn weg.

Sie haben Glück, dass er sich nicht wehrt, sondern mich einfach nur völlig verständnislos ansieht.

Irgendwer hievt mich hoch und ich sitze wieder im Sessel. Hier oben ist es viel besser als auf dem Boden. Auch wenn es hier genau so dunkel ist. Und wackelig.

»Jemand muss mal Licht ...«

Irgendwie haben sie mich falsch verstanden. Denn anstatt heller zu werden, wird es plötzlich nur noch dunkler.

MIA

Ich sitze auf meinem Bett und starre auf den Monitor. Den ganzen Abend tue ich nichts anderes und kann nicht fassen, wie alles gekommen ist. Und seit ein paar Minuten fühle ich mich zusätzlich, als hätte mir jemand eine Faust mit voller Wucht in den Magen gerammt.

Immer wieder wische ich mir die Tränen weg, aber es hilft nicht. Zugleich spüre ich eine immer größer werdende Wut in mir aufsteigen, die nach und nach alle anderen Gefühle zerfrisst.

Es ist kurz vor Mitternacht, als Kelly in mein Zimmer kommt, ohne zu klopfen.

»Da ist jemand an der Tür. Einer von den Jocks.«

Sofort springe ich von meinem Laptop auf.

Wenn das Slater ist, dann kann er was erleben.

Ich stürme an Kelly vorbei – und sehe mich Tom gegenüber. Ausgerechnet.

Er sieht gehetzt aus und kommt sofort auf mich zu, als er mich erblickt.

»Wir müssen reden«, bestimmt er und geht einfach an mir vorbei in mein Zimmer.

»Wir müssen gar –« Ich sehe zu Kelly, die nur mit den Schultern zuckt. Ich seufze, dann folge ich Tom. »Was soll der Aufstand?«

»Es geht um Slater.«

»Slater ist mir egal.« Ich verschränke die Arme vor der Brust.

»Ach ja, auf einmal?«

»Davon bist du doch schon die ganze Zeit ausgegangen!«, fauche ich.

»Und ich hatte auch Recht damit, dass du ihn verarscht hast!«, giftet Tom zurück. »Zumindest am Anfang«, fügt er dann kleinlauter hinzu. »Ich glaube, dann hat er dir wirklich etwas bedeutet.«

»Hast du ihm das auch so gesagt?«

»Natürlich! Du weißt ja gar nicht, wie beschissen es ihm in den letzten Tagen ging!« Tom macht ein paar Schritte durch mein winziges Zimmer, aber weit kommt er nicht. »Es geht ihm nicht gut, Mia. Ich weiß nicht, was mit ihm los ist. Lea muss ihm irgendeine Scheiße erzählt haben.«

Lea. Neben Slater noch so ein Mensch, in dem ich mich getäuscht habe.

Nach der Nummer in der Eishockeyhalle habe ich nichts mehr von ihr gehört und das ist auch gut so. Der Triumph in ihrem Blick, als sie alles kaputt gemacht hat, hat Bände gesprochen.

Mit einem Mal bin ich nur noch müde.

Erschöpft von all den Lügen, den Psychospielchen und Intrigen. Ich lasse mich neben meinen Laptop fallen, auf dem noch immer Instagram geöffnet ist, bringe es aber nicht fertig, noch einmal hinzuschauen. Ich habe genug von dem gesehen, was Slater gerade treibt.

»Keine Lügen mehr, Tom. Was ist zwischen Lea und dir vorgefallen?«

Tom zögert einen Moment. Er wirkt immer noch gehetzt, aber ich denke, dass ihm klar ist, dass ich ihm nicht helfen werde, wenn ich ihn für ein Arschloch halte. Also setzt er sich neben mich und fängt an zu erzählen.

»Es war der Abend vor dem letzten Saisonspiel. Wir haben in Richmond gefeiert und Lea hat sich total seltsam benommen. Sie war eifersüchtig auf jede Frau, die mich auch nur angeguckt hat. Irgendwas muss am Tag vorher vorgefallen sein, das sie sauer gemacht hat. Wahrscheinlich habe ich mit irgendeinem Fan ein bisschen zu lange geredet und sie hat ihre Felle davon schwimmen sehen. Jedenfalls hat sie mir wegen jedem Scheiß eine Szene gemacht und je genervter ich von ihrem Verhalten wurde, desto schlimmer wurde sie. Irgendwann war sie so betrunken, dass sie von mir verlangt hat, dass ich ihr ein Kind machen soll.« Tom grinst leicht, es sieht aber nicht amüsiert aus, sondern vielmehr ungläubig. »Als ich nein gesagt habe und sie stattdessen nach Hause fahren wollte, ist sie ausgetickt. Ein Wort hat das andere gegeben und ich habe mit ihr Schluss gemacht. Danach hat sie weiter gefeiert, als wäre nichts gewesen.«

Wie das klingt, hatte Lea da schon die Kontrolle über ihr Leben verloren.

Ich schweige und höre weiter zu.

»Ich war eine ganze Weile draußen mit Slater, hab ihm erzählt, was vorgefallen ist. Dann bin ich rein, um was zu trinken zu holen. Lea kam mit zwei Bier auf mich zu und faselte irgendwas von einem Friedensangebot, aber ich war immer noch sauer. Ich habe ihr einfach die beiden Flaschen abgenommen und bin damit nach draußen zu Slay gegangen. Das war ein ziemlicher Fehler. In der Flasche, die Slater erwischt hat, waren Roofies. K.O.-Tropfen. Lea muss sie dabei gehabt haben, um bei ihrem irren Baby-Plan nachzuhelfen.«

Tom sieht mich an. Die ganze Sache scheint ihm ein bisschen peinlich zu sein, gerade deshalb wirkt das, was er sagt, so aufrichtig.

»Slater ging es auf einmal richtig mies und irgendwie war mir sofort klar, dass Lea hinter der Sache steckt. Ich habe sie draußen auf dem Parkplatz an meinem Wagen erwischt. Sie hatte meinen Autoschlüssel und war gerade dabei, etwas durch die Scheibe zu fotografieren. Ich habe sie zur Rede gestellt und nach einigem Hin und Her hat sie es zugegeben. Die Tropfen waren eigentlich für mich gedacht gewesen.« Er schnaubt und schüttelt den Kopf. »Sie wollte mich flachlegen, mir bestenfalls ein Kind anhängen, damit ich bei ihr bleibe. Wie bekloppt ist das?«

Fassungslos sehe ich ihn an. Lea muss ja total besessen von ihm gewesen sein. Kein Wunder, dass sie neulich auf der Party so zusammengebrochen ist, als er die beiden Frauen im Arm hatte.

Ist es naiv, dass ich Tom glaube?

Wird mir meine Gutgläubigkeit gerade wieder zum Verhängnis?

Sollte ich lieber an seiner Erzählung zweifeln? Aber sie klingt so verrückt, dass ich mir kaum vorstellen kann, dass er sie sich ausdenkt.

»Und damit drohst du ihr jetzt?«

Tom schüttelt den Kopf. »Nein. Die Geschichte ist noch nicht zu Ende. Lea hat dieses Bild von den Tropfen in meinem Wagen gemacht und gedroht, damit zur Polizei zu fahren. Sie wollte denen erzählen, dass ich sie vergewaltigt habe, wenn ich nicht weiter mit ihr zusammen bin. Weil wir kurz vor der Party noch miteinander im Bett waren, hätten die wahrscheinlich irgendwelche Spuren gefunden, auch wenn wir verhütet haben, also habe ich eingewilligt. Sie war beruhigt. Ich habe sie nach Hause gefahren und bei ihr übernachtet. Aber anstatt zu schlafen, habe ich die Tropfen bei ihr deponiert und ein Bild davon gemacht. Jetzt hatten wir ein Patt.«

»Wow«, murmle ich. »Ich hatte ja keine Ahnung.«

»Ich habe sie damit konfrontiert und ihr nahegelegt, sich nie wieder an der UC blicken zu lassen. Wenn sie mich auffliegen lässt, lasse ich sie auffliegen. Wenn ich untergehe, reiße ich sie mit. Aussage gegen Aussage. Wir hätten beide unseren Ruf verloren. Und das wollte sie offenbar nicht. Ich habe sie danach nie wieder an der Uni gesehen.«

Ich muss das Ganze erstmal begreifen. Meine Schwester als liebeskranke Studentin, die ihrem eigenen Freund K.O.-Tropfen gibt, um etwas in der Hand zu haben, damit er bei ihr bleibt.

Das ist heftig.

Und passt ziemlich gut zu Lea, die es gewohnt ist, zu gewinnen und ihren Willen um jeden Preis durchzusetzen.

»Das Schlimmste ist, dass ich es Slater nicht sagen konnte. Durch die Tropfen hatte er einen Blackout. Sie muss ihm so viel verpasst haben, dass er am nächsten Tag beim Spiel noch völlig neben sich stand. Ich habe versucht, ihm einzureden, dass er nur einen schlechten Tag hatte. Dass es an der Party lag. Aber Slater hat sich immer mehr zurückgezogen. Jetzt, nachdem ich erfahren habe, was mit seinem Vater los ist, weiß ich auch, warum. Er hat gedacht, dass er wird wie er. Blackouts, Halluzinationen, Paranoia.«

Ich kann mir vorstellen, wie heftig das für Slater gewesen sein muss.

»Du musst mir helfen, Mia. Ich komme gerade von seiner Party, aber er hat mich rausgeworfen. Ich glaube, Lea hat ihm ihre Version der Geschichte erzählt. Er ist total fertig und ich will nicht, dass er Scheiße baut. Rede mit ihm. Bitte.«

Ich atme durch, dann schüttle ich den Kopf.

»Nein«, sage ich dann schweren Herzens. »Das Kapitel Slater Thorn ist beendet.«

Tom runzelt die Stirn. »Was soll das heißen? Das kann nicht dein Ernst sein.«

»Doch. Ist es.« Ich drehe den Laptop zu ihm herum und spiele die Instagram-Story ab, die unter #slaterthornsparty und #blowjob zu finden ist. Sie ist schon jetzt unzählige Male geteilt worden.

»Was ist das?«

»Sieh hin«, sage ich.

Dann schaue ich selbst nochmal auf den Bildschirm.

Zu sehen ist Slaters Wohnzimmer. Es ist voll und laut, überall wird getanzt. Jemand filmt über die Feiernden, dann schweift die Kamera über einen Sessel. Es wird rangezoomt und Slaters Gesicht ist zu erkennen. Er hat den Kopf angelehnt und die Augen halb geschlossen.

Seine rechte Hand liegt im Haar der Blondine, die zwischen seinen Beinen kniet und ihren Kopf rhythmisch hebt und senkt.

Das Video treibt mir auch beim hundertsten Abspielen Tränen in die Augen. Ich hätte nicht gedacht, dass Slater sich so leicht über mich hinwegtröstet.

Ich sehe Tom vielsagend an. Es ist mir gleich, ob er sieht, dass ich heule.

»Wie alt ist das?«

»Vierzig Minuten oder so.«

»Verdammte Scheiße!« Tom springt auf und ist blitzschnell an der Tür. »Jetzt treibt sie es endgültig zu weit!«

»Was? Wer denn?« Ich folge ihm durch den Flur zur Wohnungstür.

»Lea«, knurrt Tom. »Sie macht sich gerade über Slater her, der offenbar nicht mehr zurechnungsfähig ist!«

KAPITEL 14

MIA

Tom und ich wühlen uns durch die Feiernden in der Villa, auf der Suche nach Slater oder Lea.

Aber wir können weder sie noch ihn irgendwo finden. In dem Sessel ist er nicht mehr und auch oben in den Schlafzimmern war er nicht.

»Habt ihr Slater gesehen?« Tom packt einen Studenten, der gerade an ihm vorbei die Treppe hoch will, an der Schulter. »Hey, hast du Slater gesehen?«

Der Junge schüttelt den Kopf und wirkt erleichtert, als Tom ihn wieder loslässt.

Ich überblicke von der Treppe aus die Menge.

»Da sind Abigail und Malcolm, ich frage sie!« Schnell renne ich die Treppe runter und auf meine beiden Freunde zu. »Habt ihr Slater gesehen?!«

Abigail verneint, aber Malcolm nickt. »Der ist vor einer guten halben Stunde zum Hinterausgang rausgetorkelt. Stand ziemlich neben sich.«

»War jemand bei ihm?«, frage ich alarmiert, aber Malcolm schüttelt glücklicherweise den Kopf.

Ich winke Tom zu mir und er ist blitzschnell bei mir.

»Er ist nach draußen gegangen«, erkläre ich ihm. »Er war allein, aber ziemlich abwesend.«

»Was ist denn passiert?«, fragt Abigail.

»Das wissen wir nicht genau«, sage ich. »Aber wir glauben, dass ihm jemand Roofies verabreicht hat.«

»Die Vergewaltigungsdroge?« Abigails Augen weiten sich. »Wirkt die auch bei Männern?«

Manchmal kann ihre Naivität wirklich nervtötend sein.

»Wir müssen ihn finden«, sage ich zu Tom. »Bevor er noch vor ein Auto läuft.«

»Oder von einem perversen Triebtäter gefunden wird«, scherzt Malcolm.

Ich bringe ihn mit einem wütenden Blick zum Schweigen.

»Tschuldige«, murmelt er. »Falscher Zeitpunkt für blöde Witze. Können wir euch suchen helfen?«

»Ja. Kommt mit raus, dann teilen wir uns auf.«

SLATER

Vögel zwitschern.

Erst einer, dann zwei und binnen weniger Minuten ist es ein ganzer Chor.

Es muss früh morgens sein, wenn sie so einen Aufstand machen.

Viel zu früh.

Ich fühle mich so müde, als wäre ich gerade erst eingeschlafen. Nur noch eine Stunde.

Mit geschlossenen Augen wälze ich mich auf die Seite, fühle feuchtes Gras an meiner Wange und reiße die Lider auf.

»Fuck!« Ich springe auf wie von der Tarantel gestochen und sehe mich hastig um.

Scheiße, wo bin ich?

Ich stehe hier im Morgengrauen mitten auf einer taufeuchten Wiese, umgeben von Wald, und habe keinen blassen Schimmer, wie ich hierhergekommen bin.

Schon wieder ein Blackout.

Das darf doch nicht wahr sein!

Jetzt habe ich den endgültigen Beweis. Ich bin genau so krank wie mein Dad!

Meine Hände beginnen zu zittern, meine Kehle schnürt sich zu und meine Beine werden vor Panik weich. Ich lasse mich wieder ins Gras sinken und zwinge mich zu ruhigen Atemzügen.

Ich habe die Krankheit meines Vaters geerbt. Das ist zwar fast unmöglich, aber in meinem Fall offenbar eingetroffen.

Trotzdem ist das kein Grund zur Panik.

Ich bin anders als er. Ich habe es erkannt und ich bin bereit, mir helfen zu lassen. Ich will unter keinen Umständen auch mit aufgeschnittenen Pulsadern auf dem Boden enden.

Aber für mich ist es noch nicht zu spät.

Langsam beruhigt sich mein Puls und ich schaffe es, wieder aufzustehen.

Eins nach dem anderen.

Erstmal muss ich rausfinden, wo ich hier bin.

Ich taste meine Taschen ab, aber ich habe kein Handy dabei. Ich versuche, mich zu erinnern, wo ich es zuletzt gesehen habe, aber von gestern Abend sind bestenfalls nur noch Bruchstücke vorhanden.

Also drehe ich mich einmal um die eigene Achse, um etwas wiederzuerkennen. Gut möglich, dass das hier das Siesta Valley ist. Dann bin ich bestimmt vier Meilen von zu Hause weg.

Die Uni ist näher, aber in welcher Richtung sie liegt, kann ich beim besten Willen nicht sagen. Also setze ich mich kurzerhand in Bewegung und steuere den Weg an, der mir am logischsten erscheint.

Dabei gebe ich mir alle Mühe, nicht an das Chaos zu denken, zu dem mein Leben geworden ist.

Und auch nicht an die Konsequenzen, die ich aus dem ganzen Mist ziehen werde.

MIA

Tom hat mich vor dem Haus von Jerry Boston rausgeworfen, dem Spieler der Bruins, mit dem Lea neuerdings etwas hat. Ich hoffe, dass sie hier ist und werde sie zur Rede stellen, während Tom noch einmal zu Slaters Villa fährt, um dort nach ihm zu suchen.

Abigail und Malcolm sind vor einer Stunde nach Hause gefahren, nachdem sie die ganze Nacht lang mit uns die Umgebung abgesucht haben.

Dass es keine Spur von Slater gab, bringt mich fast um den Verstand.

Es kann ihm alles Mögliche zugestoßen sein und meine Angst um ihn wird immer größer.

Aber daran will ich jetzt eigentlich noch gar nicht denken. Insgeheim habe ich die Hoffnung, dass Lea hinter seinem Verschwinden steckt. Dass sich Malcolm vertan hat und er doch nicht allein aus dem Haus gegangen ist.

Das wäre zumindest besser als die Vorstellung, dass er irgendwo verletzt liegt.

Wenn das so ist, werde ich sie aber vermutlich nicht hier antreffen. Sie wird Slater wohl kaum mit zu Jerry genommen haben.

Es ist schon komisch genug, dass sie vor aller Augen mit Slater rumgemacht hat. Nein, nicht einfach rumgemacht. Sie hat …

Herrgott, ich darf gar nicht daran denken. Ich muss sie einfach zur Rede stellen. Aber wenn ich Pech habe, ist sie gar nicht mehr mit diesem Jerry zusammen. Wo ich sie dann suchen soll, weiß ich nicht.

Ich schelle Sturm und klopfe gegen die Tür des kleinen, aber ordentlichen Holzhäuschens am Rande von Oakland.

Es dauert keine Minute, bis die Tür geöffnet wird und ich endlich mal wieder Glück habe.

Lea steht vor mir, in einem Shirt von den Bruins, mit nackten Beinen und wirrem Haar.

»Mia?« Sie wirkt verkatert und obwohl ich eigentlich nicht der Typ für Gewalt bin, verpasse ich ihr erstmal eine schallende Ohrfeige.

Leas Kopf fliegt herum, bevor sie ihr Gesicht langsam wieder mir zuwendet. Sie sieht fassungslos aus, spielt wieder mal das Unschuldslamm.

Am liebsten würde ich ihr noch eine verpassen.

»Wo ist Slater?«, frage ich und baue mich vor ihr auf.

»Solltest du das nicht wissen?« Lea verschränkt die Arme vor der Brust und ich halte ihr mein Handy unter die Nase.

»Ich weiß genau, was da passiert ist!«

»Eine Instagram-Story?«, stellt sich Lea weiter dumm, dabei bin ich mir mittlerweile sicher, dass sie dieses Video in Auftrag gegeben hat. »Von der Party und ... Oh.« Das Grinsen, was über ihre Züge huscht, zeigt mir, dass sie genau auf diesen Moment gewartet hat.

Ich nehme mir vor, mich nicht aus der Fassung bringen zu lassen. Aber das ist viel leichter gesagt als getan.

»Süße«, sagt sie und berührt mich am Arm, aber ich weiche ein Stück zurück.

»Spar dir die Große-Schwester-Nummer. Wo ist er?«

»Mia, es tut mir leid. Wir waren beide betrunken. Es tut mir leid, dass ich Slater ...«

»Ich sage es jetzt nur noch einmal: Spar dir die Nummer! Ich weiß, dass Slater niemals mit der erstbesten Schlampe herummachen würde«, schleudere ich ihr entgegen. »Und ich weiß auch, wie du ihn dazu gebracht hast! Ist dir eigentlich klar, dass das eine Straftat ist? Du hast ihn *vergewaltigt*, Lea!«

»Jetzt übertreibst du aber. Er ist ein Kerl. Kerle stehen auf Oralverkehr und wenn du mich fragst –«

Ich ohrfeige sie erneut, ganz automatisch, um sie in dem Schwachsinn, den sie da gerade von sich gibt, zu unterbrechen.

Aber ich fühle mich danach nicht besser.

Im Gegenteil.

Ich will mich nicht mit ihr auf eine Stufe stellen. Will sie nicht von der Täterin zum Opfer machen. Also ramme ich meine Hände in die Hosentaschen, um nicht endgültig auf sie loszugehen.

»Warum?«, frage ich so ruhig wie möglich. »Warum das alles? Warum tust du das? Weil du deine Beziehung mit Tom vergeigt hast und jetzt neidisch auf mich bist?«

In Leas Augen sind Tränen getreten. Tränen des Zorns. Ihr Gesicht läuft rot an und mich würde es nicht wundern, wenn sie jetzt mich attackieren würde.

Sie tut es nicht, zumindest nicht körperlich, aber ihre Stimme wird schrill und ein gefährliches Glitzern erscheint in ihrem Blick.

»Dir ist immer alles zugeflogen! Du warst immer Daddys kleiner Liebling. Er hat dich vergöttert, weil du ihm nachgeeifert hast! Du hattest die Fotografie und seine Anerkennung! Und was hatte ich?«

Fast muss ich auflachen.

Dad hat uns beide hängen lassen, oder nicht? Dass ich ihm nachgeeifert habe, hat mir am Ende gar nichts gebracht. Im Grunde war Lea sogar klüger, weil sie sich viel schneller von ihm lösen konnte als ich.

Aber ich schweige.

»Ich habe mir hier was aufgebaut! Das Studium, das Cheerleading, die Beziehung mit Tom! Alles lief so gut, bis du angekündigt hast, herzukommen!«

Ich überschlage im Kopf und komme zu einem Schluss, der mich gleich noch wütender macht. Meine Ankündigung, dass ich nach Berkeley ziehe, kam tatsächlich kurz vor der Party, auf der die Sache zwischen Lea und Tom in die Brüche gegangen ist.

Jetzt bin ich also schuld, dass sie ihr Leben in den Sand gesetzt hat?

»Ich sag dir, wie es war! Du hast Panik geschoben, als ich gesagt habe, dass ich herkommen würde. Du warst schon im Voraus eifersüchtig auf mich und hast diese Eifersucht auf deine Beziehung mit Tom projiziert! Du hast ihn damit erdrückt und dann konntest du es nicht ertragen, dass er dich verlassen hat.«

»Was weißt du denn schon?«, keift Lea.

»Alles«, sage ich. »Tom hat mir alles erzählt.«

»Er lügt! Er ...«

Wieder halte ich ihr die Instagram-Story vor die Nase und sie bricht augenblicklich ab. Wahrscheinlich sieht sie, dass ihr eigenes Lügengerüst in sich zusammenbricht.

»Wo ist Slater?«, wiederhole ich.

Und endlich bekomme ich eine Antwort, die mir ehrlich erscheint. Von einer Sekunde auf die andere wird Lea kleinlaut und gibt zu: »Ich weiß es nicht.«

SLATER

Als ich auf dem Campus ankomme, sind bereits die ersten Studenten unterwegs. Sie sehen mich an wie einen Geist, manche tuscheln und lachen sogar. Meine Klamotten sind durchgeschwitzt und sogar ein bisschen zerrissen von meinem Marsch durch den Wald. Ich sehe wahrscheinlich jetzt schon aus wie der Irre, der ich bald sein werde.

Mein Kopf dröhnt und ich habe unglaublichen Durst.

Ich fühle mich, als würde ich auf Watte laufen, als ich die Eishockeyhalle ansteuere.

Ich betrete den Vorraum der Halle und sehe auf die Uhr. Gleich acht.

Wie praktisch. Ich komme sogar noch pünktlich zum Training.

Nur leider werde ich wohl so schnell nicht wieder trainieren. Ich werde Coach Ridley gleich sagen, was Sache ist.

Dass ich Blackouts habe und eine Gefahr fürs Team bin.

Allein der Gedanke daran, nicht mehr spielen zu dürfen, raubt mir fast den Verstand, aber es ist vernünftiger.

Doch bevor ich Ridley unter die Augen trete, will ich erstmal duschen gehen. Er soll nicht sehen, wie abgewrackt ich jetzt schon bin.

Ich betrete die Umkleide und bin froh, dass noch keiner der anderen hier ist. Mit Glück haben sie gestern alle zu lange gefeiert und verschlafen heute gesammelt.

So schnell es geht, schäle ich mich aus meinen Klamotten und hole das Trainingstrikot aus meinem Spind. Dann stelle ich mich unter die Dusche.

Unwillkürlich fällt mir Mias Beichte ein. Dass sie mir zugesehen hat, als ich geduscht habe. Und danach, als ich mit Abigail ...

»Slater?«

Coach Ridley.

Na schön.

Ich drehe die Dusche ab und rufe: »Zwei Minuten.«

Schnell trockne ich mich ab, ziehe das Trikot an und trete aus der Dusche.

Der Coach steht zwischen den Spinden und sieht mich fragend an.

Ich erwidere seinen Blick nicht weniger fragend. »Ist alles okay?«

»Was machst du hier? Hast du meine Nachricht nicht bekommen? Das Training fällt heute aus. Probleme mit der Kühltechnik.«

»Oh«, sage ich und meine Gedanken rasen.

Eine Stimme in meinem Kopf freut sich über den Aufschub.

Eine andere macht mir klar, dass es keinen Aufschub gibt. Keine Lösung für mein Problem.

»Ich wollte sowieso mit Ihnen reden«, sage ich.

»Nur zu.« Ridley setzt sich auf die Bank und sieht mich erwartungsvoll an.

»Es ist so, dass ich nicht länger spielen kann.«

Ich sehe, dass der Coach aus allen Wolken fällt. »Wieso das denn nicht? Hast du dich verletzt? Bist du krank? Du siehst blass aus.«

»Es ist —«

Die Tür der Umkleide fliegt auf und Tom kommt hereingepoltert. Wahrscheinlich hat er die Nachricht von Ridley auch nicht bekommen.

Er sieht nicht viel besser aus als ich vorhin. Auch in seinen Haaren hängen Blätter, er hat einen Kratzer im Gesicht und schmutzige Knie.

»Wo kommst du denn her?«, fragt der Coach, jetzt vollends verwundert.

»Aus dem Wald.« Tom ist total außer Atem und sieht mich ungläubig an. »Hier steckst du also. Ist alles okay?«

Ich nicke, dann schüttle ich den Kopf, als mir einfällt, dass ich eigentlich sauer auf ihn bin. Nur der Grund will mir nicht so richtig einfallen.

»Dein Freund erklärt mir gerade, dass er nicht mehr spielen kann.«

»Nein, das ist Blödsinn«, fährt Tom den Coach an.

So ist er. Er ergreift immer sofort Partei für mich, doch diesmal muss er das gar nicht.

»Ich habe Blackouts, Tom. Es geht bei mir los wie bei meinem Vater.«

»Blackouts?« Coach Ridley sieht von mir zu Tom.

»Schwachsinn!« Tom schüttelt den Kopf. »Ihr müsst mir jetzt zuhören. Alle beide. Du hast keine Blackouts. Jedenfalls haben die keinen krankhaften Ursprung. Du hast K.O.-Tropfen bekommen, Slay. Und zwar zweimal.«

K.O.-Tropfen.

Tom.

Irgendwas war da ...

»Hast du mir die gegeben?«

»Spinnst du, Mann?« Tom schüttelt den Kopf. »Wir müssen dich ins Krankenhaus bringen. Vielleicht kann man das Zeug noch nachweisen. Und dann zeigen wir Lea Myers an.«

MIA

Tom hat mich angerufen und ich habe mich sofort auf den Weg zu Slater gemacht. Ich bin froh, dass es ihm gut geht. Im Krankenhaus konnte man die Tropfen, die Lea ihm verabreicht hat, mithilfe einer Urinprobe noch nachweisen. Und für ihren Übergriff gibt es ja das

Video, mit dem sie mich verletzen wollte, mit dem sie sich letztendlich aber nur selbst schadet.

Zumindest von den Klatsch- und Tratschseiten ist es schnell wieder verschwunden, denn Slater und Tom haben Anzeige erstattet.

Ich weiß nicht, wie ich es finde, dass meine Schwester angezeigt wurde. Einerseits ist sie meine Schwester, andererseits geht Familie auch nicht über alles. Es wird Zeit, dass sie sich für den Mist, den sie gemacht hat, verantwortet.

Vor der Villa der Thorns parke ich Kellys Wagen, der sich mittlerweile so vertraut anfühlt, als wäre er mein eigener und sammle mich einen Moment.

Nachdem Slater gefunden worden ist, habe ich zu Hause ein paar Sachen zusammengepackt. Dinge, die Slater hoffentlich davon überzeugen, dass ich zwar bereit war, für meine Schwester meinen Racheplan auszuführen, aber dass ich letztlich nicht bin wie sie. Denn ich habe die Intrige nicht durchgezogen.

Bei mir hat das Gewissen gesiegt. Und schließlich mein Herz.

Ich klingle und diesmal wird mir sofort geöffnet.

Tom lässt mich ins Haus und ich brauche erstmal einen Moment, um das Chaos zu erfassen, das mir entgegenschlägt.

»Ist hier eingebrochen worden?«

Tom schüttelt bedauernd den Kopf. »Das ist alles von der Party. Die haben es total übertrieben.«

Fassungslos drehe ich mich einmal um mich selbst. Überall liegen Flaschen und Becher, Essensreste und Zigarettenkippen. Aus irgendwelchen Gründen wurde im Flur Mehl verstreut. Hier und da knirschen Scherben unter meinen Schuhsohlen, ich entdecke in all dem Chaos Kleidungsstücke, die jemand vergessen hat und sogar benutzte Kondome. Dass die Wände nicht mit Farbe beschmiert worden sind, ist alles.

»Slater ist oben. Ich habe ihn ins Bett gepackt. Die Docs im Krankenhaus meinten, dass es noch Tage dauern kann, bis er wieder richtig klar im Kopf ist. Rohypnol in Verbindung mit Flubromazolam und dann auch noch Alkohol ist ein echtes Teufelszeug.«

Das klingt nicht gut.

Ich kann immer noch nicht glauben, dass meine eigene Schwester ihm so etwas angetan hat. Lea muss vollkommen irre geworden sein.

»Hast du ihm erzählt, was sie gemacht hat?«, will ich wissen.

Tom nickt, wobei es in seinem Blick zornig aufblitzt.

»Wie hat er die Sache aufgenommen?«

»Eigentlich ziemlich gelassen.« Tom lehnt sich gegen die Wand. »Aber ich denke, er muss das alles auch erstmal richtig kapieren.«

Ich versuche, mich in seine Lage zu versetzen. Wenn mich jemand betäubt und dann gegen meinen Willen Oralverkehr mit mir gehabt hätte, wäre ich glaube ich komplett am Boden zerstört. Ich hoffe, dass er den Vorfall einigermaßen gut wegsteckt. Vielleicht hilft es, dass er sich an rein gar nichts erinnern kann.

»Willst du mit ihm reden?«

Ich nicke. Das will ich unbedingt, auch wenn es gerade vielleicht nicht der richtige Zeitpunkt dafür ist. Oder gerade jetzt, weil er mir nicht weglaufen kann.

»Die Treppe hoch und dann die dritte Tür auf der rechten Seite. Ich räume hier in der Zeit ein bisschen auf.«

»Danke.« Ich packe die Mappe, die ich unter dem Arm trage, fester und gehe nach oben.

Dabei sehe ich mir die Villa etwas genauer an. Gestern Abend hatte ich kein Auge dafür. Heute fallen mir vor allem die edlen, antiken Möbel auf. Und die Fotos an der Wand die Treppe rauf. Ein paar wenige zeigen Slaters Dad zusammen mit anderen Stars. Die meisten zeigen Slater. Als hübschen kleinen Jungen, als stolzen Teenager mit einem Eishockeypokal. Aus den letzten Jahren scheint es keine Bilder zu geben.

Ich erreiche den Flur im ersten Stock, entdecke ein paar Kerben in der Wand. Ob Slater hier mit seinem Dad gekämpft hat, als er ihm das blaue Auge verpasste?

Vor Slaters Tür bleibe ich stehen.

Ich bin so nervös, dass mir übel ist.

Wie wird er auf mich reagieren? Wird er wütend sein? Wird er überhaupt mit mir reden?

Ich werde es nicht erfahren, wenn ich noch länger hier draußen herumstehe, also klopfe ich kurzerhand an.

Keine Antwort.

Vielleicht hat er mich unten mit Tom reden gehört und weiß daher, dass ich komme.

Auch wenn ich fürchte, dass er mich extra ignorieren könnte, klopfe ich noch einmal. Dann drücke ich langsam die Klinke. Als kein Protest kommt, trete ich leise ein.

Slater liegt in einem Bett, das an der Wand gegenüber der Tür steht. Es ist groß, verliert sich in dem riesigen

Zimmer aber trotzdem. Links geht eine ganze Reihe Fenster zum Garten raus, davor steht ein ordentlicher Schreibtisch. In einer Ecke stapelt sich Wäsche in einem überquellenden Korb, an der Wand hängt ein alter Eishockeyschläger. Das sind die einzigen Details, die ich registriere, bevor Slater meine ganze Aufmerksamkeit in Beschlag nimmt.

Er hat die Augen geschlossen und scheint zu schlafen.

Ich komme vorsichtig näher und betrachte ihn. Er ist blass und auf seinem Gesicht liegt ein angespannter Zug. Die Decke reicht ihm nur bis zur Hüfte, sein Oberkörper ist nackt und ich erkenne darauf ein paar Kratzer, die vermutlich vom Herumirren im Wald stammen. Außerdem sehe ich wieder das kleine Tattoo an seiner Leiste und nun wird mir auch klar, dass ich das Symbol kenne. Es steht für Stärke. Aber jetzt gerade bin ich mir nicht sicher, ob Slater stark ist.

Am liebsten würde ich die Hand ausstrecken, ihn wecken und in meine Arme nehmen.

Stattdessen betrachte ich ihn nur weiter und wünsche mir, dass er mir verzeiht.

Als ich anfange, mir wie ein Stalker vorzukommen, beschließe ich, ihn in Ruhe schlafen zu lassen. Ich lege die Mappe neben ihm auf den Nachttisch und überlege zuerst, noch eine Nachricht hinzuzufügen. Dann entscheide ich mich dagegen. So habe ich vielleicht noch das Überraschungsmoment auf meiner Seite. Wenn er allerdings erst sieht, dass die Mappe von mir ist, wird er sie wahrscheinlich gar nicht erst öffnen.

»Ich hoffe, du kannst mir irgendwann vergeben«, flüstere ich.

Es fällt mir schwer, mich von ihm loszureißen, aber irgendwann schaffe ich es.

So leise, wie ich gekommen bin, trete ich den Rückzug an.

KAPITEL 15

SLATER

Als die Tür ins Schloss fällt, schrecke ich auf.

Von einer Sekunde auf die andere sitze ich aufrecht im Bett und fühle mich im ersten Moment einfach nur seltsam. Irgendwas stimmt nicht, aber ich weiß nicht was. Irgendwie kommt mir alles zu nah vor, als wäre da jemand Unsichtbares, den ich wegstoßen muss, damit ...

Kurz wird mir eiskalt und mir fällt wieder ein, was die Ärzte im Krankenhaus gesagt haben.

Nach dem, was vergangene Nacht passiert ist, kann es zu allen möglichen komischen Reaktionen kommen.

Wut, Hilflosigkeit, verspäteten Abwehrimpulsen.

Ich schließe die Augen, zwinge mich, ruhig zu werden. Ich brauche einen Moment, um mich zu orientieren, aber dann fällt mir wieder ein, wo ich bin und wie ich hierhergekommen bin.

Ein Fortschritt.

Auch wenn ich kaum glauben kann, was Lea Myers mit mir gemacht hat, bin ich trotzdem erleichtert, denn das bedeutet, dass ich nicht den Verstand verliere. Dass ich weiter Eishockey spielen kann. Und dass in gewisser Weise vielleicht doch noch alles gut werden könnte. Ich will mir nichts vormachen, es wird wohl eine Weile dauern.

Aber immerhin ist es möglich.

Ich setze mich auf und stelle fest, dass die Kopfschmerzen nur noch ein leichtes Hämmern sind. Es geht mir schon viel besser.

Außerdem habe ich riesigen Hunger.

Ich schwinge die Beine aus dem Bett, um nach unten zu gehen. Dabei entdecke ich auf dem Nachttisch eine mohnblumenrote Mappe.

Stirnrunzelnd nehme ich sie an mich.

Vielleicht sind das die toxikologischen Untersuchungsergebnisse aus dem Krankenhaus.

Ich klappe sie auf und sofort springen mir die ersten Zeilen ins Auge.

From: through.my.eyes@mailnamib.com
To: Anthony Carson

Hi Dad!

Vergiss meine finstere E-Mail von vorhin – dieses Date lief ganz anders als erwartet.

Ich schlucke und lese weiter.

Zuerst habe ich mich richtig blamiert. Habe versucht, mich einzuschleimen und du weißt ja, wie mies ich darin bin, anderen etwas vorzumachen ...

Ohne es zu wollen, muss ich grinsen, als ich daran denke, wie blöd sie sich im Restaurant angestellt hat. Eins muss man Mia lassen: Sie kann hundertmal besser fotografieren als schauspielern.

Aber dann hat mich Slater Thorn total überrascht. An nur einem Abend hat er alles, was ich über ihn dachte, ins Gegenteil verkehrt. Und wenn ich ehrlich bin, passte schon mein erster Eindruck von ihm nicht zu Leas Behauptungen. Denn irgendwie fand ich ihn direkt toll.

Die nächsten Zeilen stimmen mich nachdenklich.
Ist das wahr?
Ich klappe die Mappe zu, ohne den Brief zu Ende zu lesen, lasse mir die ersten Sätze durch den Kopf gehen. Möglicherweise sagt sie die Wahrheit. Nein, ganz sicher sogar. Sie weiß ja selbst, dass sie die Briefe nicht wirklich an ihren Vater abschickt. Sie sind mehr eine Art Tagebuch und in dem wird sie sich wohl kaum selbst belügen.
Trotzdem bleiben letzte Zweifel zurück. Ich öffne die Mappe wieder und sehe mir die E-Mail erneut an.
Sie erscheint mir echt.
Ein Originalausdruck aus Mias E-Mailprogramm, mit Zeit- und Datumsstempel.
Und hinter dieser E-Mail befindet sich noch ein Haufen weiterer.
Allesamt nach Wichtigkeit sortiert.
Ich blättere sie durch und lese einzelne Sätze.
Normalerweise bin ich nicht so, das weißt du. Ich tue nicht gern anderen Menschen weh. Aber um die

Düsterkeit aus Leas Augen zu vertreiben, würde ich alles tun.

So geht es mir gerade. Ich habe Angst, etwas zu tun, das sich dann nicht wieder rückgängig machen lässt. Weil ich den Schaden genauso wenig abschätzen kann wie den Nutzen.

Das ist alles, was ich dir sagen wollte. Dass man sich nur abwenden sollte, wenn man sich wirklich sicher ist. Das hast du getan und ich tue es jetzt auch.

Und genau wie du wende ich mich einem neuen Leben zu, an der Seite von jemandem, der mich glücklich macht und den ich auch glücklich machen will.

Wenn du das jemals liest, drück uns die Daumen. Sein Name ist Slater – und ich bin ziemlich verliebt in ihn.

Dann schließe ich die Mappe erneut und lasse mich zurück ins Bett sinken.

Zwei Dinge werden mir klar.

Zum einen: Mia war hier. Sie lässt einfach nicht locker. Ist das allein nicht der Beweis, dass ich ihr nicht egal bin?

Und zum anderen: Sie fehlt mir wahnsinnig.

MIA

»Komm, ich helfe dir.« Ich schnappe mir aus der Küche einen Müllbeutel und helfe Tom, die leeren Dosen einzusammeln. Nach Hause fahren kann ich nach der ganzen Aufregung einfach nicht und untätig herumsitzen fällt mir erst recht schwer.

»Musst du nicht. Geh ruhig nach Hause. Du hast die ganze Nacht nicht geschlafen.« Tom nimmt mir den Beutel ab.

»Du auch nicht.« Ich nehme ihm den Müllsack wieder aus der Hand und lasse die ersten Dosen hineinfallen. Seine Fürsorge ist absolut unnötig.

Tom hält kurz inne, dann sieht er zu mir rüber. »Strafe muss sein. War schließlich meine Ex, die den Mist gebaut hat.« Er will mir den Beutel erneut klauen, aber ich halte ihn fest.

»Und meine Schwester.«

»Du hast Recht. Schande über dich.« Er grinst, dann räumt er weiter auf.

Auch ich sammle noch mehr Dosen ein und denke dabei darüber nach, wie es jetzt wohl weitergeht.

Mit Slater. Mit mir. Und mit Lea.

»Hast du mit ihm geredet?«, fragt Tom nach ein paar Minuten.

»Er hat geschlafen.«

Tom nickt, dann richtet er sich auf und sieht mich an. »Wenn du mich fragst, braucht er einfach ein bisschen Zeit. Die letzten Tage waren ziemlich heftig.«

»Ich verstehe das.«

Das tue ich wirklich, auch wenn ich glaube, dass Slater all das mit mir an seiner Seite besser durchstehen könnte als ohne mich. Ich kann nur hoffen, dass er die E-Mails liest. Und die richtigen Schlüsse zieht.

»Was hast du jetzt vor?« Tom sieht mich immer noch an.

Ich lasse den Müllsack sinken, die Dosen darin klappern. Ich denke einen Moment darüber nach, bevor ich antworte. »Nichts. Jedenfalls nichts Überstürztes oder so. Ich bleibe natürlich in Berkeley und hoffe, dass er irgendwann mit mir reden wird. Aber du hast Recht. Er wird wahrscheinlich Zeit brauchen, also höre ich ab sofort damit auf, ihm auf die Nerven zu gehen. Ich habe alles gesagt, was ich sagen konnte.«

»Ich denke, das ist die richtige Entscheidung. Vielleicht redest du nächste Woche nochmal mit ihm, da seht ihr euch zwangsläufig beim Match gegen die Growlers. Lass ihn erstmal die Drogen aus dem Körper haben und die Sache mit seinem Vater verkraften.«

Die Sache mit seinem Vater.

Als ich daran denke, erschauere ich. Es tut mir so leid, dass ich nicht bei Slater sein konnte, nachdem er ihn gefunden hatte.

»Du brichst das Studium aber nicht ab, oder so?«, vergewissert sich Tom.

»Nein. Natürlich nicht.«

Auch wenn ich mir das vor einem Monat noch nicht erträumt hätte, gefällt mir Berkeley. Mit all seinen guten und seinen schlechten Seiten.

Tom nickt, als wolle er mir sein Einverständnis signalisieren. Dann fahren wir beide schweigend damit fort, das Haus auf Vordermann zu bringen.

***

Die nächsten Tage bis zum ersten wichtigen Eishockeyspiel der Saison vergehen quälend langsam.

Vormittags ziehen sich die Vorlesungen unendlich in die Länge, nachmittags scheint das Cheerleader-Training Ewigkeiten zu dauern.

Wenn ich abends mit Kelly zusammensitze, kann ich den nächsten Tag kaum erwarten. Nur um dann am kommenden Morgen festzustellen, dass die Zeit immer noch extrem langsam vergeht.

Immer wieder schaue ich auf mein Handy, aktualisiere mein E-Mailprogramm und halte auf der Straße vor dem Haus nach Slater Ausschau. Nichts.

Kein Lebenszeichen von ihm und auch von Tom habe ich nichts mehr gehört.

Trotzdem halte ich mich daran, Slater in Ruhe zu lassen.

Es gibt im Augenblick einfach nichts, was ich noch tun könnte.

Dann ist endlich der Tag gekommen, an dem das erste richtige Saisonspiel der Eagles stattfindet.

Beim Training ist mir Slater bisher nicht mehr über den Weg gelaufen. Die anderen Spieler habe ich hin und wieder gesehen, aber ihn und Tom nicht. Und ich bin unendlich aufgeregt, weil ich ihn heute sehen werde. Wenn auch nur aus der Ferne, während er für die Eagles kämpft und gewinnt. Zumindest hoffe ich das.

»Na, bist du bereit?« Vor der Eissporthalle wartet Abigail auf mich.

Sie ist allein. Ein seltener Anblick, denn in der letzten Zeit ist sie immer nur mit Malcolm im Doppelpack zu sehen.

»Ich wollte mit dir reden, bevor es gleich losgeht.« Abigail sieht ungewohnt ernst aus und ich fürchte, dass sie sich von Malcolm getrennt haben könnte, was mir extrem leidtun würde. Ihre nächsten Worte überraschen mich daher umso mehr. »Ich habe mich für dich ein bisschen nach Slater umgehört.«

Allein als sein Name fällt, beschleunigt sich mein Herzschlag und mir wird schwindelig.

Er hat eine neue Freundin.

Er hat die Uni gewechselt.

Er hat das Eishockeyspielen an den Nagel gehängt.

Er ist krank, verletzt ...

Tausend Schreckensszenarien überfluten meine Gedanken.

»Und?«, bringe ich daher nur krächzend hervor.

»Es gab Probleme mit seinem Vater. Slater musste noch am Tag nach der Party nach San Francisco aufbrechen. Und er ist erst heute Morgen zurückgekommen, pünktlich zum Spiel.«

Das erklärt, warum ich ihn in den letzten Tagen nicht gesehen habe. Und es erklärt vielleicht auch, warum er sich nicht bei mir gemeldet hat.

Hoffnung keimt in mir auf.

»Das heißt, er wird heute spielen?«

Abigail nickt. »Ich denke nicht, dass er sich das entgehen lassen wird.«

»Danke, Abigail.«

Ich umarme sie und bin froh über diese Neuigkeiten. Denn das bedeutet, dass es vielleicht noch eine Chance für uns beide gibt.

SLATER

Das erste große Spiel der Saison steht an. Wir treten gegen die Growlers, eine aufstrebende Mannschaft aus Anaheim, an. Normalerweise dürfte dieses Spiel kein Problem werden, aber Tom und ich haben die letzte Woche über beim Training gefehlt, weil wir in San Francisco waren.

Mein Vater hat einen zweiten Selbstmordversuch unternommen und die Ärzte haben mich hergebeten, um mit mir alles für die verschärfte Verwahrung durchzugehen. Ich musste mich damit einverstanden erklären, dass meinem Vater bis auf weiteres alle möglichen Rechte entzogen werden. Er darf keinen Besuch empfangen, er darf nicht allein mit anderen Patienten sein. Ohne Aufsicht darf er praktisch nicht einmal mehr auf die Toilette gehen.

Ich kann nur hoffen, dass sie ihm in der Klinik helfen können, wieder zu sich selbst zu finden. Sein Psychotherapeut hat mir erklärt, dass diese Selbstmordversuche nichts mit mir persönlich zu tun hatten. Oder damit, dass mein Dad wirklich lieber tot wäre. Suizidgedanken sind einfach nur ein weiteres Symptom seiner Krankheit, gegen das er jetzt ankämpfen muss.

Ich hoffe, dass er es schafft.

Sobald die Auflagen für seinen Klinikaufenthalt gelockert werden, werde ich ihn regelmäßig besuchen und für ihn da sein. Aber bis dahin, haben mir die Ärzte erklärt, liegt noch ein langer Weg vor uns. Und mein Vater muss für sich allein kämpfen. Etwas, das er, soweit ich weiß, noch nie getan hat.

Und ich hoffe ebenfalls, dass ich bis dahin einen Vertrag für die NHL und einen Vorschuss erhalten haben werde, damit ich meinen Vater in eine bessere Klinik verlegen lassen kann.

Heute ist meine Chance dazu, denn unter den Zuschauern sind erneut einige Scouts. Mit etwas Glück kann ich sie von mir überzeugen.

Ich bin bereit.

Nur noch ein paar Minuten, dann geht es los.

Ich befinde mich mit den anderen aus dem Team in der Kabine.

Tom sitzt neben mir und wirkt absolut konzentriert.

Es ist still hier drinnen. Lediglich von der Eisfläche dringen gedämpfte Geräusch zu uns rein.

Ich höre, wie unsere Cheerleaderinnen dem Publikum zu *Ring of Fire* einheizen und frage mich, ob Mia dabei ist. Ich stelle mir vor, wie sie mit den anderen übers Eis fährt, wie ihre Haare dabei hinter ihr her wehen und ihr Blick mal wieder mehr sagt als tausend Worte.

Am liebsten hätte ich ihr zugesehen, aber wir müssen vor den wichtigen Matches bis zum Start immer in unseren Kabinen bleiben, um Provokationen mit der anderen Mannschaft aus dem Weg zu gehen.

»So, Männer. Es geht los.« Coach Ridley ist in die Kabine getreten und sieht uns der Reihe nach an. »Seid ihr bereit?«

Oh ja.

Zumindest ich bin mehr als bereit, mein Leben nach all den Albträumen in der letzten Zeit wieder an mich zu reißen.

MIA

Slater spielt, als hinge sein Leben davon ab.

Er hechtet über das Eis, schleudert seine Gegner nur so von sich und zeigt wieder einmal seinen ganz besonderen Stil. Hart, aber durchdacht. Klug und brutal zugleich.

Ich darf erneut aus dem Spielergang zusehen, weil ich offiziell wieder Fotos schieße.

Inoffiziell habe ich allerdings noch kein einziges gemacht.

Ich kann meine Augen einfach nicht von Slater nehmen. Jetzt, wo ich ihn nach fast einer Woche endlich wiedersehe, spüre ich erstmal mit voller Wucht, wie sehr er mir gefehlt hat.

Am liebsten würde ich sofort meine Schlittschuhe anziehen und mich zwischen den Eagles und Growlers hindurch zu ihm vorkämpfen.

»Sie schlagen sich richtig gut«, sagt ein Typ neben mir.

Ich wende mich ihm zu und betrachte ihn. Er hält ein Klemmbrett in der Hand, trägt eine Jogginghose und dazu ein schwarzes Jackett. Seine Füße stecken in goldenen Turnschuhen, die perfekt zu seiner ebenfalls goldenen Sonnenbrille passen. Er sieht aus wie ein erfolgreicher Musikproduzent und ich frage mich, was jemand wie er hier zu suchen hat.

Außerdem bin ich ziemlich verwundert, weil ich gar nicht gemerkt habe, dass ich nicht allein hier stehe.

»Ja, vor allem die Nummer 23«, sage ich voller Stolz auf Slater.

»Der ist mir auch schon ganz besonders aufgefallen.« Der Mann lässt Slater jetzt genau so wenig aus den Augen wie ich.

Wir beobachten, wie er einen anderen Spieler austrickst, als wäre das hier Basketball, und dann mit einem harten, geraden Schuss ein Tor erzielt. Die Halle rastet aus und ich kann mich ebenfalls nicht mehr zurückhalten.

Die Eagles haben gerade den fünften Punkt in achtunddreißig Minuten erzielt.

Wenn es so weitergeht, gewinnen sie haushoch.

SLATER

Jenson passt zu mir, ich ramme mit dem Puck im Gepäck alle anderen aus dem Weg, übergebe an Tom und er macht das Ding rein.

Tor!

Das Spiel ist vorbei, die Halle tobt!

Tom klatscht mit mir ab, Jenson ruft mir irgendetwas zu, aber ich bekomme von beidem kaum etwas mit.

Das Spiel ist gewonnen, jetzt gibt es etwas Wichtiges, das ich zu erledigen habe.

Aber erstmal muss ich hier wegkommen. Immer mehr Spieler der Eagles stürmen auf mich ein und ich bahne mir einen Weg zwischen ihnen hindurch in Richtung Kabinen.

Als ich aus dem Gewühl meiner Kollegen endlich heraus bin, sehe ich sie.

Mia.

Sie trägt ihre Cheerleader-Uniform, ihr langes Haar ist zu einem leicht wirren Zopf geflochten. Ihre Wangen sind rot und ihr Gesicht wirkt etwas blass, was ihr aber nichts von ihrer Schönheit nimmt.

Sie steht immer noch im Spielergang, wie sie es schon das ganze Match über getan hat.

Ihre grünen Augen haben sich geradewegs auf mich gerichtet.

Ich lese so viele unterschiedliche Gefühle darin.

Zweifel, Hoffnung, Angst und Unsicherheit.

So schnell ich kann, fahre ich auf sie zu.

Der unsichere Ausdruck in Mias Augen weicht Erstaunen, dann Ungläubigkeit.

»Mia.« Ich halte vor ihr an, Eis spritzt auf, doch diesmal überzieht es sie nicht von oben bis unten mit hellen Sprenkeln. Dafür steht sie noch zu weit weg.

Das ändert sich jedoch im nächsten Moment.

Mia kommt an den Rand der Eisfläche heran, langsam, zögerlich, als würde sie glauben, dass sie nur träumt. Wahrscheinlich hat sie gedacht, dass ich ihr weiter aus dem Weg gehen würde. Aber was soll ich sagen? Ich kann es einfach nicht.

»Mir tut es so leid«, flüstert sie.

»Ich weiß.« Ich ziehe sie an mich und nehme sie in die Arme. Es fühlt sich unendlich gut an, ihren warmen Körper zu spüren. »Mir tut es auch leid, dass ich dir nicht eher zugehört habe.«

Eigentlich wollte ich direkt, nachdem ich die Mappe mit den E-Mails durchgelesen hatte, mit ihr sprechen. Aber dann kam die Sache mit meinem Vater dazwischen und es erschien mir einfach zu unpersönlich, am Telefon über alles mit ihr zu reden.

Mia umarmt mich so fest, als wolle sie mich nie wieder loslassen. »Es war falsch von mir, dass ich dir etwas vorgemacht habe, Slater. Das wird nicht wieder vorkommen.« Sie sieht zu mir auf und ich erkenne an ihren Augen, dass sie es völlig ernst meint.

»Sssscht, ist schon gut.« Ich lege ihr einen Finger auf die Lippen, dann hebe ich ihr Kinn ein Stück an und küsse sie.

Ihren Mund auf meinem zu spüren, fühlt sich nach der ganzen Zeit einfach nur absolut richtig an.

Mia schließt die Augen und ich lasse meine Zunge zwischen ihre Lippen gleiten.

Doch wie auch schon beim letzten Spiel, als Lea eine Lawine von Ereignissen losgetreten hat, bleiben wir nicht lange ungestört.

Neben uns räuspert sich jemand und ich bin drauf und dran, ihn zu ignorieren.

Denn wenn ich eins von Mia gelernt habe, dann ist es, dass ich nichts darum geben sollte, was andere denken.

Aber zu meiner Verwunderung ist es Mia, die von mir ablässt und sich dem Störenfried zuwendet, allerdings nicht, ohne vorher einen Arm um meine Hüfte zu schlingen.

Ich tue es ihr gleich.

»Sei nett«, raunt sie mir zu.

»Mister Slater Thorn?« Ein Pimp in Sporthosen hält mir seine Hand hin, an dessen Mittelfinger ein Stanley-Cup-Ring prangt.

Ich starre einen Moment lang nur auf die Auszeichnung am Finger des Mannes, bis mir endlich klar wird, dass ich einen der Scouts vor mir habe.

»Hi«, sage ich überrascht und schüttle seine Hand.

»Gordon Whitshire von Tampa Bay Lightning. Ein wirklich beeindruckendes Spiel. Ich würde mich gerne näher mit Ihnen unterhalten, Mister Thorn. Wann passt es Ihnen?«

»Heute nicht«, sage ich und ziehe Mia ein Stück enger an mich. »Aber wie wäre es, wenn wir uns morgen irgendwo zum Frühstück treffen?«

»Eine hervorragende Idee. Ich nehme an, ich kann die Details erstmal mit ihrem Trainer besprechen?«

»Der bin ich.« Coach Ridley schiebt sich vor mich und nimmt Mister Whitshire in Beschlag.

Mir soll das nur recht sein, denn auch, wenn Eishockey nach wie vor unheimlich wichtig für mich ist, gibt es etwas anderes, das wichtiger ist.

Die Tatsache, dass mir die letzten Wochen vor allem eines gezeigt haben: Man kann sich selbst nicht zwingen, allein zu bleiben, auch wenn es noch so vernünftig wäre. Man kann seinem Herzen auf Dauer nichts vormachen. Ich schätze, das musste nicht nur ich einsehen, sondern auch Mia.

Ich wende mich ihr zu, nehme ihr weiches Gesicht in meine Hände und weiß nicht, was ich sagen soll.

Mia erwidert meinen Blick und murmelt: »Mir wurde mal gesagt, ich soll mich nicht auf einen von den Jocks einlassen.«

Ich nicke. »Und ich wurde eindringlich vor den Myers/Carson-Schwestern gewarnt.«

Mia lächelt, dann wird ihr Lächeln zur Andeutung eines Grinsens. Sie setzt dazu an, noch etwas zu sagen, aber was immer es ist, kann warten.

Ich beuge mich zu ihr hinunter und drücke meine Lippen auf ihre. Ich habe noch nie eine Frau wie sie

getroffen, aber ich bin verflucht froh, dass ich ihr be-
gegnet bin.

EPILOG

Eine Woche später

MIA

»Bist du dir vollkommen sicher?«, fragt Kelly.

Ich nicke und nehme die letzte Urkunde von der Wand, um sie ebenfalls in dem Karton verschwinden zu lassen, den ich mit „Leas Zeug" beschriftet habe.

Ich werde die Sachen nach Los Angeles schicken, zu Mom und Stu. Dorthin hat sich Lea verkrochen und schmollt, aber das wird ihr auch nicht helfen. Zwar sitzt sie nicht im Gefängnis, da Stu ihre Kaution gezahlt hat, dennoch wird sie sich vor Gericht verantworten, was den sexuellen Missbrauch angeht, den sie an Slater begangen hat. Ihr drohen drei bis sechs Jahre im Gefängnis und es ist wahrscheinlich, dass sie zumindest eine gewisse Zeit davon absitzen muss. Zwar plädiert ihr Anwalt darauf, dass sie zum Zeitpunkt der Tat angetrunken und nicht voll zurechnungsfähig gewesen sei, doch die Tatsache, dass sie zuvor bereits Tom mit K.O.-Tropfen gefügig machen wollte, spricht für sich. Ich weiß nicht, was ich ihr wünschen soll.

Dass sie mit einem blauen Auge beziehungsweise einer Bewährungsstrafe davonkommt und die Chance erhält, ihr Leben in den Griff zu kriegen? Oder dass sie für eine längere Zeit hinter Gitter muss, um zu erkennen, wie unfassbar falsch ihr Handeln war?

Sie hätte mit dieser ganzen Aktion Slaters, mein und Toms Leben zerstören können.

Trotzdem haben sich Mom und Stu klar zu ihr positioniert. Sie glauben ihr, dass sie nicht Herr ihrer Sinne war. Dafür können sie mich mal, und zwar gewaltig.

Moms Taschengeld überweise ich ihr neuerdings zurück. Dafür habe ich einen Job in Mister Dawsons Antiquitätenladen. Ich fotografiere seine Schätze und helfe ihm, einen Onlineshop aufzuziehen. Meist arbeite ich mit Slater gemeinsam. Ich liebe diese Stunden mit ihm zwischen all den alten Sachen.

Aber eigentlich liebe ich jede Stunde mit ihm.

»Willst du die nicht behalten?«, fragt Kelly, als ich auch die Pompons in den Karton stopfe.

»Wozu, ich habe meine eigenen.«

Kelly grinst. »Die Pompons einer Cheerleaderin sind wie das Messerset eines Kochs, was?«

Ich zucke mit den Schultern und grinse ebenfalls. Wenn ich ehrlich bin, kenne ich mich mit dem Cheerleader-Dasein immer noch nicht sehr gut aus. Doch trotzdem macht es mir nach wie vor großen Spaß, Teil der Firebirds zu sein. Und ich werde besser. Beim nächsten Spiel mache ich sogar bei der Choreo mit.

Dann wird auch ein Scout aus Calgary anwesend sein und ein weiterer aus New York. Slater hat bei Tampa Bay noch nicht unterschrieben, denn er und Tom versuchen, einen Platz im selben Team zu bekommen.

Ich bin gespannt, wohin es ihn nach der Uni verschlagen wird. Und ob ich dann an seiner Seite sein werde.

Wie auf Kommando klingelt es in dem Moment und Kelly verdreht in gespielter Genervtheit die Augen. »Da ihr zwei gleich zum wiederholten Mal meinen Vögel-Kodex brechen werdet, schone ich mal meine Ohren und verzieh mich.«

Lachend sehe ich ihr nach, während sie die Tür öffnet und dann tatsächlich geht.

Ich klebe den Karton zu, während ich Slaters schweren Schritten auf der Treppe lausche.

Ich höre noch, wie er und Kelly einander kurz begrüßen, dann kommt er rein und ich drehe mich zu ihm um, während er in der Tür zu meinem neuen Zimmer erscheint.

»Hey«, sage ich und nehme mir einen Moment, um ihn mir genau anzusehen.

Er hat sich sichtlich erholt und sieht jetzt sogar noch besser aus als zuvor. Die Müdigkeit ist aus seinem Blick verschwunden und ich bekomme immer öfter sein Lächeln zu sehen. Ein ganzes anstelle eines halben.

»Hey«, sagt er, kommt zu mir und ich schlinge die Arme um seinen Hals, um ihm einen Kuss zu geben.

»Danke, dass du mir hilfst«, erwidere ich.

»Wofür bin ich da?«, sagt Slater und küsst mich erneut, diesmal länger.

»Für so einiges«, raune ich ihm zu und erwidere seinen Kuss.

Und von mir aus könnte es den ganzen Nachmittag so weitergehen. Ich war noch nie so verliebt wie in ihn. Und ich mag alles an ihm.

Seine Unerbittlichkeit auf dem Eis, die Sicherheit, die er mir gibt, seine Ehrlichkeit, seine Offenheit. Die Tatsache, dass er mir verziehen hat.

Manchmal schreckt er nachts auf. Manchmal scheint er sich in Gedanken und halben Erinnerungen zu verlieren, die ihn an düstere Orte führen.

Aber das geht vorbei, da bin ich mir ganz sicher. Slater ist viel zu stark, um sich von irgendwas umhauen zu lassen.

Er stellt den Farbeimer ab und sieht sich die solerogelben Wände an.

»Und du willst sie wirklich einfach weiß streichen, ja?«

Ich nicke. »Das steht für meinen Neuanfang. Wie ein unbeschriebenes Blatt.«

»Oder ein leeres Foto«, sagt er, was mich auf etwas bringt, das ich fast schon wieder vergessen hätte.

»Ach ja, ich habe da noch was für dich«, sage ich und gehe zum Schreibtisch.

Slater folgt mir und ich drehe mich um, um ihm einen kleinen Umschlag zu reichen.

»Was ist das?«, will er wissen und betrachtet ihn neugierig.

»Sieh rein«, sage ich und schaue zu, wie er das Kuvert öffnet.

Dann entdeckt er, was darin ist und deutet ein Lächeln an.

»Acht Bilder«, sagt er.

Ich nicke. Es sind die versprochenen Bilder, die ihm zeigen, wer ich wirklich bin.

Das erste, das ich von ihm in dem Restaurant machte.

Das zweite von jenem Abend und das dritte, das uns beide zeigt.

Das vierte Bild, auf dem ich mit den anderen Firebirds bin.

Ein fünftes, ein sechstes, ein siebtes und ein achtes.

Jedes dieser vier Fotos zeigt ein weißes Blatt, auf das ich jeweils etwas geschrieben habe.

Auf dem ersten steht I AM MIA.

Auf dem zweiten steht AND I AM

Auf dem dritten steht IN LOVE

Und das vierte zeigt die Worte: WITH YOU.

Slater sieht sich jedes der Bilder an. Dann sieht er mich an.

»Das ist das Wesentliche«, sage ich leise und spüre, wie ich rot werde. Mit leicht heiserer Stimme füge ich hinzu. »Das ist es, was ich wirklich bin. Verliebt in dich.«

Ich zucke mit den Schultern, aber anders als früher wünsche ich mir nicht meine Kamera herbei, um mich dahinter zu verstecken.

Dafür genieße ich es viel zu sehr, wie nah mir Slater ist, und wie er die Arme um mich schlingt, um mich ganz eng an sich zu ziehen.

»Dann kommt hier noch was Wesentliches«, sagt er leise und ernst. »Mir geht es ganz genauso.«

Und damit küssen wir uns wieder, diesmal richtig, und ich genieße jede Sekunde von diesem Kuss.

Darauf kommt es am Ende an: Dass wir es zulassen, einander nahe zu kommen, so nah wie nur möglich. Nähe macht Momente zu etwas Besonderem.

Also lege ich meine Arme um Slater, verliere mich ganz in seinem Kuss, im Hier und Jetzt, im echten

Leben, das kein Foto dieser Welt in seiner wahren Intensität wiedergeben kann.

Ich habe keine Ahnung, was vor uns liegt. Ich weiß nicht, wo wir nächstes Jahr oder in zwei oder zehn Jahren sein werden.

Aber eins weiß ich ganz sicher: Jeder Sommer hat seine Geschichte.

Und das hier ist unsere.

ENDE VON TEIL 1